Les bombes de la plage

Judith Keim

Les bombes de la plage

AUTRES LIVRES DE JUDITH KEIM

THE HARTWELL WOMEN SERIES :
The Talking Tree – 1
Sweet Talk – 2
Straight Talk – 3
Baby Talk – 4
The Hartwell Women – Boxed Set

THE BEACH HOUSE HOTEL SERIES :
Breakfast at The Beach House Hotel – 1
Lunch at The Beach House Hotel – 2
Dinner at The Beach House Hotel – 3
Christmas at The Beach House Hotel – 4
Margaritas at The Beach House Hotel – 5
Dessert at The Beach House Hotel – 6

THE FAT FRIDAYS GROUP :
Fat Fridays – 1
Sassy Saturdays – 2
Secret Sundays – 3

THE SALTY KEY INN SERIES :
Finding Me – 1
Finding My Way – 2
Finding Love – 3
Finding Family – 4
The Salty Key Inn Series – Boxed Set

SEASHELL COTTAGE BOOKS :
A Christmas Star
Change of Heart

A Summer of Surprises
A Road Trip to Remember
The Beach Babes

THE CHANDLER HILL INN SERIES :
Going Home – 1
Coming Home – 2
Home at Last – 3
The Chandler Hill Inn Series – Boxed Set

THE DESERT SAGE INN SERIES :
The Desert Flowers – Rose – 1
The Desert Flowers – Lily – 2
The Desert Flowers – Willow – 3
The Desert Flowers – Mistletoe & Holly – 4

SOUL SISTERS AT CEDAR MOUNTAIN LODGE :
Christmas Sisters – Anthology
Christmas Kisses
Christmas Castles
Christmas Stories – Soul Sisters Anthology
Christmas Joy

THE SANDERLING COVE INN SERIES :
Waves of Hope –
Sandy Wishes – (2023)
Salty Kisses – (2023)

THE LILAC LAKE INN SERIES
Love by Design – (2023)
Love Between the Lines – (2023)
Love Under the Stars – (2024)

AUTRES LIVRES :
   The ABC's of Living With a Dachshund
   Once Upon a Friendship – Anthology
   Winning BIG – a little love story for all ages
   Holiday Hopes
   The Winning Tickets – (2023)

Pour plus d'informations : **www.judithkeim.com**

Les bombes de la plage

A Seashell Cottage Book

Judith Keim

Wild Quail Publishing

Publié aux États-Unis d'Amérique par :

Wild Quail Publishing
PO Box 171332
Boise, ID 83717-1332

ISBN# 978-1-962452-45-8
Copyright ©2022, 2023, Judith Keim
Tous droits réservés

Traduit par Well Read Translation

Dédicace

Ce livre est dédié à toutes les femmes, il honore votre force et votre capacité à vous appuyer les unes sur les autres quand le besoin s'en fait sentir. Je souhaite ce soutien à chacune d'entre vous et je vous souhaite également de connaître l'amour, toujours l'amour.

CHAPITRE UN
Cate

Catherine Tibbs, Cate pour les intimes, observait les pins qui bordaient sa propriété au nord de New York par la fenêtre de son bureau, prenant le temps d'étudier la manière dont le vent et la pluie de la tempête automnale faisaient onduler les branches couvertes d'aiguilles vertes comme d'élégants danseurs. Elle ne parvenait pas à trouver les mots qu'elle désirait inscrire sur son écran d'ordinateur pour son nouveau livre. Elle savait pourquoi. Elle n'arrêtait pas de penser à l'époque où ses deux meilleures amies et elle étaient devenues *les bombes de la plage*. Elles avaient formé un étrange trio de gamines de treize ans, mais leur amitié s'était développée et avait traversé les années. Jusqu'à récemment, tout du moins. Elle n'avait pas eu de nouvelles d'Amber ou de Brooke depuis plusieurs mois.

Cate retourna s'asseoir, rédigea quelques notes avant de quitter de nouveau sa table de travail pour se rendre à la cuisine où elle se prépara une infusion. *Il est temps de prendre les choses en main*, se dit-elle. Ses amies et elles atteindraient la quarantaine cette année et elle avait un plan.

Elle attrapa sur le frigo son cliché préféré d'elles adolescentes qui datait du début de leur amitié. Les parents de Brooke avaient invité Cate et Amber à passer deux jours dans leur luxueuse résidence sur la côte de Long Island. Sur la photo, elles étaient toutes les trois vêtues de maillots de bain et assises côte à côte dans le sable. Elles se tenaient les mains et levaient les yeux vers le père de Brooke. Elles venaient juste de se surnommer « Les bombes de la plage » et trouvaient que c'était le nom le plus cool de l'univers. Le père de Brooke plaisantait avec elles tout en prenant des photos.

Cate examina le cliché plus en détail. Brooke avait trouvé l'original quelques années auparavant et en avait fait des copies pour Amber et elle. Brooke était la rouquine un peu ronde du milieu. Ses yeux verts étaient cerclés de lunettes à monture marron, elle portait un appareil dentaire et son sourire avait tendance à flancher un peu à cause de son manque d'assurance, mais ce jour-là, grâce à la présence de son père, il était éblouissant. Amber était à sa droite. Déjà très belle, naturellement blonde aux yeux bleus, grande et élancée, Amber avait un culot et une exubérance qui avaient intrigué Cate. Et qui masquaient une grande souffrance.

Le regard de Cate s'arrêta sur son jeune alter ego. Ses longs cheveux bruns étaient attachés en queue de cheval. Des yeux marron observaient le monde avec curiosité, dissimulant une grande timidité sous une expression sérieuse. Il était intéressant, nota-t-elle, de voir comment elles avaient grandi et étaient pourtant restées les mêmes.

Après avoir préparé son thé, Cate s'assit à la table de la cuisine, hésitant sur qui appeler en premier. Amber, qui était l'assistante personnelle de la propriétaire de l'agence de mannequins Galvin, posait parfois pour un de leurs clients, une maison de parfum. Elle pourrait être occupée par une séance photo. Si Amber ne pouvait pas se joindre à elles, Brooke n'accepterait peut-être pas de quitter la Californie. C'était toujours comme ça. Toutes les trois ou pas du tout. Sans doute parce qu'elles s'équilibraient.

Cate but une gorgée de son thé et s'interrogea sur le site idéal pour la réunion qu'elle prévoyait. Puis une idée lui traversa l'esprit. Deux ans plus tôt, alors qu'elle peinait à rendre un manuscrit, son agent lui avait parlé d'un endroit nommé le Seashell Cottage. C'était le lieu rêvé pour une retraite, sur une plage dans le golfe de Floride. Bien qu'elle porte le nom de cottage, c'était une maison élégante dotée de trois chambres avec salle de bains intégrée, d'une cuisine moderne et d'une piscine privée avec spa protégée des regards.

Excitée par cette idée, Cate retourna rapidement à son bureau pour trouver le site du cottage. En ligne, il était aussi joli que dans son souvenir. Elle consulta son calendrier. Le premier week-end de novembre pourrait convenir, se dit-elle. Halloween serait passée et les vacances de Thanksgiving et Noël seraient assez éloignées pour que ce ne soit pas un problème, même pour une mère débordée comme Brooke. Amber passait habituellement ses vacances dans un endroit exotique pour éviter d'avoir à les consacrer à sa mère. Quant à elle, elle était toujours disponible. Elle n'avait pas de famille à proprement parler, sa relation avec son petit ami de longue date était suffisamment solide pour qu'elle puisse s'absenter pendant un long week-end sans que cela pose de problème, et il lui restait six mois pour remettre son prochain livre à son éditeur. Pour ce volume, sur lequel elle travaillait actuellement, elle savait déjà ce qui allait se passer – l'avantage d'écrire une série populaire située dans un univers qu'elle avait créé elle-même.

Se persuadant qu'Amber serait contente d'avoir de ses nouvelles, Cate prit son téléphone pour l'appeler. Amber était toujours un peu intimidante tant qu'elles n'avaient pas discuté pendant un moment.

Quand la messagerie vocale d'Amber se déclencha, Cate fut presque soulagée. Amber était une fille de la ville comparée à une petite provinciale. Elle était sur le point de raccrocher quand elle entendit une voix.

— Allô ? Allô ? C'est toi, Cate ?

— Amber ? Salut !

— Salut. Comment vas-tu, ma puce ? Ça fait un bail.

— Je sais, dit Cate. Ça fait trop longtemps. C'est pour ça que j'appelle. J'ai une idée. Je pense que nous devrions nous retrouver pour célébrer nos anniversaires. C'est un compte rond. Nous pourrions lancer les festivités en avance.

— Le fêter ? Dans mon milieu, avoir quarante ans équivaut à en avoir quatre-vingts pour n'importe qui d'autre.

— Nous ne vivons pas toutes dans un monde de paillettes, rétorqua Cate. Et puis, que nous fêtions nos anniversaires ou pas, ça nous fera du bien de nous retrouver toutes les trois. Vous m'avez manqué. Ça fait presque deux ans qu'on ne s'est pas vues et nous n'avons pas beaucoup échangé dernièrement. Nous ne pouvons pas continuer à laisser le temps filer.

— C'est bien vrai, dit Amber. Vous êtes mes meilleures amies. Tout va bien ?

— Je dois réfléchir à un tas de choses, avoua Cate. C'est pour ça qu'il faut qu'on se voie.

— Oh, d'accord, répondit promptement Amber. Où ? À quelle date ?

Cate lui mentionna le long week-end qu'elle espérait réserver au Seashell Cottage.

— Je suis partante, affirma Amber. Il y a quelque chose dans ta voix qui m'inquiète. Tu me le dirais si c'était vraiment grave, n'est-ce pas ?

— Bien entendu, répondit Cate. Tout va bien pour toi ?

— Toujours la même histoire, mais je pourrais bénéficier de vos lumières. Fais-moi savoir si le cottage est libre et je cocherai mon agenda.

— D'accord, je te rappelle. Je les appelle tout de suite.

Cate était au téléphone avec l'agence immobilière sur sa ligne fixe quand son portable sonna. Elle mit l'appel en attente, termina rapidement sa conversation avec l'agence de location, puis saisit son téléphone et répondit gaiement.

— Coucou Brooke !

— Salut Cate ! Je viens de raccrocher avec Amber. Elle m'a parlé de ton idée. Elle m'a aussi dit qu'elle s'inquiétait pour toi. Tout va bien ?

— Oui, mais vous m'avez manqué et je pense qu'on devrait se retrouver pour fêter nos anniversaires à venir. Amber déteste l'idée d'avoir quarante ans, mais je suppose que c'est mieux que l'alternative. Et puis, le but est surtout de nous revoir.

Brooke gloussa.

— Eh bien, tu connais Amber et sa fixation sur son corps. Elle doit toujours paraître parfaite et atteindre quarante ans est angoissant dans le milieu de la mode. À quelle date songeais-tu ?

— On dirait que le cottage est libre pour le premier week-end de novembre. Ça irait pour toi ?

— Je m'arrangerai, dit Brooke. Ça me fera du bien au moral de passer du temps avec vous deux. Envoie-moi toutes les informations et je vous rejoins là-bas. Plus que quatre semaines à attendre. J'ai hâte !

Cate perçut l'excitation dans la voix de Brooke et sourit.

— Génial. Je confirme la réservation et tout sera bon.

— Envoie-moi la facture. C'est pour moi, ajouta Brooke.

— On verra, répondit Cate, réticente à accepter l'offre de Brooke sans avoir l'accord d'Amber.

Brooke était très généreuse, elle l'avait toujours été. Amber trouvait parfois cela dérangeant. Elle avait été élevée dans la pauvreté et rechignait à laisser les autres payer pour elle. D'autre part, elles étaient désormais toutes en mesure de payer leur part.

Après avoir finalisé les derniers détails avec l'agence de location, Cate envoya des notifications à Amber, à Brooke et à son agent, puis elle appela les compagnies aériennes. Elle avait brièvement envisagé de prendre sa voiture et d'étendre ses vacances, mais après réflexion, elle avait décidé d'y aller en avion, de louer une voiture et de repousser toute décision de prolonger le week-end. En vérité, comme elle l'avait dit à Amber, elle avait besoin de temps pour méditer un certain nombre de choses.

Elle entendit le son de la porte de derrière et se leva. Jackson Hubbard était la source de ses préoccupations. Elle alla l'accueillir.

Son cœur s'envola à la vue de l'homme qui l'attendait dans sa cuisine. Il semblait emplir l'espace de sa grande silhouette aux larges épaules. Le sourire qui illuminait son visage plissait la peau au coin de ses yeux bleus et trahissait sa joie de la voir.

— Salut mon cœur ! Comment avance ton manuscrit ? demanda-t-il en ôtant sa veste avant de poser un sac de courses sur le plan de travail de la cuisine. J'ai acheté des pâtes fraîches. Que dirais-tu de mes célèbres spaghettis, ce soir ?

— Célèbres, hein ?

Elle rit en se lovant entre ses bras et contre sa poitrine solide.

— Ça me semble parfait.

Ils s'écartèrent l'un de l'autre et se sourirent.

— Comment étaient les enfants aujourd'hui ?

— Agités. C'est chaque année plus difficile de contrôler ceux qui s'ennuient alors qu'ils devraient boire les paroles de leur remarquable professeur de biologie.

Il soupira.

— Sérieusement, j'ai déjà besoin de vacances et l'année scolaire vient juste de commencer. J'ai la sensation qu'elle va être longue et fatigante.

— Je suis désolée, répondit-elle. En parlant de vacances, je vais retrouver Amber et Brooke en Floride pour un long week-end début novembre.

— Super. Tu n'as pas vu tes meilleures amies depuis longtemps, n'est-ce pas ?

— Ça fait presque deux ans. Je suis impatiente de rattraper le temps perdu. Beaucoup de choses peuvent se passer pendant un tel laps de temps.

— Oui, affirma gravement Jackson. Comme pour nous.

Elle hocha la tête, trop indécise pour dire quoi que ce soit. Il lui restait encore tant de choses auxquelles elle devait réfléchir. Il souhaitait se marier et avoir des enfants, et elle n'était pas prête. Ce qui était simple et facile pour lui était une décision difficile pour elle.

Ses pensées se tournèrent vers la tante qui avait été obligée de la recueillir quand sa mère était partie en déclarant qu'elle garderait le contact. Ce qui ne s'était pas produit. Peu de temps après avoir abandonné Cate chez tante Margaret, sa mère était morte dans un accident de voiture, laissant une Cate âgée de cinq ans aux mains d'une femme qui ne voulait pas d'elle. Lorsqu'elle préparait leur repas au cours de soirées silencieuses et interminables, tante Margaret grommelait souvent qu'elle n'était pas faite pour élever l'enfant de quelqu'un d'autre.

La voix de Jackson arracha Cate aux vieux souvenirs tristes qui s'attardaient dans son esprit.

— J'ai acheté un bon pinot noir. Prenons un verre avant que j'attaque la sauce des spaghettis.

Un grattement à la porte attira leur attention. Il se rendit à la porte de derrière.

— Je vais laisser entrer Buddy. Il a été sage au chenil. Ils l'adorent.

Un teckel à poil long noir et feu franchit le seuil en trombe et s'arrêta devant elle, la queue battant si frénétiquement que tout son corps en était secoué. Elle pouffa et se pencha pour lui gratter les oreilles.

— Salut mon bébé !

Elle savait que n'importe qui se moquerait d'elle en entendant sa manière de roucouler en s'adressant au chien, mais elle s'en fichait. Buddy était son bébé. Le seul qu'elle avait cru désirer.

— C'est génial pour lui d'être en contact avec d'autres chiens, mais il me manque quand il n'est pas là, dit-elle. Et c'était une de ces journées où ses pitreries ne m'auraient pas dérangée. Je n'arrive pas à trouver ce qui incitera Serena à combattre pour la souveraineté des Galeons. Il faut que ce soit différent des trucs habituels. Même si c'est de la science-fiction, il faut que ça ait du sens. Et ses sentiments pour Rondol sont beaucoup trop intenses. Ça la fait passer pour faible.

Jackson lui tendit un verre de vin.

— La passion n'est pas un signe de faiblesse, Cate, dit-il doucement.

Il avait raison. Elle le savait. Elle savait également qu'il ne parlait pas des personnages de son livre. Elle accepta le vin et attendit en silence qu'il lève son verre pour son toast habituel en leur honneur avant d'en boire une gorgée.

Le vin velouté coula dans sa gorge, tapissant sa langue d'une note fruitée. Jackson et elle s'étaient rencontrés lors d'une classe d'écriture sept ans auparavant. Ils s'étaient tout de suite bien entendus et étaient passés de bons amis à amants en peu de temps. Mais désormais, Jackson en voulait plus : le mariage et les enfants. Et bien qu'elle l'aime, l'idée d'avoir des enfants avec lui l'effrayait. Elle ne pensait pas pouvoir être une bonne mère. Sa propre mère et sa tante n'avaient pas été de bons exemples. Elle craignait que cette absence d'amour maternel ne soit inscrite dans ses gènes.

— Je t'aime, Jackson, plus que je ne saurais le dire, déclara-t-elle dans l'espoir qu'il comprenne ce qu'elle tentait d'exprimer.

— Mais pas assez pour m'épouser, répliqua-t-il, le visage empreint d'une frustration familière.

Il posa son verre de vin.

— Nous sommes les meilleurs amis et de fantastiques amants. J'ai quarante-six ans, je ne veux plus attendre pour avoir des enfants. Même comme ça, j'aurai presque soixante-dix ans quand notre enfant sera prêt à quitter la maison. Et encore, il faudrait que tu tombes enceinte immédiatement.

— Et s'il y avait des complications ? Ce serait affreux pour toi et le bébé que nous aurions conçu.

— En tant que professeur de biologie, je sais que ça peut facilement se produire. Mais tu es en bonne santé et encore assez jeune pour avoir des enfants.

Il l'enveloppa dans ses bras.

— Et puis, je t'aime plus que tout. Je prendrai toujours soin de toi.

— Je t'aime aussi, murmura-t-elle, se sentant en sécurité dans ses bras.

Il ne la laisserait jamais tomber. Si seulement elle avait une position différente sur le mariage et les enfants. Il avait raison, toutefois. Le temps leur était compté à tous les deux.

CHAPITRE DEUX
Brooke

Brooke Ridley Weston mit fin à sa conversation téléphonique avec Cate et observa les enfants qui jouaient dans la piscine par la fenêtre de la cuisine. Son aîné, Paul junior, âgé de dix-neuf ans, était à l'université. Ses jumelles, Brynn et Bradley, recevaient leurs amis après l'école. C'étaient de très jolies petites filles, parfaits miroirs l'une de l'autre, dont les traits étaient un mélange des siens et de ceux de Paul. Elles tenaient d'elle une touche de roux, de Paul des yeux bleus encadrés de cils épais, et une beauté classique de tous leurs grands-parents. À dix ans, la paire était très populaire et avait de nombreux amis.

Elle était heureuse de les voir entourées de camarades de jeu. Sa propre enfance avait été solitaire avant sa rencontre avec Amber et Cate. Grâce à leur amitié, son monde s'était élargi. Mais être harcelée à cause de son surpoids l'avait déjà bien meurtrie. Même si elle paraissait décontractée, elle portait toujours cette blessure en elle.

Dès que les filles sortirent de la piscine pour s'allonger sous le chaud soleil de Californie, Brooke les informa qu'elle montait dans la suite parentale pour choisir les vêtements qu'elle emporterait en Floride. Cate lui avait dit par texto qu'elle espérait que le week-end serait tranquille et détendu, mais Brooke voulait se montrer sous son meilleur jour. Elle avait mentionné qu'Amber faisait attention à son apparence, eh bien elle aussi. C'était d'ailleurs la raison pour laquelle elle avait décidé d'accepter de se faire refaire le nez, cadeau de fin d'études anticipé de la part de sa mère avant sa dernière année de lycée. Grâce à cette intervention, un régime personnalisé, la correction au laser de sa myopie et des facettes dentaires, sa confiance en elle s'était améliorée.

C'était une bénédiction qu'elle ait rencontré Paul Weston lors de sa première année d'université. À l'instar de son père et de ses deux meilleures amies, il l'aimait pour ce qu'elle était réellement. Elle examina le gros diamant qu'elle portait à la main gauche. Des trois *bombes de la plage*, elle était la seule à être mariée. Cate n'avait pas voulu se marier ou devenir mère. Et qui savait pour Amber ? Elle sortait, mais faisait attention de ne pas trop s'impliquer avec quiconque et gardait sa vie personnelle plutôt privée.

Brooke soupira. Elles avaient chacune leurs défauts, mais elle adorait leur petit groupe. Les ABC – Amber, Brooke et Cate – ou, comme son père les appelait quelquefois, le trio infernal. Elles en avaient fait une blague récurrente, pour se donner confiance. Oh, comme son père lui manquait. Il l'avait toujours beaucoup soutenue. Sa mère ? Pas tant.

Elle jeta un coup d'œil au miroir. Elle était plutôt pas mal pour une femme de bientôt quarante ans. Le problème, c'était que vous pouviez changer l'aspect de quelqu'un pour l'améliorer, mais qu'il fallait plus de travail sur soi pour qu'elle y croie. Et, avec le comportement inhabituel de Paul ces derniers temps, sa confiance en elle était au plus bas.

— Hé, maman ! On a faim ! cria Brynn en pénétrant dans sa chambre comme une tornade, arrachant Brooke à sa rêverie.

— Oui, nous autres gamins avons besoin d'un goûter, ajouta Bradley en entrant à la suite de sa sœur, vêtue d'un maillot de bain rose qui fit resurgir un souvenir des *bombes de la plage* portant quelque chose de similaire un été.

Brooke sourit aux fillettes qu'elle aimait de tout son cœur.

— Allons vous nourrir.

Elle les suivit jusqu'à la cuisine. Elle saisit de manière machinale des pommes, les éplucha et les coupa en morceaux qu'elle posa sur un plateau avec des dés de fromage, un bol de noisettes et une grappe de raisin blanc glacé. Elle évitait autant que possible de donner du sucre aux jumelles. Lorsqu'elle ne pouvait pas y couper, elle ne parlait jamais de sucre, de poids, d'apparence ou de regret.

Leur frère n'avait pas ce genre de souci. P.J., Paul junior, ressemblait beaucoup à son père : grand et mince, avec un visage anguleux et avenant. Mais c'était l'humour de son père à elle qu'elle aimait le plus en lui. Sa naissance avait beaucoup perturbé ses études, mais elle ne regrettait pas de l'avoir eu. Elle avait toujours souhaité devenir mère et épouse.

Son portable sonna. *Paul.* Elle décrocha.

— Coucou chéri !

— Je t'appelle juste pour te dire que je rentrerai tard. Ne m'attendez pas pour dîner.

— Un autre bébé en chemin ?

En tant que femme d'obstétricien, elle avait l'habitude de ses horaires erratiques.

Le clic qui signifiait la fin de l'appel résonna à ses oreilles. Elle fronça les sourcils. Ce n'était pas le genre de Paul d'être impoli. Et une fois de plus, il n'avait pas répondu à sa question.

CHAPITRE TROIS
Amber

Amber Anderson étudia les informations affichées sur l'écran de son ordinateur et poussa un soupir de soulagement. Les renseignements fournis par Cate étaient exactement ce dont elle avait besoin. Une chance d'être avec de vraies amies qui comprendraient son dilemme. À presque quarante ans, même les meilleurs gènes de la terre ne seraient probablement pas suffisants pour l'aider. Dans son milieu, elle avait de grandes chances de bientôt se retrouver sans emploi.

À de nombreuses reprises, elle s'était promis qu'elle ne serait pas comme sa mère, qu'elle serait meilleure, plus forte, plus gentille, plus attentive. Mais elle connaissait le même genre d'ennuis que sa mère aurait pu se créer. Et tout ça parce qu'elle avait cru être tombée amoureuse, alors qu'elle s'était promis de ne pas le faire. Comme tant d'autres choses, d'ailleurs.

— Amber ?

Elle fut brutalement tirée de ses pensées par une voix stridente. Elle se leva précipitamment et fit face à sa patronne.

— Oui ? Qu'y a-t-il, Belinda ?

Une femme saisissante, grande et mince aux cheveux gris argent examinait Amber, ses yeux marron et froids semblant sonder son âme, la forçant à déglutir. Belinda « la garce » Galvin était une femme qui s'était battue et s'était frayé un chemin jusqu'au sommet de l'agence de mannequins qu'elle dirigeait désormais. Personne ne s'opposait à sa volonté. Ceux qui osaient essayer étaient victimes des remarques cinglantes pour lesquelles Belinda était réputée. Amber travaillait pour elle depuis trois longues années et, bien qu'elle déteste un grand nombre de choses chez sa patronne, elle respectait Belinda pour ce qu'elle était, une femme forte et responsable.

— Il faut que tu t'assures que toute l'équipe de Jesse Carpenter est réservée pour la séance photo à Antigua et qu'ils seront là pour quatre jours, et non trois, pour la publicité que tu fais pour *L'eau Ange*. C'est compris ?

Belinda fronça les sourcils.

— Jesse est excité à l'idée de la faire avec toi. Sois au top, Amber. Souviens-toi, c'est un gros client pour nous. C'est inhabituel pour quelqu'un comme toi, qui travailles comme assistante, d'être intégrée dans une séance photo.

— Oui, je sais, dit Amber en s'adressant au dos de Belinda.

N'étant pas du genre à s'attarder pour discuter, celle-ci était déjà repartie.

Amber appela le studio de Jesse, s'entretint avec Gayle Nickerson, son assistante depuis des années, et confirma les arrangements.

— L'endroit devrait te sembler agréable, dit Gayle. Ça fait quoi ? Trois ans que tu tournes avec ce parfumeur ?

— Oui, répondit Amber.

Elle avait eu beaucoup de chance d'obtenir ce contrat. Si Jesse n'avait pas insisté, Belinda n'aurait jamais accepté.

— Le temps file trop vite, dit Gayle. Je n'arrive pas à croire que je fais partie de l'équipe de Jesse depuis douze ans. Je me souviens de tes débuts avec Belinda. Je ne pensais pas que tu tiendrais, mais tu as réussi à travailler avec elle alors que beaucoup d'autres ont échoué. Comment fais-tu ?

Amber s'esclaffa.

— Je la boucle, et je cherche à prouver à ma mère que je peux réussir seule.

Gayle rigola doucement.

— De bonnes raisons. Je dirai à Jesse que tu as appelé et que Belinda a besoin de tout le monde sur place pour une journée supplémentaire.

— Merci, dit Amber. Je te verrai là-bas.

Profitant de la bonne humeur éphémère de Belinda, Amber envoya rapidement par mail sa demande pour les deux jours de congé dont elle avait besoin pour rejoindre ses amies au Seashell Cottage. Elle avait besoin d'y aller. Elles étaient les deux seules personnes au monde auxquelles elle faisait confiance pour l'aider à se sortir du guêpier dans lequel elle se trouvait.

CHAPITRE QUATRE
Cate

Frustrée parce que son inspiration était au point mort, Cate se leva de sa table et fit les cent pas dans son bureau. Puis elle ramassa la petite épée en bois que Jackson avait fabriquée en cours d'ébénisterie et joua avec, provoquant les aboiements furieux de Buddy.

— C'est bon, mon garçon, dit-elle en se mettant en garde. C'est juste Serena. Elle est tombée sur son ennemi juré et doit se battre pour se tirer d'une situation épineuse. J'essaie simplement de trouver les bons mouvements pour mon récit.

Cate posa l'épée sur son bureau et ramassa Buddy pour lui faire un câlin.

— Serena a peut-être besoin d'un nouveau dragon de garde. Son fidèle compagnon a été blessé dans le dernier tome.

Buddy lui lécha le visage comme s'il approuvait. Elle le reposa en riant.

— D'accord, je vais lui en trouver un nouveau.

Elle se rassit devant son ordinateur et tenta de se concentrer sur l'univers qu'elle avait créé. Elle avait été surprise quand la série des Guerres de Galeon avait rencontré le succès. Ceci étant, Serena était un personnage captivant ; tout l'inverse de Cate. Grande, brave et forte, Serena prenait les problèmes à bras le corps, affrontait n'importe qui et s'exposait à tous les dangers réels ou imaginaires.

Bizarrement, peu de gens suspectaient à quel point Cate

aimait le monde dans lequel Serena évoluait. Écrire sur cet univers autorisait Cate à se sentir plus libre qu'elle ne l'avait jamais été.

Le besoin pour Cate d'être silencieuse, calme et pratiquement invisible avait débuté quand elle avait emménagé avec sa tante. Moins celle-ci la voyait ou l'entendait, mieux c'était. La situation s'était aggravée lorsque tante Margaret avait trouvé un emploi auprès de M. Ira Pennyman, un voisin de la famille de Brooke. Décédée depuis, sa tante, une infirmière qualifiée, avait admiré le vieil homme dont elle s'occupait six jours par semaine. Cloué dans un fauteuil roulant à cause d'un accident de voiture qui lui avait broyé le dos et l'avait paralysé à partir de la taille, Ira Pennyman était un homme de plus de soixante-dix ans, exigeant et allergique aux enfants. Ce qu'il avait en commun avec sa tante.

Il n'avait croisé Cate que quelques fois et toujours par accident. Sa tante lui répétait en permanence d'être silencieuse et de se tenir hors de sa vue, qu'il pourrait la renvoyer parce qu'elle amenait un enfant au travail et qu'elle ne trouverait jamais un aussi bon emploi que celui-là.

C'était un jour où elle jouait calmement dans le vaste jardin d'Ira qu'elle avait vu Brooke dans la maison d'à côté et était devenue son amie. Et quand Amber les avait rencontrées au parc du quartier un matin, le duo était devenu un trio – trois fillettes venues d'horizons différents rassemblées par la solitude et le destin.

Buddy aboya, arrachant Cate à ses pensées vagabondes.

De nouveau concentrée sur son livre, Cate décida que Buddy avait raison. Serena avait besoin d'un nouveau dragon. Elle fit défiler dans son esprit une série de noms et se fixa sur Condora. Elle imaginait déjà la petite créature. Elle commença à décrire la bataille et l'apparition d'un jeune dragon aux côtés de Serena qui l'aida à sauver la situation. Elle était tellement plongée dans l'histoire qu'il lui fallut un long moment pour s'apercevoir que son portable sonnait. Agacée par l'interruption, elle prit l'appel. *Abby Francis, son agent.*

— Allô ?

— Salut Cate. C'est Abby. Je t'ai trouvé une occasion de parler à un petit congrès d'écrivains le premier week-end de novembre. Les ventes sont un peu au ralenti. Je pense que tu devrais le faire.

Cate déglutit avec difficulté. Elle détestait décevoir Abby, qui l'avait loyalement soutenue depuis ses débuts.

— Je suis désolée, Abby. Je ne peux pas. J'ai pris des engagements personnels pour cette période.

— Ne me dis pas que tu vas enfin épouser ton beau gosse, s'exclama Abby.

— Non, non, rien de ce genre. Je retrouve mes deux meilleures amies en Floride. C'est très important pour nous toutes.

— Tu es sûre que tu ne peux pas changer la date ?

— Absolument, répondit-elle fermement.

Les rassembler toutes les trois n'était pas facile. Elle avait de la chance que les deux autres aient accepté de prendre le temps de la rejoindre.

— Très bien. Je suis déçue mais je comprends. Tu ne me laisses généralement pas tomber. Je vais laisser passer cette fois-ci, mais souviens-toi de l'importance du tome cinq pour ta carrière. La maison d'édition devrait bientôt révéler la couverture et tu devras commencer à faire ta part de la promotion.

Cate soupira.

— Je sais. Ce n'est pas ce que je préfère. Est-ce que tu aurais un moyen de leur soutirer plus d'argent pour la publicité et la promotion ?

— Si seulement, grommela Abby. C'est plus difficile chaque année. C'est pour ça que tes ventes doivent rester bonnes. C'est toujours une histoire de chiffres. Mais ne t'inquiète pas. Je vais essayer. Tes lecteurs attendent impatiemment celui-ci.

— Je sais. Je travaille dessus.

— Bien. Fais une pause et ensuite envoie rapidement un premier jet à ton relecteur. Tu sais ce qu'on dit : premier arrivé, premier servi.

Cate s'esclaffa. Abby énonçait souvent ce genre de petits dictons.

— Serena va avoir un nouveau dragon. Une jolie petite fille, cette fois-ci.

— Sympa. J'aime cette approche. On se parle plus tard. J'ai un autre appel.

Cate raccrocha et se demanda ce qu'elle aurait fait sans Abby. Elle était tellement inexpérimentée, tellement naïve au sujet du monde de l'édition quand elle avait débuté qu'elle aurait sûrement échoué si Abby n'était pas intervenue. À présent, après beaucoup de faux pas, de ressentiment et de détermination, Cate s'était bâti un bouclier imaginaire qui l'aidait à composer avec son relecteur et son éditeur. L'industrie du livre n'était pas faite pour les mauviettes.

Elle se leva, se rendit à la cuisine et se fit une tasse de thé, l'esprit bourdonnant d'idées pour la suite de son intrigue. Elle espérait avoir quasiment terminé le premier jet du livre avant de partir pour la Floride. Elle avait la sensation que le week-end avec ses amies serait riche en surprises. C'était en général le cas quand elles se retrouvaient. Elle avait vraiment hâte !

Cate travailla sur son manuscrit alors que les jours défilaient, interminables ou fugaces. Elle se força à écrire même en sachant que son travail demanderait une relecture approfondie.

Le jour arriva enfin où Cate boucla sa valise, souhaita un au revoir ému à Jackson et se rendit à l'aéroport. Au lieu de passer par New York, elle conduisit jusqu'à l'aéroport du comté de Westchester à White Plains pour prendre un vol pour Tampa. La plupart des vols qui en décollaient requéraient une escale, mais Cate avait été capable de réserver une place sur un direct. C'était beaucoup plus facile que de traverser la ville et de batailler avec les embouteillages sur le chemin de LaGuardia ou de JFK.

Après avoir passé la sécurité, elle attendit pour embarquer puis s'installa dans son siège, se sentant comme une gamine avant le début de sa fête d'anniversaire. Elle était pressée de voir ses amies, d'apprendre ce qu'elles avaient fait et ce qu'elles prévoyaient pour l'avenir. Les quarantièmes anniversaires étaient des étapes importantes pour de nombreuses raisons. On avait l'habitude de dire qu'ils marquaient la moitié de la vie, si on était chanceux. Cependant de nos jours, quarante était le nouveau trente, même si ça restait une date marquante.

Au cours du vol, elle regarda par le hublot défiler les villes miniatures en dessous de l'avion. De grands nuages blancs et cotonneux flottaient paresseusement dans le ciel, créant des ombres mouvantes sur le sol avant de s'éloigner.

Alors qu'elle se dirigeait vers le sud, l'humeur de Cate s'allégea. Elle avait besoin d'échapper à son travail et aux soucis que lui causait le choix que Jackson exigeait d'elle. Elle décida à cet instant que cette escapade lui permettrait de se laisser aller comme elle ne l'avait pas fait depuis longtemps.

Elle appuya sa tête contre le dossier, contente d'avoir réservé un siège sans vis-à-vis. Ce n'était pas élégant, mais c'était mieux que d'être à l'arrière de l'avion.

Très vite, la voix du pilote annonça leur descente sur

l'aéroport international de Tampa. Elle regarda sa montre. Onze heures quarante. Parfait, le vol d'Amber était prévu à midi. Elles rejoindraient le cottage ensemble et le prépareraient pour l'arrivée de Brooke dans l'après-midi.

Dès l'extinction du signal lumineux, Cate se leva précipitamment et attendit l'ouverture de la porte en trépignant d'impatience. Elle n'avait pris qu'un petit bagage à main avec elle, ce qui facilitait les choses.

À la sortie de l'avion, elle se joignit à la foule de passagers qui prenait le tram vers le terminal principal et l'arrivée des bagages. Elle avait convenu de retrouver Amber là-bas. En pensant à son amie, Cate lissa d'un geste automatique les plis de son pantalon. Amber était toujours tirée à quatre épingles, et Cate n'arriverait jamais à égaler son allure et son sens du style. Quand les mots lui venaient sans effort, elle passait parfois toute la journée à travailler chez elle en pyjama.

Elle trouva un siège libre et s'assit pour regarder les gens. C'était un sport comme un autre pour elle. Observer des étrangers, étudier ce qu'ils portaient ou surprendre leurs conversations amenait son esprit vif à élaborer des histoires à leur sujet. Bien qu'elle vive par procuration dans un monde qu'elle avait inventé, rien ne l'empêchait d'imaginer d'autres histoires, des histoires contemporaines se déroulant dans le monde réel. Jusque-là, elle n'avait pas changé de genre, mais un jour elle pourrait décider d'écrire un roman de fiction contemporaine sous un pseudonyme.

Quand son attention fut enfin attirée par une grande blonde qui se dirigeait vers elle avec un déhanché digne d'un mannequin, Cate bondit sur ses pieds. Vêtue d'un jean blanc et d'un ample pull turquoise, Amber avait tout de la beauté qu'elle était et avait toujours été. Mais à mesure que son amie réduisait la distance entre elles, la consternation envahit Cate. De grands cernes noirs soulignaient les yeux bleu pâle d'Amber. Elle retint un hoquet de surprise. Amber avait un air... ma foi, épouvantable.

— Salut Cate ! dit Amber.

Un sourire éclaira son visage sans défaut, lui rendant l'apparence de l'ancienne Amber. Elle leva une main pour interrompre toute conversation.

— Ne dis rien. Je sais que j'ai l'air affreux.

Cate l'entoura de ses bras et l'étreignit avec effusion.

— Peu importe, tu es toujours magnifique.

Amber recula et l'examina en détail.

— Tu es resplendissante. On dirait que Jackson te traite bien. Très bien.

À la pensée de leurs ébats de la nuit précédente, Cate sentit ses joues s'enflammer. Jackson était un amant fantastique, passionné et généreux. Et il lui avait fait comprendre qu'elle lui manquerait, même si elle ne s'absentait que pour un week-end prolongé.

Amber éclata de rire.

— J'en étais sûre !

— As-tu des bagages ? demanda Cate, changeant rapidement de sujet.

Elle n'était pas prête à parler de Jackson. Pas avant que Brooke ne soit avec elles.

— En effet, j'ai une valise, admit Amber.

— Une grosse, sans aucun doute, se moqua Cate.

Amber haussa les épaules.

— Une fille doit parer à toute éventualité, n'est-ce pas ?

Cate sourit et secoua la tête. Amber voyageait rarement léger. Pourquoi le ferait-elle ? Sa collection de vêtements de marque était digne d'une princesse.

Après avoir récupéré la valise démesurée d'Amber, elles la transportèrent jusqu'au bureau de location de voitures. En marchant, Cate étudia Amber du coin de l'œil. Elle était habituellement partante pour toutes les aventures, mais son apparence et sa manière d'agir présageaient désormais le contraire.

CHAPITRE CINQ
Amber

— Tu vas bien ? demanda Cate, incapable de masquer son inquiétude.

— Attendons que Brooke soit là et je vous parlerai à toutes les deux.

Les yeux d'Amber s'emplirent de larmes.

— Je suis dans un tel pétrin.

— Oh, mais...

Cate parut abasourdie.

Amber prit une grande inspiration et se redressa, enfouissant la sensation d'impuissance qu'elle ressentait dans un endroit sûr tout au fond d'elle.

— Désolée. Ça va aller. Cette petite réunion est la meilleure des idées, Cate. Qu'auraient fait les bombes si tu n'avais pas été là pour nous guider ?

Gentille, douce et naturellement belle, Cate était la gardienne de leur amitié.

Le sourire de Cate fendit son visage et illumina ses yeux bruns.

— Je suis ravie que Brooke et toi ayez pu venir. Vous m'avez tellement manqué toutes les deux. Allez. Récupérons notre voiture et prenons la route. Je veux que tout soit prêt pour l'arrivée de Brooke. Tu sais que ça compte beaucoup pour elle.

— Comme si elle avait jamais eu besoin de s'inquiéter que les choses soient prêtes, déclara Amber d'une voix un peu tendue.

Face au regard surpris de Cate, Amber se sentit rougir.

— Je suis désolée d'avoir dit ça. Brooke a sans doute bénéficié de tous les avantages financiers possibles, mais sa vie n'a pas été facile avec une mère qui la dénigrait constamment.

— Dieu merci, son père l'adorait, rétorqua Cate. Malgré tout, le rejet d'une mère n'est pas facile à encaisser pour un enfant. J'en sais quelque chose.

Amber passa un bras autour des épaules de Cate.

— Les mères ! Qui en a besoin ?

Cate pouffa.

— Je dirais nous trois.

Elles choisirent de payer un supplément pour louer une décapotable rouge.

— C'est pour moi, dit Cate en sortant son portefeuille de son sac à main.

Elle ne parlait pas souvent de chiffres ou de ses succès, mais Amber savait que ses livres lui procuraient un joli revenu.

Elles chargèrent leurs bagages dans le coffre de la voiture, baissèrent la capote et quittèrent l'aéroport, avec Cate au volant et Amber comme copilote.

Le silence régnait dans la voiture alors qu'elles longeaient la côte vers le sud après avoir traversé le pont de la baie de Tampa. Avec le vent qui sifflait autour d'elles, faisant voler leurs cheveux autour de leurs têtes, la conversation aurait de toute façon été difficile. Qu'il en soit ainsi, songea Amber. Une fois qu'elle aurait commencé à parler, elle ne s'arrêterait peut-être plus.

Quand Cate stoppa dans l'allée du Seashell Cottage, Amber l'examina et laissa échapper un soupir de contentement. Il était aussi joli que sur les photos en ligne.

— Nous y sommes ! s'écria joyeusement Cate en lui souriant de toutes ses dents.

— Dieu merci ! dit Amber en détachant rapidement sa ceinture de sécurité. Dépêche-toi d'ouvrir la porte.

— Tiens bon ! J'ai déjà mémorisé le code.

Cate descendit de la voiture et se précipita vers le cadenas suspendu à la poignée de la porte d'entrée.

Dès que la porte fut ouverte, Amber la franchit en vitesse et disparut dans le couloir.

Quelques instants plus tard, elle vint rejoindre Cate dans l'entrée et examina le décor. D'après ses recherches en ligne, elle savait qu'une des suites se situait sur sa gauche, avec vue sur le golfe. Les deux autres, qui donnaient sur le jardin et la piscine, étaient au fond du couloir qu'elle venait d'emprunter. Face à elle s'étendait une salle de séjour au mobilier confortable. Au-delà et derrière la première chambre, s'ouvrait une grande cuisine moderne. Au final, c'était tout ce qu'Amber avait vu sur son écran d'ordinateur.

Elle sourit.

— Waouh! C'est chouette ! Ça doit nous coûter une jolie somme.

— En fait, Brooke a proposé de payer la location, dit Cate. Je pense qu'on devrait la laisser faire. Tu sais que ça lui fait plaisir de nous gâter.

Amber leva les yeux au ciel.

— Comme d'habitude, hein ?

Elle détestait être redevable à qui que ce soit. Cela remontait au temps où elle n'avait pas d'argent pour rendre la pareille à ses amies.

— Elle veut bien faire, Amber. Pour ma part, je lui serai éternellement reconnaissante de m'avoir acceptée, de m'avoir montré de nouvelles choses et d'avoir partagé de nouvelles expériences avec moi. Elle est généreuse.

— Tu as raison, répondit Amber en s'interrogeant sur sa réaction.

Étaient-ce les hormones qu'elle sentait bouillonner dans son corps ? Ou son manque de sommeil ? Elle s'éclaircit la gorge et refoula ses larmes.

— Brooke a été sympa avec moi aussi. Vous l'avez été toutes les deux. Avant vous, j'avais peu d'amis, principalement parce que je ne pouvais amener personne chez moi. Les rares fois où je l'ai fait, les mères des gamines leur ont interdit de revenir. Et pourquoi pas ? Je ne savais jamais quel homme ma mère divertirait la fois suivante.

Cate ne répondit pas. Ce n'était pas nécessaire.

La mère d'Amber, Tessa, était une mère célibataire qui se lançait constamment dans de nouvelles liaisons avec des hommes inappropriés qui montraient parfois un intérêt malsain pour Amber. C'était pour cette raison qu'elle se tenait éloignée de sa mère autant que possible. Leur relation était tendue.

— Allons chercher nos valises avant de faire une balade sur la plage, suggéra Cate. Brooke ne sera pas là avant un moment, et nous avons le temps de faire une petite marche avant d'aller faire des courses et déjeuner.

— Je vais prendre une des chambres de derrière, annonça Amber.

— Et je prendrai l'autre, dit Cate. Brooke aura plus d'intimité et une belle vue sur l'océan. Si c'est elle qui paie, elle le mérite.

Chacune s'installa dans sa chambre et elles se retrouvèrent dans la cuisine.

— J'ai préparé une liste de courses, dit Cate. Même si c'est juste pour quelques jours, je préfère qu'on ait tout ce qu'il nous faut.

Amber lui donna un petit coup de coude.

— C'est toi l'organisatrice.

Cate s'esclaffa et saisit son bras.

— D'accord. Allons faire cette promenade. Nous discuterons plus tard, quand Brooke sera arrivée. Je ne veux pas la laisser à l'écart.

Elles sortirent de la maison et s'arrêtèrent un instant dans le jardin, fascinées par les eaux bleues du Golfe du Mexique. Amber inhala l'air iodé et sentit un sourire de satisfaction fendre son visage. Il y avait quelque chose de presque magique dans l'odeur de l'air frais, la manière dont la brise marine caressait ses joues et le son de l'eau qui se précipitait sur le rivage avant de se retirer dans une danse vieille comme le monde. Elle leva les yeux pour admirer le ballet des mouettes, sternes et autres oiseaux dont les ailes blanches formaient un contraste saisissant avec le bleu profond du ciel.

— C'est joli, n'est-ce pas ? demanda Cate, qui se tenait à côté d'elle. J'oublie parfois de prendre le temps de regarder la beauté qui m'entoure.

— Je sais. Je reviens juste des Caraïbes et je te jure que j'ai à peine eu l'impression d'y être. Je n'ai fait que travailler.

— Une nouvelle séance photo ? s'enquit Cate.

Amber hocha la tête avec gravité et ses lèvres tremblèrent pendant une fraction de seconde avant qu'elle n'en reprenne le contrôle.

— Ça pourrait être ma dernière. On verra.

— Oh, chérie! Tu es bouleversée. Dès que Brooke arrive, je veux tout savoir dans les moindres détails, déclara Cate en l'observant.

Amber s'enjoignit d'arrêter de se plaindre et de rester forte.

— Allez, on y va. Un peu d'exercice ne me fera pas de mal.

Heureuse d'être là, Amber traversa vivement la pelouse en direction de la plage. Cate la suivit en courant pour compenser ses grandes enjambées.

Le sable compact au bord de l'eau était ferme sous les sandales turquoise d'Amber. Elle les ôta et se mit à courir, chaussures en main, en rêvant d'avoir des ailes pour s'envoler loin de ses problèmes.

Cate se maintint à sa hauteur. Quand elles s'arrêtèrent, Cate lui sourit et, entre deux halètements, lui dit :

— Ça fait du bien d'être loin de la maison et des intrigues sans fin pour l'écriture d'un nouveau tome. J'aimerais être un de ces romanciers qui planifient soigneusement chacun de leurs livres. Mais je suis ce qu'on appelle une « improvisatrice », je laisse l'histoire se dérouler librement, et je prends les rebondissements tels qu'ils me viennent.

— C'est pour ça que tout le monde aime tes livres. Tu les écris avec ton cœur, affirma Amber en lui souriant avec affection. Et ton cœur est aussi grand que ton sourire.

— Oh ! Merci, répondit Cate avec timidité.

Elle indiqua un point sur la plage à quelque distance.

— On fait la course jusqu'à la jetée.

Elles coururent côte à côte, puis ralentirent en atteignant l'appontement en bois. Il s'étirait au-dessus de l'eau comme un doigt hésitant à tester la température de l'eau.

— Ahhh, c'était bon. Je me rends compte que je devrais sortir davantage et faire plus d'exercice, dit Cate en tentant de reprendre sa respiration, assise sur un des bancs en bois alignés de chaque côté de la jetée.

— Tu devrais essayer de courir en plein air ou d'aller à la salle de sport le plus souvent possible, l'encouragea Amber. J'ai hâte de ne plus avoir à rester aussi mince, mais que faire ensuite ? Je n'ai jamais rien fait d'autre à New York qu'un peu de mannequinat et travailler dans l'industrie de la mode.

— L'approche de la quarantaine me pousse à questionner beaucoup de choses aussi.

Cate consulta sa montre.

— Nous ferions mieux de faire demi-tour. Nous devons déjeuner et aller au supermarché avant que Brooke n'arrive. J'ai hâte de la revoir.

— Je me demande à quoi elle ressemblera, s'interrogea Amber. Elle cherche constamment à modifier son apparence.

— C'est une vieille habitude, même si elle est parfaite telle qu'elle est. Peu importe quelle allure elle a, elle ne se trouve jamais séduisante. Sa mère a vraiment sapé sa confiance en elle.

Cate émit un reniflement amer qui surprit Amber.

— D'une certaine manière, je suppose qu'elle a eu de la chance. Je devais me battre pour un peu d'attention de la part de ma tante et ça se terminait rarement bien.

— Oui, je me souviens, répondit Amber avec compassion. On aurait dit que tu n'existais pas pour elle. Par la suite, elle a donné plus d'affection à son chat que tu n'en as jamais eu.

Elles retournèrent à la maison et, à cause de l'heure, décidèrent de manger une salade en faisant leurs courses plutôt que de risquer de manquer l'arrivée de Brooke au cottage.

Au cours du repas, Amber ôta soigneusement toute garniture pouvant contenir des calories indésirables et mit consciencieusement de côté le sachet d'assaisonnement.

Cate l'observa.

— J'espère que tu vas profiter de notre week-end ensemble. Manger, passer du bon temps, et tout le reste.

Elle grimaça.

— Tu as raison. Je vais faire attention à ce que je mange, mais sans exagérer.

Elle ouvrit le sachet et répandit la vinaigrette sur la laitue.

— Tu vois ?

— Je ne voulais pas te mettre mal à l'aise, dit Cate. Je sais que ça fait partie de ton boulot.

Amber ne répondit pas. Cate n'avait aucune idée de la compétition qui régnait dans son travail.

CHAPITRE SIX
Cate

De retour à la maison, Cate s'installa dans un fauteuil à bascule à côté d'Amber sur le porche avant, se balançant au rythme des vagues qui s'écrasaient bruyamment sur la plage, mais revenaient toujours à la charge telles un amant avide. Elle ferma les yeux et écouta le doux murmure des palmiers, ainsi que le bruissement des feuilles révélant leurs propres secrets.

— J'entends une voiture, s'écria Amber en bondissant sur ses pieds. C'est elle !

Cate suivit Amber autour de la maison jusqu'à l'allée où une limousine blanche tournait au ralenti. Le chauffeur en sortit et ouvrit la portière arrière.

Cate retint son souffle en attendant de voir Brooke. Elle poussa un soupir de soulagement en apercevant ses boucles rousses au naturel. Brooke paraissait en forme. Elle maltraitait ses cheveux quand elle se sentait mal. Elle les avait teints en vert irlandais pendant des mois après la naissance de ses jumelles lorsqu'elle n'était pas parvenue à perdre ses kilos de grossesse rapidement.

En souriant, Brooke se dirigea vers Cate et Amber, les bras grands ouverts.

— Quel plaisir de vous voir toutes les deux ! J'avais hâte d'arriver !

Après un échange d'embrassades, Cate recula et l'examina. Brooke était plus grande qu'elle, mais était dépassée en taille par Amber, qui était de loin la plus grande. La chirurgie esthétique avait redressé un nez qui avait autrefois exhibé une bosse et aplani le contour des yeux qui avaient été opérés au laser. Mais le sourire qui révélait une rangée de dents blanches était authentique et trahissait légèrement l'insécurité qu'elle ressentait toujours.

Pendant que Brooke payait le chauffeur, Cate ramassa la valise qu'il avait posée dans l'allée et attendit pour la traîner dans la maison. Amber saisit le grand bagage à main.

— C'est bon ? demanda Brooke en se tournant vers elles.

— Nous avons pris tes affaires.

Cate se dirigea vers la maison. Amber et Brooke la suivirent. Une fois à l'intérieur, Cate conduisit Brooke à sa chambre puis lui fit faire un rapide tour du cottage.

— C'est parfait, dit Brooke. Mon Dieu, vous n'imaginez pas à quel point j'ai besoin de cette pause.

Elle s'interrompit avant de lâcher :

— J'envisage de quitter Paul.

Un silence ébahi se fit, brisé par le glapissement de Cate.

— Paul ?

Brooke acquiesça.

— Il se conduit bizarrement depuis quelque temps et j'ai pris quelques kilos, au cas où vous n'auriez pas remarqué.

— Stop ! Tu es splendide, déclara Cate. Peut-être un peu ronde pour les standards californiens, mais mince pour le reste du monde. Même un peu trop mince.

Elle ne voulait pas faire allusion à l'apparence squelettique du visage de Brooke quand elle se mettait un peu trop drastiquement au régime.

— Paul est un type bien, dit Amber. Il y a eu un incident avec une patiente quelques années auparavant, mais qu'a-t-il fait pour te donner à croire qu'il te trompe ?

Brooke soupira.

— Laissez-moi enfiler quelque chose de plus confortable.

Ensuite nous discuterons. Et, pendant que vous y êtes, ouvrez une bouteille de vin. Ça doit bien être l'heure des cocktails quelque part et nous sommes là pour célébrer nos anniversaires à venir, même si nous avons des mois d'avance.

— Je vais ouvrir une bouteille de vin blanc, dit Cate.

— Et je vais préparer de quoi grignoter, renchérit Amber.

Après le départ de Brooke, Cate se tourna vers Amber.

— Je n'arrive pas à croire qu'elle envisage de quitter Paul.

— Elle en a peut-être assez de s'inquiéter à son sujet et de se demander s'il a entamé une autre aventure avec une patiente. Elle m'a avoué qu'il n'était jamais à la maison, dit Amber.

Cate ouvrit la bouteille de vin promise et sortit trois verres. Il n'était pas si loin de dix-sept heures.

Quand Brooke émergea de sa chambre, elle portait un corsaire noir et un chemisier à rayures noir et blanc qui soulignaient une silhouette mince.

— Tu as fière allure, lui dit Cate, en toute sincérité.

Elle avait toujours pensé que Brooke était la plus mignonne.

— Merci. J'y ai travaillé. La météo m'a bien aidée. J'ai pu m'entraîner tous les matins dans la piscine après le départ des filles pour l'école.

— Et comment va ton charmant garçon ? demanda Cate.

Elle était la marraine de P.J. et prenait son rôle au sérieux. Le visage de Brooke s'illumina.

— Il va très bien. Il sera même peut-être inscrit au tableau d'honneur s'il continue comme ça.

Elle accepta le verre de vin que Cate lui tendit.

— Je veux tout savoir de vous deux.

Elle les examina minutieusement et son expression s'assombrit quand elle se concentra sur Amber.

Celle-ci s'empara d'un plat contenant des fruits, des olives et des noisettes.

— Le porche est agréable. Allons discuter là-bas.

— Et si nous avons de la chance, nous verrons peut-être le rayon vert dont tout le monde parle, dit Cate. Si vous observez le soleil au moment exact où il disparaît à l'horizon et que les conditions de température et d'hygrométrie sont optimales, un rayon de lumière verte apparaît. Je ne l'ai jamais vu, mais je regarde à chaque fois.

— Croisons les doigts. Ce serait sans doute un bon signe pour nous, ajouta Brooke.

Elles sortirent sur le porche et installèrent les rocking-chairs en cercle. Une petite table posée au milieu accueillit les amuse-gueules, mais personne n'y toucha. Trop de secrets inavoués flottaient dans l'air comme des plumes voletant autour d'elles.

— D'accord, mademoiselle Brooke, attaqua Amber. Que se passe-t-il avec Paul ? Tu penses vraiment à le quitter ?

Brooke posa son verre et secoua la tête.

— Je ne sais pas. J'ai décidé de lui poser la question en rentrant à la maison et, s'il batifole, c'est fini pour moi. Je peux vivre seule confortablement.

— Mais tu y perdrais beaucoup : une famille unie, peut-être ta maison et une partie de ton héritage. Le divorce n'est pas donné en Californie, dit Cate.

— Crois-moi, ça en vaudrait la peine. Je ne peux plus supporter l'incertitude. Il n'est plus lui-même ces temps-ci et tu sais ce qu'on dit dans ces émissions télé de l'après-midi. C'est un signe qu'il se passe quelque chose.

— Du parfum ou du rouge à lèvres sur ses chemises ? demanda Amber.

— Non, rien de ce genre. C'est juste que les choses vont mal. Tu vois ? Il avait l'habitude de m'embrasser le matin en partant et le soir en rentrant.

Ses yeux s'embrumèrent.

— À présent, il me parle à peine.

— L'important, c'est de te préparer mentalement, physiquement et émotionnellement pour une décision aussi drastique qu'un divorce, expliqua gentiment Cate. Il faut que tu notes tout par écrit.

— Pourquoi n'engages-tu pas un détective privé ? suggéra Amber. Pour être sûre de ce qu'il se passe, avoir des preuves. Paul n'est pas ce genre de type. D'accord, il a merdé une fois. Il a admis que c'était une erreur et ce n'était pas une liaison, juste un baiser pour réconforter une patiente qui avait perdu un enfant.

Brooke s'adossa à son siège, l'air déprimé. Cate en fut touchée.

— Je ne peux pas imaginer que Paul te fasse ça, mais si c'est le cas, tu es forte et compétente.

Brooke se couvrit le visage avec les mains. Après quelques instants de silence, elle se redressa sur son fauteuil.

— Tout à fait. Merci, Cate. Je me sens mieux grâce à toi.

Elle reprit son verre de vin.

— Très bien. Mon cas est réglé. À votre tour.

— Es-tu prête à parler, à présent ? demanda Cate à Amber.

Elle se tourna ensuite vers Brooke.

— Nous avons décidé d'attendre ton arrivée avant de nous lancer dans des discussions sérieuses.

Amber soupira et secoua la tête.

— Je suis dans la panade. Vous savez toutes les deux à quel point ma patronne, Belinda Galvin, est difficile.

— Elle est légendaire, dit Cate.

— Ouais, une vraie garce, acquiesça Brooke.

— C'est une personne puissante dans l'industrie de la mode et elle a l'habitude d'obtenir tout ce qu'elle souhaite. J'ai dû ravaler ma fierté pour réussir à m'entendre avec elle. Ce n'est pas facile, mais travailler pour elle a été payant pour moi. Pas seulement pour l'argent, mais aussi pour apprendre le métier. En dehors du bureau, j'ai un bel appartement, une vie intéressante et tout ce que l'on peut désirer.

— Mais ?

Le regard de Cate restait fixé sur elle, captant sa détresse.

— Mais j'ai tout bousillé en tombant amoureuse de l'homme que Belinda considère comme son petit ami, même s'il le nie et m'a dit qu'il n'était sorti avec elle que deux fois avant d'y mettre fin.

— Et alors ? demanda Brooke. Ça ne devrait pas être trop grave. Ça arrive tout le temps à Hollywood.

— On n'est pas à Hollywood, même si ça y ressemble, déclara Amber d'une voix dure qui ne trompa personne.

— Quel est le problème ? s'enquit Cate, consciente que l'histoire ne s'arrêtait pas là.

— Le problème est que Belinda affirme qu'elle le veut toujours après juste deux rencards, qu'elle lui envoie des fleurs, qu'elle arrange des réunions d'affaires avec lui et qu'en un mot, elle le poursuit. Il m'a dit qu'il avait rompu avec elle depuis plusieurs mois, mais elle n'abandonne pas l'idée de se mettre en couple avec lui.

— Qui est ce type ? demanda Brooke.

Les joues d'Amber virèrent au rouge.

— Jesse Carpenter.

Les sourcils de Cate s'arquèrent de surprise.

— Jesse Carpenter ? Le type qui est célèbre pour ses photos ? Il a récemment publié un recueil de clichés d'habitants de différentes régions du monde qui reçoit des critiques très favorables. Certains le surnomment même l'Ansel Adams des gens, car son travail en noir et blanc comme en couleurs est stupéfiant.

— Oui, c'est lui. Un gars très gentil. C'était une vague

connaissance depuis longtemps. Nous avons appris à mieux nous connaître quand j'ai commencé à poser pour la maison de parfums, il y a deux ans. Si Belinda découvre la vérité sur Jesse et moi, je perdrai mon boulot.

— Et comment le découvrirait-elle ? s'enquit Brooke.

Le visage d'Amber se crispa. Des larmes roulèrent sur ses joues.

— Parce que je suis enceinte.

Les hoquets de Brooke et Cate restèrent suspendus en l'air comme des ballons gonflés à l'hélium flottant au-dessus d'elles.

— Vous voyez ? Je savais que vous seriez aussi choquées que moi. Je suppose que j'en suis à la huitième semaine. On sort ensemble depuis quelques mois et je prends toutes les précautions. Vous savez ce que je pense des enfants. Je les aime bien, mais je n'en veux pas. Vous comprenez. N'est-ce pas, Cate ?

Cate s'affala dans son siège.

— C'est ce dont je devais vous parler. Jackson ne veut plus attendre pour fonder une famille avec moi. Je lui ai dit que j'avais besoin de temps pour y réfléchir.

— Y réfléchir ? Bon sang, Cate, vous vous entendez mieux qu'un vieux couple, déclara Brooke avec conviction. Tu serais folle de lâcher ça. De plus, tu ferais une super maman. Regarde comme tu t'en sors bien avec Buddy ! Et ce n'est qu'un chien.

— Pas n'importe quel chien. Un teckel, lui rappela Cate.

Elle mordilla le coin de sa lèvre, incapable d'en dire plus pour l'instant.

— Nous sommes toutes dans le pétrin, n'est-ce pas ?

Elle leva son verre.

— À nous !

Amber leva son verre puis le reposa.

— Je ne peux pas boire, tu te souviens ?

— Attends, dit Brooke.

Elle courut dans la maison et revint avec un verre à vin rempli de thé glacé.

— C'est bon. À nous ! À nous toutes !

— Aux *bombes de la plage* ! s'écria Amber.

Elles trinquèrent, mais le son des verres n'allégea pas l'humeur de Cate. Elle n'avait pas imaginé les ennuis qui les attendaient.

Un peu plus tard, elles se tenaient toutes les trois debout sur la plage, face au soleil couchant. Le disque incandescent glissait doucement sous l'horizon. Du coin de l'œil, Cate étudia les femmes à ses côtés et remarqua l'espoir inscrit que leurs visages. Mais, lorsque le soleil eut entièrement disparu derrière la ligne de nuages gris, aucune d'entre elles ne cria qu'elle avait vu le rayon vert.

CHAPITRE SEPT
Brooke

Le lendemain matin, couchée dans son lit, Brooke pensait à ses amies et aux problèmes qu'elles devaient toutes affronter. Il y aurait d'autres longues discussions, mais le fait était qu'il faudrait bien plus que des paroles pour sortir de ces situations délicates.

Elle se leva et regarda par la fenêtre. Le ciel bleu et le soleil qui la saluèrent lui remontèrent le moral. Elles étaient fortes et intelligentes. Ensemble, elles trouveraient des solutions et des plans de bataille. Une chose était sûre, cependant. Dans les jours à venir, elles devraient être présentes les unes pour les autres.

Elle revêtit un short et un tee-shirt, sortit de sa chambre sur la pointe des pieds et quitta silencieusement la maison. Elle avait besoin de communier avec la nature pour apaiser son âme tourmentée. Elle avait dit aux autres qu'elle n'hésiterait pas à divorcer de Paul, mais en vérité, ça lui briserait le cœur. Comme Cate l'avait rappelé, il l'avait aimée dès le début telle qu'elle était. Elle l'avait rencontré pendant sa première année d'université alors qu'il était en dernière année de médecine. Fils unique d'un couple âgé, il n'avait pas peur d'être le gamin pas cool, l'intello coincé qui avait grandi en rêvant d'être médecin. C'était quand elle était tombée enceinte de lui qu'il avait décidé de s'orienter vers l'obstétrique.

Elle aperçut Amber au loin et se dirigea vers elle.

— Que fais-tu debout aussi tôt ? demanda Brooke en

s'approchant d'elle.

Amber lui fit un sourire penaud.

— J'essaie de trouver un moyen de gérer les choses. Comme je vous l'ai dit hier soir, Jesse n'est pas au courant pour le bébé. Je ne suis pas sûre qu'il en sera heureux. Il m'a clairement fait savoir qu'il n'avait aucun désir d'entamer une relation sérieuse après son divorce il y a six ans. Il a deux enfants en fac et je ne pense pas qu'il ait envie de tout recommencer au début. Par ailleurs, il voyage pour son travail.

— Malgré tout, il a le droit de savoir, dit Brooke.

— Oui, j'ai conscience qu'il faut le lui dire.

La voix d'Amber trahissait son irritation, mais Brooke s'en moquait. Elle savait qu'Amber détestait l'idée de perdre son indépendance, particulièrement vis-à-vis d'un homme. Les séquelles de son enfance.

— Je cherche un moyen de dire à Belinda que j'aurai besoin de congés dans quelques mois pour l'arrivée du bébé.

— Et après ?

Brooke se demanda si Amber réalisait tous les changements que sa vie allait subir.

Amber haussa les épaules.

— C'est ce dont je ne suis pas sûre. Il y a tellement de choses à considérer.

— Bonjour, mes chères amies, déclara Cate en les rejoignant. Je veux que vous sachiez comme je suis heureuse que nous nous retrouvions. Même si je me suis retournée dans mon lit toute la nuit, je sais que nous resterons les meilleures amies et que nous nous entraiderons quoi qu'il advienne.

— Tu as tout à fait raison, dit Amber en l'étreignant brièvement.

— De quoi discutiez-vous ? demanda Cate.

— Je cherche un moyen de garder mon boulot et de

demander quand même à Belinda des congés pour avoir mon bébé.

— Écoute, si tu as besoin d'un endroit pour tes dernières semaines de grossesse ou après, tu peux venir habiter chez moi. Jackson a passé la majeure partie de ses vacances d'été à transformer la vieille cabane au fond du jardin en « antre pour fille ». Il reste des finitions à faire, mais c'est splendide. En plus de mon bureau, il a aménagé une chambre, une salle de bains et une cuisine.

— Ça ressemble plutôt à une petite maison d'amis, dit Amber. Merci. Je pourrais bien te prendre au mot.

— Ce n'est pas aussi simple. Ta vie va subir de nombreux changements, déclara Brooke. Pareil pour toi, Cate, si tu décides de sauter le pas et d'avoir un enfant avec Jackson.

— Oui, c'est un de mes soucis, avoua Cate immédiatement. Je me souviens de la réticence de ma tante à s'occuper de moi. Je serai responsable d'un enfant avec Jackson pour le reste de ma vie. Cette idée me fiche une trouille bleue. Et si j'étais aussi froide et indifférente qu'elle l'était avec moi ? Je ne voudrais pas faire ça à un enfant. C'était l'enfer.

Brooke l'examina.

— Tu n'as rien en commun avec ta tante.

— Mais ma mère et elle étaient toutes les deux comme ça. Et si c'était génétique ?

Des larmes montèrent aux yeux de Cate.

— Oh, chérie, intervint Amber. Tu es tellement gentille que je ne vois pas ça se produire.

— C'est ma plus grande inquiétude, admit Cate. Mais je ne veux pas perdre Jackson. Il est la meilleure partie de moi.

— Aucun risque. Tu es la meilleure partie de lui.

Brooke sourit et donna un coup de coude à Cate.

— Souviens-toi de ce qu'on a dit hier soir. Il est temps pour les *bombes de la plage* de prendre les choses en main, de vivre à fond et d'être fortes.

Elles se mirent en rang sur la plage, face à la mer. Comme un signe, un trio de pélicans effleura la surface de l'eau à la recherche de nourriture, volant en formation comme des avions de chasse, pleins de vie comme les trois femmes qui les regardaient.

À l'heure du déjeuner, Brooke prit place avec Amber et Cate à une table en terrasse du Cochon pourpre. Récemment ouvert, le bar était déjà connu pour son excellente nourriture et ses margaritas sophistiquées. En temps normal, Brooke ne buvait pas d'alcool pendant la journée, mais, quand Cate lui avait demandé de se joindre à elle pour célébrer leurs anniversaires, elle n'avait pas résisté à l'envie d'une margarita texane. Elle repoussa toute pensée de sa situation dans un petit coin de son esprit. Il était plus important de passer du temps avec ses amies et de les aider à prendre des décisions pour leur avenir. Quant à elle, elle écouterait tous les conseils qu'elles voudraient bien lui donner. À l'exception de Paul, c'étaient elles qui la connaissaient le mieux.

En buvant son verre, Brooke prit un instant pour examiner l'intérieur du bâtiment à travers les portes coulissantes. Les murs étaient peints d'une couleur prune et servaient de fond aux portraits de cochons cocasses qui en couvraient la plus grande partie. Les tables étaient couvertes de nappes pourpres, sur lesquelles ressortaient les serviettes rose pâle, et de verrerie scintillante. Un soliflore en cristal contenait une orchidée blanche ourlée de mauve. Stylé mais sympa, le bar s'avérait être une bonne surprise.

Au cours de leur repas, Brooke dit :

— Allons faire du shopping. Ça fait un moment que je n'ai pas acheté d'affaires pour bébé et il y a tellement de super nouveautés que j'aimerais bien voir ce qu'ils ont inventé. Amber, tu auras besoin de tout savoir et Cate, si tu penses à faire un enfant, tu pourrais avoir envie de t'informer aussi.

Amber et Cate échangèrent un regard.

— Ça me va, dit Amber. C'est un monde qui m'est inconnu, et Dieu sait que je vais avoir besoin d'aide.

— C'est bon pour moi aussi.

Cate s'enveloppa de ses bras.

— Je n'arrive pas à m'imaginer avec un vrai bébé.

— J'espère que tu vas décider de faire le grand plongeon. La maternité a été un plaisir pour moi. P.J., Brynn et Bradley sont mes plus belles réussites.

Brooke s'interrompit, momentanément submergée par la tristesse.

— Et celles de Paul aussi. C'est un bon père. Je le lui accorde.

Elle avala la dernière bouchée de sa salade composée au saumon grillé.

— Délicieux.

— Vous êtes prêtes ? Je vais régler l'addition.

Amber saisit le ticket que la serveuse avait laissé sur la table. Elle tira quelques billets de son sac à main et les glissa sous son assiette.

— Voilà. Nous pouvons y aller, à présent.

Brooke la regarda, amusée par la petite tape déterminée qu'Amber donna aux billets. Amber était susceptible concernant les questions d'argent, sans doute parce qu'elle n'en avait pas eu pendant son enfance.

Elles quittèrent le restaurant et se rendirent dans un grand magasin qui proposait tout ce dont un nouveau-né pouvait avoir besoin.

À la vue des couleurs, du matériel et des minuscules habits, Brooke entrelaça ses doigts. Tant de souvenirs lui revenaient.

Hélas, elle avait eu trop de travail avec les jumelles pour avoir le temps d'en profiter comme elle l'avait fait avec P.J.

Elle se tourna vers Amber.

— Tu dis que tu en es à huit semaines, ce qui signifie que tu auras un bébé de printemps. Le printemps est une bonne saison pour un tout petit. Tu pourras aller te promener avec elle et...

Amber leva une main pour l'interrompre.

— Attends une minute ! Elle ? Je pourrais avoir un garçon. C'est ce que j'espère.

Brooke s'esclaffa.

— D'accord, ce sera la bonne période pour te promener avec *lui* et profiter du grand air. Voyons ce qu'ils ont comme poussettes ici avant de regarder en ligne.

— Regardez ça.

Cate leur montrait une toute petite tenue. La grenouillère blanche avait sur l'épaule gauche un papillon tridimensionnel en tissu rose. Une coccinelle brodée juste à côté semblait prête à partir en exploration.

— C'est adorable. Très bien, je vais établir une liste de tout ce qu'il te faudra, dit Brooke en prenant un morceau de papier et un crayon dans son sac. Comme ça, tu ne seras plus aussi perdue.

— Je n'imagine pas élever un enfant à New York, particulièrement dans mon petit appart, dit Amber. Mais je suppose que je vais devoir commencer à y réfléchir.

— Souviens-toi, dit Cate, tu as ta place chez moi si tu en as besoin.

— Ou chez moi, souffla Brooke.

— J'espère ne pas avoir à en arriver là, répondit Amber. Continuons, pour que j'aie une meilleure idée de tout ce qu'il me faudra. J'en ai la tête qui tourne. Tous les vêtements semblent assez petits pour une poupée et tous les meubles paraissent énormes. Comment vais-je faire ? Ma vie, mon espace, mon temps vont être complètement chamboulés.

— Prends les jours comme ils viennent, l'un après l'autre, affirma Brooke.

Cate traînait derrière elles alors que Brooke guidait Amber d'une section à l'autre. Elles s'arrêtèrent toutes devant les mobiles musicaux. Le son cristallin de la musique fit sourire Brooke. Elle regardait une vache, une assiette et une petite cuillère tourner au-dessus d'un berceau – des formes et des couleurs attirantes pour un bébé – et son cœur s'emplit de chaleur à la pensée de ses filles. Couchées côte à côte dans un berceau, elles avaient tendu les mains vers les mêmes choses au même moment, sur un mobile placé au-dessus d'elles. Elle avait été fascinée par la force de leur connexion.

En entendant un sanglot, Brooke se tourna vers Amber. L'angoisse affichée sur son visage l'effraya.

— Qu'est-ce qui ne va pas, chérie ?

— Si le bébé est une fille ? Comment pourrai-je la protéger ? Ou même un garçon ?

Brooke l'entoura d'un bras.

— Je suis certaine que tu prendras bien soin de ton bébé.

— Tu seras une bonne mère, Amber, déclara tranquillement Cate.

Des larmes coulaient sur les joues d'Amber.

— Vous ne comprenez pas. Je ne vous l'ai jamais dit, mais il est arrivé une fois que personne ne me protège.

Cate était aussi verte que Brooke. Elle savait qu'Amber s'était sentie menacée par les amis de sa mère, mais elle n'avait jamais eu conscience que les choses étaient allées plus loin.

— Oh, chérie !

Brooke enveloppa Amber dans une étreinte farouche.

— Je suis tellement désolée. J'aurais aimé que tu nous en

parles.

— Je ne pouvais pas…, dit Amber. Je ne me suis attaquée à un grand nombre de problèmes que dernièrement. Dont celui-ci.

Ses larmes coulaient désormais à flots.

— Viens ma douce, sortons d'ici, dit Cate, les larmes aux yeux.

Refoulant les siennes, Brooke la saisit par un bras, Cate prit l'autre et elles quittèrent le magasin

.

CHAPITRE HUIT
Cate

Amber et Brooke étaient assises à l'arrière alors que Cate conduisait. Les seuls sons audibles dans la voiture étaient les sanglots d'Amber et les murmures apaisants de Brooke.

Quand elles arrivèrent au cottage, elles se rendirent sur le porche et s'y installèrent.

L'esprit de Cate tentait toujours d'admettre qu'Amber avait été abusée sexuellement. La pensée lui donnait la nausée.

— Je n'avais pas réalisé...

— Réalisé à quel point c'était moche de vivre avec ma très chère mère ? demanda Amber avec une âpreté que Cate comprit. À l'époque, je n'osais rien dire à personne, mais je ferais aussi bien de tout vous raconter maintenant. On dirait que l'heure est venue de régler un tas de trucs, anciens et récents.

— Si tu ne veux pas en discuter, ne dis rien, dit Cate. Nous sommes là pour toi dans tous les cas.

— C'est vrai, renchérit Brooke. Je savais que ta relation avec ta mère n'était pas terrible, et c'est pour ça que je t'invitais toujours à venir chez moi. Mais je n'avais aucune idée que c'était aussi moche.

— Ouais, ce n'était pas génial. Je savais que si j'en parlais à quiconque, je risquais d'être placée en foyer d'accueil, ce qui aurait été encore pire. C'est pour ça que je prétendais que tout allait bien.

— Quelle horreur ! s'exclama Cate.

Son cœur saignait pour Amber.

— Après avoir travaillé pour Belinda pendant un certain temps et tenté de m'adapter à son mode de gestion pénible, j'ai découvert les nombreux sentiments que m'inspirait ma mère. J'ai fait appel à un professionnel l'an dernier et j'ai expliqué ce qui m'était arrivé à une thérapeute.

Amber soupira.

— J'ai essayé plusieurs fois de me réconcilier avec ma mère et, quand j'en ai parlé à la thérapeute, elle m'a conseillé d'abandonner cette relation toxique. C'est pour ça que je n'ai plus de contact avec ma mère.

— Je suis désolée, dit Brooke.

Amber lui sourit.

— Venir chez toi était, pour moi, l'équivalent d'un conte de fées.

Brooke secoua la tête.

— Ma mère vous adorait. Et pourquoi pas ? Vous étiez belles, tout ce que je n'étais pas. Et toi Cate, en plus d'être jolie, tu étais intelligente, gentille et polie. Vous n'avez aucune idée de la vie que je menais avec une mère comme Diana Ridley. Mais Amber, je n'ai pas eu à supporter le genre de choses que tu as subi. Et Cate, ma mère passait au moins du temps avec moi alors que la tienne t'a abandonnée.

— Malgré tout, ta mère n'était pas facile, dit Cate.

— Nous nous voyons assez souvent maintenant que nous vivons toutes les deux en Californie, mais ce n'est pas agréable pour moi. Je le fais pour mes enfants. Les jumelles l'adorent et elle les aime aussi. Du coup, je me dis que j'ai réussi quelque chose.

— Tes enfants sont merveilleux, Brooke, affirma Cate en prenant vivement la défense de son amie.

— Je remercie Dieu qu'ils n'aient pas hérité de ma bosse sur le nez, dit Brooke.

Et subitement, elles rirent toutes les trois, d'un rire

profond qui les aida à évacuer la tension de l'instant.

— Je crois qu'il est l'heure d'un verre de vin, dit Cate en se levant. Je te prépare un thé glacé ? demanda-t-elle à Amber.

— Merci. J'ai besoin de me désaltérer, répondit Amber.

Quand Cate revint, elle leur donna leurs verres et se rassit. Les yeux fixés sur l'eau, elle sentit son corps se détendre. Elle avait été terriblement choquée d'apprendre ce qu'Amber avait traversé sans qu'elle ou Brooke ne soient au courant. Ceci étant, même les amis les plus proches conservaient quelques secrets.

Le portable de Brooke sonna. Elle le regarda et quitta le porche.

— As-tu décidé de ce que tu allais faire ? demanda Amber à Cate. Si tu tombes enceinte rapidement, nos bébés pourraient devenir amis.

— Ce serait mignon, mais je ne suis toujours pas sûre de souhaiter poursuivre dans cette voie. Il y a tellement de choses à prendre en compte. Malgré tout, vous m'avez incitée à y réfléchir sérieusement.

Amber s'empara d'une main de Cate.

— Je sais que tu n'es pas du genre à prendre des risques, mais la vie est pleine d'opportunités. Si tu ne les saisis pas, tu ne l'auras pas vraiment vécue pleinement.

Cate recula dans son fauteuil et la regarda avec stupéfaction.

— Quand es-tu devenue aussi philosophe ? J'adore ça.

— Je suppose que je le dois à mon psy, déclara Amber en pressant la main de Cate avant de la lâcher.

Brooke revint sur le porche.

— Désolée d'avoir été aussi longue. C'était Paul.

Elle s'affala sur une chaise.

— Il m'a dit qu'il faudrait qu'on parle à mon retour.

— À quel sujet ? demanda Cate.

Brooke secoua la tête avec tristesse.

— Il n'a pas voulu m'expliquer, mais il a dit que c'était important.

Elle regarda dans le vide, les yeux larmoyants.

— Il avait l'air stressé. Ça doit être à propos d'une autre femme.

— Ne juge pas trop vite. C'est peut-être complètement autre chose, dit Amber.

— Je n'arrive pas à cerner le problème, mais il est devenu tellement silencieux, tellement réservé que ça m'effraie. Nous avons l'habitude de parler de tout, répondit Brooke. Ou du moins, nous l'avions. J'ai cessé d'essayer.

Cate observa ses amies et tenta d'alléger l'atmosphère.

— Une personne pleine de sagesse m'a dit que la vie était faite d'opportunités. Notre réunion ici en Floride nous donne la chance de mettre nos problèmes de côté et de nous amuser. Ce soir, revêtons nos plus beaux atours et sortons dîner. J'ai entendu dire que le restaurant Gavin de l'auberge Salty Key est fantastique, et c'est tout près. Entretemps, allons nager.

— Tu as raison, dit Brooke en hochant la tête avec emphase. Nous avons besoin de nous amuser. Ce n'est pas parce que je pleure maintenant que les choses vont changer.

— Je suis d'accord, déclara Amber. Mais après ce weekend, il faut qu'on se contacte plus souvent. Ça convient à tout le monde ?

— Oui, répondirent Cate et Brooke en chœur.

— Alors on tient déjà un plan, dit Amber.

— Et un bon, ajouta Brooke en se levant. C'est une belle journée. La dernière fois que j'ai vérifié, la piscine était à plus de trente degrés.

Cate rentra dans la maison, fit les réservations pour le dîner, enfila son maillot de bain et retourna dehors rejoindre ses amies qui se relaxaient, allongées sur des chaises longues.

Brooke se plaignait peut-être d'être un peu enrobée, mais elle était charmante, avec des courbes que les hommes semblaient apprécier. À moins que ce ne soient ses cheveux roux, qui formaient un halo autour de son visage, qui attirent leur attention. Elle ne pouvait pas imaginer Paul impliqué dans une autre affaire épineuse, mais elle savait aussi que certains hommes s'écartaient du droit chemin. S'il l'avait presque fait une fois, recommencerait-il ?

Elle porta son attention sur Amber. Comment supporterait-elle les changements que subirait forcément son corps ? Son estime d'elle-même avait toujours été liée à son apparence. C'était encore ainsi qu'elle survivait, en faisant un peu de mannequinat tout en travaillant dans le milieu de la mode.

Cate songea au fardeau que de nombreuses femmes s'imposaient en tentant de ressembler à ce qu'elles voyaient à la télé ou au cinéma, et elle se demanda pourquoi ces femmes et elle-même tombaient dans ce terrible piège. À plus d'une reprise, alors qu'elle se plaignait de son apparence ou du tombé d'un vêtement, Jackson lui avait affirmé qu'elle lui paraissait toujours magnifique. Il l'aimait. *Jackson est un homme tellement bien ! Il fera un bon père si j'ai le courage de sauter le pas.*

Brooke et Amber se tournèrent vers elle, et Cate se rendit compte qu'elle avait exprimé ses pensées à voix haute.

— On dirait que Cate est prête à prendre une décision concernant le bébé de Jackson, annonça Brooke en levant un pouce.

Cate gloussa.

— Je m'en approche.

Son cœur se gonfla d'amour pour Jackson. C'était vrai. C'était un homme merveilleux qui ferait un père génial. Leur devait-elle une chance de devenir parents ?

###

L'excitation de Cate s'amplifia quand la voiture approcha de l'auberge Salty Key. Elle avait oublié le plaisir de s'habiller pour aller dîner dans un restaurant chic. Toutes les critiques indiquaient que le Gavin était l'un des meilleurs établissements. Bien que Jackson et elle aient de nombreuses opportunités de sortir, ils avaient tendance à rester chez eux, où il pouvait leur cuisiner de bons petits plats.

— L'histoire de l'auberge et du restaurant est absolument adorable, dit Brooke. Je l'ai lue dans un magazine qui présente des personnes et des lieux.

Cate s'arrêta devant le service de voiturier.

— Tu nous la raconteras en mangeant. J'aimerais bien l'entendre.

— Cet endroit est bondé. C'est un miracle que tu aies pu obtenir des réservations, dit Amber en descendant de l'arrière de la décapotable, alors qu'un jeune homme lui tenait la porte ouverte et lui offrait sa main.

— Nous sommes un peu en avance.

Déjà sur le trottoir, Brooke se tourna vers elles.

— Nous pouvons attendre au bar, s'il le faut. Ça ne te dérange pas, Amber ?

— Non. De toute façon, en général je ne bois pas. Règle de Belinda. Aucun gros n'est autorisé à travailler avec elle. Moi moins que tout autre.

— C'est affreux, dit Cate. Je ne pourrais pas travailler pour elle. Pas tant que je savoure la cuisine de Jackson.

— Il n'y a rien d'écrit, mais c'est un fait, continua Amber. C'est un de mes soucis. Il y a de grands risques que je perde mon emploi à cause de ma grossesse.

— Il y aurait matière à intenter une action en justice, dit Brooke en prenant le bras d'Amber avant de se tourner vers Cate. Tu ne penses pas ?

— Pas forcément. Mais si les histoires que j'ai entendues sur Belinda sont vraies, ça n'aurait pas d'importance. Elle trouverait un moyen de se débarrasser d'elle, répondit Cate avec un regard de sympathie envers Amber.

— Elle fait attention à ce genre de choses. Elle me cantonnerait à un boulot hors de sa vue et avec de moins en moins d'influence jusqu'à ce que j'abandonne et démissionne.

Leur conversation s'acheva quand elles entrèrent dans le restaurant. Cate prit un instant pour examiner le décor. Les murs étaient couverts de lambris sombre et faiblement éclairés par des appliques en cristal. Des lustres également en cristal projetaient de la lumière depuis le plafond. Sur les tables recouvertes de nappes blanches amidonnées, les verres à vin et à eau en cristal reflétaient la lumière, donnant à la pièce un aspect scintillant. Des couverts en argent brillaient à chaque place. Une simple coupe en forme de fleur, chargée d'un bouton d'hibiscus coloré et placée au centre de chaque table, mettait la parfaite touche finale.

— C'est joli, affirma Brooke, souriante. J'espère que la nourriture est aussi bonne qu'ils le disent. Si c'est le cas, je pourrais ne jamais partir. Comme convenu, nous allons passer du bon temps.

L'hôtesse s'approcha, prit leurs noms et les conduisit jusqu'au maître d'hôtel qui se chargea de les mener à leurs sièges.

Il leur désigna une table située dans un angle de la salle principale. Bien que le restaurant soit très fréquenté, cette table leur accordait une certaine intimité.

— Stephanie s'occupera de vous ce soir, avec l'aide de Mark. Profitez de votre repas. Nous sommes enchantés de votre présence, annonça le maître d'hôtel avant de partir.

— Brooke a raison. Nous avons de la chance d'être ici, dit Amber en regardant autour d'elle. Comment t'es-tu débrouillée ?

Une rousse splendide s'approcha de leur table.

— Catherine Tibbs ? Bonsoir, je suis Darcy Sullivan Blakely, une des propriétaires. Quand j'ai vu votre nom sur la liste des réservations, j'ai su que je devais venir me présenter. J'adore vos livres. À un moment de ma vie, j'ai pensé devenir auteur, mais les choses ont tourné autrement. Je n'ai pas abandonné l'idée, mais je consacre mon temps à ma famille grandissante.

— J'ai lu un reportage sur vos sœurs et vous, déclara Brooke en souriant à Darcy. Cet endroit est fantastique.

Darcy sourit en retour.

— Merci. Mes sœurs auront plaisir à l'entendre. Il est dédié à mon oncle, dont il a pris le nom. Profitez de votre dîner. Je suis très heureuse que vous ayez pu vous joindre à nous.

Quand elle eut quitté la table, Amber poussa Cate du coude.

— Maintenant, nous savons comment tu as pu avoir de la place à la dernière minute. Une certaine patronne est aussi fan d'une auteure célèbre.

Cate éclata de rire.

— Moi ? L'auteure célèbre ? Pas vraiment. Mais c'est sympa qu'un lecteur aime ce que je fais. Ça donne un sens à toutes ces heures de travail solitaire.

Elle se tourna quand le sommelier s'approcha de la table.

— Puis-je vous aider à choisir votre vin pour ce soir ? leur demanda-t-il.

— Absolument, répondit Brooke, et Cate fut contente de voir qu'elle avait perdu l'air morose qu'elle arborait précédemment.

Après avoir commandé un vin que le sommelier avait qualifié de pinot noir léger et agréable, produit par le domaine de Chandler Hill situé en Oregon dans la vallée de la Willamette, Brooke raconta à Cate et Amber comment les trois sœurs Sullivan avaient hérité d'une auberge en état de décrépitude avancée et l'avaient convertie en lieu à la mode.

— J'adore les histoires de femmes fortes, dit Cate.

— J'ai décidé que, si Paul a une aventure, je n'attendrai pas, mais que je demanderai le divorce immédiatement. Je ne veux pas être comme ces femmes que je connais et qui ferment les yeux sur les errements de leurs maris parce qu'ils leur assurent un mode de vie agréable. Je ne veux pas que mon fils ou mes filles pensent que c'est juste. Paul et moi avons fait beaucoup d'efforts pour arrondir les angles et bâtir une relation plus forte après l'incident avec sa patiente, mais je ne repasserai pas par là.

— Quoi qu'il advienne, nous serons là pour toi, dit Cate, inquiète de voir la tristesse emplir les yeux de Brooke.

En raison de son incapacité à répondre aux exigences de sa mère, Brooke souffrirait de la trahison de Paul davantage que beaucoup d'autres personnes.

Au moment de commander le dessert, la serveuse leur annonça que quelqu'un l'avait déjà fait spécialement pour elles et leur demanda si elles désiraient du café ou une autre boisson.

Amber et Brooke se tournèrent vers Cate qui leur fit un clin d'œil en retour.

— Je leur ai dit que nous fêtions nos anniversaires.

En souriant, elles réclamèrent du thé et du café.

Après le départ de la serveuse, Brooke se tapota l'estomac.

— Je me fiche d'avoir déjà trop mangé, je prendrai ma part de dessert. Célébrer nos anniversaires ensemble était la meilleure idée possible.

Elle leva son verre de vin.

— Je vous aime toutes les deux.

— À nous, dit Cate, heureuse que leurs retrouvailles se déroulent aussi bien.

Quand la serveuse revint, elle était suivie par un jeune homme vêtu d'une veste de cuisinier et d'un pantalon à damier noir qui portait un gâteau.

— J'ai appris que nous avions non pas un, mais trois anniversaires à fêter. Tous mes vœux à chacune d'entre vous. Bon appétit !

Il posa le plat au centre de la table.

— Voici notre chiffon cake au citron. Et, à votre demande, nous avons conservé le thème de la plage.

Le glaçage blanc était décoré de coquillages et d'une seule fleur d'hibiscus rose.

Ravie, Cate applaudit.

— C'est magnifique ! Merci beaucoup !

— Oui ! Merci ! répétèrent Amber et Brooke.

Quelques instants plus tard, alors qu'elle avalait la dernière bouchée de sa part du petit gâteau citronné, Cate gémit doucement de plaisir.

— C'était le meilleur repas que j'aie mangé depuis très, très longtemps. Je ne sais pas comment ils ont fait, mais tout était parfait. Du steak tartare, en passant par la sole aux amandes, et jusqu'au meilleur dessert de la terre.

Depuis qu'elle vivait avec Jackson, elle avait appris à apprécier la bonne cuisine. Il adorait essayer de nouvelles recettes, mais les anciennes, bien rodées, étaient bonnes aussi. Malgré cela, elle lui expliquerait ce qu'elles avaient mangé et lui parlerait de la vinaigrette au citron vert, qui était particulièrement succulente avec ses fragments de zeste.

— Mon agneau était à tomber, dit Brooke.

— Les noix de saint jacques étaient les plus tendres que j'aie jamais goûtées, renchérit Amber. Bien que je n'en mange pas si souvent, avec tout ce beurre.

— Maintenant que tu es enceinte, tu vas devoir modifier ton régime, dit Brooke. Tu ne peux pas carencer ton bébé de peur de prendre du poids.

Un nuage sombre sembla obscurcir le visage d'Amber.

— Je sais. Je sais. Je n'arrive pas à imaginer ce que vont être les prochains mois. Je ne blâme pas Jesse de ne pas vouloir d'enfant.

Cate ne put s'empêcher de s'écrier :

— Attends ! Pourquoi dire ça ? Tu ne lui as même pas encore parlé du bébé.

Amber porta son verre d'eau à ses lèvres avant de le reposer.

— C'est ce que je ne lui ai pas dit qui pose problème. C'est quelque chose que je n'ai jamais dit à aucun homme.

Ses yeux brillèrent de larmes.

— Je crois que je suis amoureuse de lui.

Cate et Brooke échangèrent un regard surpris.

— Waouh ! C'est une tout autre histoire, s'exclama Brooke.

— Tu veux en discuter ? demanda Cate.

Amber secoua la tête d'un air déterminé.

— Non, je ne le souhaite pas

.

CHAPITRE NEUF

Amber

À leur retour au cottage, Brooke proposa :

— Regardons une comédie romantique, quelque chose qui nous fasse pleurer. Ça nous permettra d'évacuer pas mal de nos sentiments.

Amber savait que Brooke tentait de l'aider et fut touchée par son effort.

— Ça nous fera du bien et, si ça vous dit tout à l'heure, je préparerai du popcorn, affirma Cate avec un sourire espiègle.

Amber s'esclaffa.

— Ta spécialité au beurre brûlé ?

Elles pouffèrent de rire toutes les trois au souvenir d'une Cate âgée de quatorze ans faisant brûler le beurre dans la poêle avant d'y jeter le popcorn lors de sa première tentative. Par la suite, après un petit ajustement des proportions de beurre et d'huile, le popcorn de Cate était devenu leur préféré – une tradition lorsqu'elles faisaient une soirée pyjama chez Brooke.

Brooke leur adressa un sourire énigmatique.

— Avant de commencer, je vais me changer. Attendez ici, j'ai une surprise pour vous !

Elle quitta la pièce en gloussant.

— Je me demande ce qu'elle mijote, dit Amber.

Cate secoua la tête en souriant.

— Je l'ignore, mais on se croirait revenues au bon vieux temps. Te souviens-tu du nombre de fois où elle nous a fait ce genre de chose ?

— Tu te souviens de la fois où elle nous a fait porter des faux tatouages ? demanda Amber.

Cate monta ses mains à ses joues.

— Oh mon Dieu ! Quand ma tante s'en est enfin aperçue, elle était furieuse. Elle m'a traitée de petite traînée.

— Ta-da !

En entendant Brooke, Amber et Cate se retournèrent.

Brooke prit la pose pour elles. Vêtue d'un haut rose sans manche orné du dessin d'une femme nue sur le devant et des mots *Bombe de la plage* inscrits sous l'image, elle agita ses hanches. Un short rose soyeux imprimé de cœurs rouges et bordé de dentelle complétait la tenue.

— Qu'en pensez-vous ?

Brooke ondula des hanches et cambra le dos pour faire ressortir ses seins.

Amber éclata de rire.

— On ne peut pas faire plus ringard.

— Oui ! C'est parfait ! s'écria Cate.

Toujours en rigolant, Brooke leur tendit un paquet à chacune.

— Je vais enfiler le mien immédiatement, dit Amber, en s'efforçant de rester enjouée alors qu'elle quittait la pièce avec son ensemble.

La tenue aurait beaucoup plu à sa mère.

Dans sa chambre, Amber repoussa toute pensée de sa mère et mit le pyjama. Face au miroir, elle remarqua le léger bombé de son abdomen habituellement plat et frissonna à l'idée de ce qu'un bébé ferait à sa silhouette. Elle se dit qu'elle était idiote, mais d'un autre côté, son corps mince était une des raisons de son succès en tant que mannequin. Peut-être qu'un bébé l'obligerait à reconsidérer sa vie.

Ses pensées s'envolèrent vers Jesse. C'était peut-être parce qu'il travaillait en permanence avec des mannequins qu'il était le seul homme de sa vie à lui avoir donné l'impression d'être unique sans référer à son apparence. Ils aimaient parler de musique et d'art, et s'étaient retrouvés plus d'une fois au Musée d'art moderne avant d'aller manger tranquillement dans des endroits décalés à proximité. Elle avait même songé à prendre des cours de dessin pour pouvoir enrichir leurs conversations.

Un coup à la porte mit fin à sa rêverie.

— Tu es prête? demanda Cate en entrouvrant la porte. Brooke veut prendre des photos de nous trois.

— Me voilà, répondit Amber.

Elle chaloupa dans le couloir, exagérant le déhanché d'un mannequin.

— Mon Dieu ! Sur toi, même cette tenue a l'air fabuleuse ! s'exclama Cate en riant.

Depuis le bout du couloir, Brooke les regardait avec approbation.

— Je le savais ! C'était exactement ce dont cette fête avait besoin ! Vous êtes absolument superbes toutes les deux !

— Toi aussi, mon chou, dit Amber.

Elle leva les bras et pirouetta, redevenue la jeune fille pleine d'espoir qu'elle avait été. C'était bon d'être une *bombe*.

CHAPITRE DIX

Cate

Cate était plongée dans le film, attentive à toutes les intrigues pour analyser ce qui fonctionnait et en envisager le dénouement, quand Brooke secoua son épaule.

— Cate ? Tu m'écoutes ?

Elle sursauta.

— Quoi ?

— Ton téléphone sonne. Tu as dû le laisser dans ta chambre.

Cate inclina la tête pour écouter. C'était la sonnerie de Jackson.

— Je reviens tout de suite !

Elle se rendit en vitesse dans sa chambre et attrapa le téléphone qui était sur le bureau.

— Allô ?

Pas de réponse. Il avait déjà raccroché.

Elle tapa son numéro et attendit.

— Salut ! dit Jackson. Je viens d'essayer de t'appeler.

— Désolée. Je n'ai pas pu atteindre mon téléphone à temps. Comment ça va ? Et Buddy ?

— On va bien. On traîne ensemble, tu nous manques.

— J'ai une idée. Je sais tout ce que tu dois préparer pour tes remplacements, mais pourrais-tu prendre deux jours de congés ? Le Seashell Cottage est encore libre quelques jours après le départ de Brooke et Amber. Pourquoi ne viendrais-tu pas me rejoindre ? Nous avons besoin de passer du temps en tête à tête tous les deux.

— Que se passe-t-il ? C'est au sujet des conversations que nous avons eues à propos d'une famille ? demanda Jackson d'un ton inquiet.

— Oui, et d'autres choses. Nous avons besoin de temps pour nous loin du travail, juste tous les deux dans un endroit romantique. Après avoir vu Amber et Brooke et les difficultés qu'elles traversent, je m'aperçois que c'est essentiel qu'on le fasse.

— Hmm, tu me demandes de te rejoindre pour une escapade érotique ? C'est ça ? la taquina-t-il.

— Je l'espère, dit Cate, amusée par sa description.

Elle adorait le côté enjoué de Jackson.

— Je vais me débrouiller, affirma Jackson avec détermination. Amber et Brooke partent lundi, je serai là lundi soir. Tu as raison. Nous en avons besoin, Cate.

— C'est pour ça que je t'invite à venir.

— Tout ce que tu désires, chérie, répondit-il.

Mais Cate perçut la joie dans sa voix quand il fit référence à la chanson de Zeus et sut que leur relation en bénéficierait.

Quand elle revint dans la salle de séjour, Amber et Brooke la dévisagèrent.

— Tu souris, dit Amber. Crache.

— Jackson viendra me rejoindre lundi soir.

— Et ?

— Après avoir bien réfléchi et écouté ce que vous aviez à dire toutes les deux, je suis quasiment sûre que je vais lui annoncer que j'accepte de l'épouser.

Amber leva un pouce.

— Il était temps. Vous formez un couple explosif.

— Je suis tellement heureuse pour toi, s'écria Brooke en bondissant du canapé pour la prendre dans ses bras.

Cate savait que ce ne serait pas aussi simple que tout le monde aimait à le penser. Jackson et elle étaient indépendants. Le mariage et un bébé changeraient beaucoup de choses.

Au moment où le générique du film commença à défiler sur l'écran de la télévision, Cate s'essuya les yeux avec un mouchoir.

— C'était merveilleux, exactement ce dont j'avais besoin.

Elle adorait les films qui finissaient bien, même s'ils la faisaient pleurer. C'était pour ça que Serena et Rondol trouveraient le bonheur ensemble à la fin de sa série.

Brooke se leva et leur fit face.

— Il faut que j'aille dormir. Ou que j'essaie, du moins.

Elle se dirigea vers sa chambre. Amber se tourna vers Cate.

— Je n'ai jamais vu Brooke aussi repliée sur elle-même, aussi déterminée à résoudre le problème avec Paul. Je ne sais pas si je dois la féliciter ou m'inquiéter.

— Je pense à ce qu'un divorce ferait à sa famille. Ses filles adorent leur père.

— Ce n'est pas le genre de Brooke d'agir sur un coup de tête. Il y a peut-être du vrai quand on dit que la vie commence à quarante ans. On dirait que nous abordons toutes les trois une nouvelle période dans nos vies.

— J'espère simplement que nous faisons les bons choix, dit Cate, mal à l'aise au sujet de Brooke.

Elle se remémora la petite fille silencieuse et hésitante qu'elle avait été au début de leur amitié. Si son père ne l'avait pas adorée, Brooke se serait complètement détruite en tentant de satisfaire sa mère.

— Prête à aller au lit ? demanda Amber. Je suis tellement fatiguée que je pourrais dormir pendant des mois.

— Demain sera notre dernière journée entière ici, nous pouvons la passer à lézarder. Un peu de repos nous fera du bien à toutes. *Et me donnera peut-être le temps de parler à Brooke.*

Le son des gouttes de pluie heurtant la vitre de la fenêtre de sa chambre encouragea Cate à se blottir sous les couvertures. Elle jeta un coup d'œil à l'extérieur. Le ciel gris ne diffusait que peu de lumière. *Une journée parfaite pour traîner. Une journée parfaite pour s'intéresser davantage aux problèmes de ses plus chères amies.* Elle ferait n'importe quoi pour les aider. Revoir ses amies lui avait remis en mémoire tout ce qu'elles avaient partagé, tout ce qu'elles signifiaient réellement pour elle.

Quand elle se leva finalement, elle enfila un peignoir de bain blanc fourni avec la chambre et se rendit à la cuisine. L'odeur du café était trop attirante pour s'attarder plus longtemps au lit.

Brooke était assise à la table de la cuisine. Elle sourit.

— Bonjour.

Cate lui rendit son sourire.

— Bonjour.

Elle remplit sa tasse de café et s'assit en face de Brooke.

Brooke tendit une main pour tapoter la sienne.

— Je suis contente que tu aies pris la décision d'épouser Jackson. Je sais que ça peut paraître bizarre venant de moi alors que je suis peut-être sur le point de mettre fin à mon propre mariage, mais Jackson et toi avez raison d'être ensemble et de fonder une famille. Vous êtes parfaits l'un pour l'autre.

— Merci, dit Cate. Je suis de moins en moins nerveuse à cette idée. Je dois m'efforcer de ressembler davantage à Serena et plonger la tête la première.

— Comment avance ton nouveau livre ? demanda Brooke.

— Il se traîne. Je croyais que j'avais tout prévu, mais j'ai réévalué quelques points essentiels et il va me falloir tout reprendre avant de pouvoir continuer. Ce n'est en rien différent des fois précédentes, mais ça peut être décourageant.

Elle posa sa tasse de café et dévisagea Brooke.

— Que se passe-t-il vraiment ? Paul et toi avez une relation tellement forte, je ne peux pas imaginer qu'il te trompe.

Brooke haussa les épaules en secouant la tête.

— Je n'arrive pas à comprendre pourquoi il ne me parle pas ou ne me dit pas où il va quand il dit qu'il sort pour ses affaires. C'est forcément une autre femme. Je ne vois pas d'autre possibilité. Et comme je l'ai dit, la magie peut disparaître au bout d'un moment. C'est bel et bien le cas en ce qui nous concerne. Ces derniers mois, j'ai eu l'impression qu'on était colocataires, rien de plus.

— Tu as la moindre idée de qui ça pourrait être ? C'est un bon gynéco, ses patientes l'adorent. Je me souviens que mon agent m'a raconté qu'elle était tombée amoureuse de son médecin pendant sa dernière grossesse. Elle a dit qu'il était le seul homme à comprendre ce qu'elle traversait, que son mari n'avait aucune idée des raisons de son émotivité ou de ses besoins.

— A-t-elle fini par divorcer ? demanda Brooke, les yeux écarquillés.

Cate secoua la tête.

— Non, bien sûr. Mais elle est toujours persuadée que c'est le meilleur docteur du pays.

Brooke soupira.

— Paul est un médecin fantastique.

— Après le dernier incident, Paul s'est consacré à toi et à votre famille. Je crois qu'il y a bien plus en jeu que tu ne le soupçonnes. Ne te précipite pas, Brooke. Pas tant que tu n'es sûre de rien.

— Je pense que je vais suivre le conseil d'Amber et engager un détective privé dès que je rentre.

— Qu'y a-t-il d'autre ? demanda Cate, décidée à pousser son amie à parler.

Elle connaissait suffisamment Brooke pour savoir qu'autre chose la perturbait. Brooke détourna le regard avant de le ramener sur elle, l'air indécis.

— J'ai été frappée de plein fouet par l'idée d'avoir quarante ans. Contrairement à Amber et toi, je n'ai pas fait carrière. Je suis la femme de Paul, et la mère de P.J. et des jumelles. Je me suis perdue. Et ne commence pas à me parler des changements opérés sur mon corps. J'ai toujours eu des problèmes de ce côté-là, et aucune chirurgie esthétique ne m'aidera. Par ailleurs, je ne veux pas devenir une de ces femmes boursouflées qui feraient n'importe quoi pour cacher une ou deux rides.

— Et tes aquarelles ? Tu adorais peindre.

— Je n'ai pas tenu un pinceau depuis une éternité. Les filles m'occupent en permanence, où trouverais-je le temps ?

— Brooke, tu dois trouver ta propre voie, dit Cate.

Elle parlait à voix basse mais pensait chaque mot.

— Tu devras sans doute faire preuve de créativité pour arranger ton emploi du temps de manière à te ménager des plages personnelles, mais c'est important que tu le fasses.

— Faire quoi ? demanda Ambre qui entrait dans la pièce.

— Trouver du temps pour elle, répondit promptement Cate.

Amber bâilla et s'assit à table avec elles.

— Cate a raison, Brooke. C'est génial d'avoir une famille, mais tu ne peux pas les laisser t'ensevelir sous leurs exigences. As-tu peint quelque chose récemment ou lancé ce club de lecture dont tu parlais ?

— Tu ne vas pas t'y mettre aussi, gémit Brooke. Non, je ne

l'ai pas fait.

Elle soupira et agita un doigt en direction d'Amber.

— À quand remonte la dernière fois où tu as fait quelque chose rien que pour toi ?

Amber les regarda toutes les deux.

— Jamais. Que cela nous serve de leçon, mesdames. Nous devons le faire plus souvent.

— Je suis d'accord, affirma Cate. Mettons en place l'habitude de nous retrouver tous les quelques mois. Pourquoi ne viendriez-vous pas chez moi après les fêtes de fin d'année ? Nous devrions avoir des choses à nous raconter d'ici là.

— Ça marche, dit Brooke.

— J'en suis, dit Amber.

Elle tapota son bas-ventre.

— Je devrais peut-être dire que nous en sommes tous les deux.

Ses yeux s'embrumèrent.

— Je n'arrive toujours pas à imaginer ce qui m'attend.

Brooke prit une de ses mains, puis une de Cate.

— Aux *Bombes de la plage* !

— Dans toute leur splendeur, commenta Amber en agitant les épaules, et la femme nue sur son débardeur se trémoussa.

Cate rit avec les deux autres, mais elle avait conscience que de vrais défis les attendaient. En développant des personnages pour ses livres, elle avait appris que chacun d'eux avait de nombreuses facettes. Dans le cas des *bombes*, elles avaient toutes des séquelles du passé qui les rattrapaient.

CHAPITRE ONZE

Brooke

Alors que le temps s'était suffisamment dégagé pour une baignade de fin de matinée dans la piscine, Brooke laissa son esprit dériver, étendue au soleil avec Cate et Amber. Elles avaient raison. Elle devait faire quelque chose pour elle-même. Elle avait adoré peindre. C'était une manière fantastique de s'exprimer, et les gens semblaient apprécier les fleurs et les scènes de plage qu'elle peignait. Elle avait même envisagé d'exposer ses œuvres. Mais, avant même d'avoir eu le temps de commencer à s'en occuper, elle avait découvert qu'elle était enceinte des jumelles. Elle avait abandonné l'idée quand elle avait été malade pendant des mois. Après la naissance des filles, la vie s'était emballée.

— Te souviens-tu de la chanson de colo que tu nous as apprise ? lui demanda Amber d'une voix douce et rêveuse, en s'allongeant sur la chaise longue.

— Celle qui parle de la lune ? répondit Brooke.

Elle s'assit et commença à chanter.

— Je vois la lune...

Amber et Cate se joignirent à elle et rirent quand elle entama une autre chanson de feu de camp.

À la fin du dernier refrain, Cate se tourna vers elle en souriant.

— Chaque été, j'attendais ton retour du camp de vacances. Ce n'était pas pareil sans toi.

— Même si je m'amusais, je rêvais d'être de retour à New York avec vous deux. Mère voulait que je reste à Cape Cod tout l'été, mais papa m'aidait à la convaincre que quatre semaines suffisaient.

Amber roula sur le côté dans sa chaise longue pour leur faire face.

— Même quand tu étais absente, Brooke, j'étais persuadée que tu reviendrais et que Cate et moi te retrouverions. On t'avait fait faire un pacte de sang, tu te souviens ?

— Ouais, le bon vieux temps des *bombes de la plage*, ajouta Cate en lui souriant avec affection.

Brooke sourit.

— C'était la belle époque. Et maintenant ?

Elle se leva, tripota son téléphone, mit de la musique et tira Cate et Amber de leurs transats.

En rigolant, elles se mirent en ligne et entamèrent un Electric Slide.

— Nous sommes toujours plutôt bonnes, affirma Brooke quand elles s'arrêtèrent en même temps que la chanson.

Elle prit Cate dans ses bras et se tourna ensuite vers Amber pour une rapide étreinte.

— J'espère que mes filles trouveront des amies aussi précieuses que vous l'êtes pour moi.

— Moi aussi, dit Cate.

— Hé, je vais rentrer m'allonger un moment. Je suis fatiguée, subitement, annonça Amber.

— Ça va ? demanda Brooke.

Amber soupira.

— Je suis juste un peu enceinte.

Après son départ, Brooke se tourna vers Cate.

— J'aimerais qu'elle en parle davantage. Mais tu connais Amber. Elle garde tout pour elle jusqu'à ce qu'elle ne puisse plus tenir.

Cate acquiesça.

— Elle en a gros sur la patate, c'est sûr. Comme nous

toutes.

— J'aimerais que mon père soit là. Il nous aiderait à démêler tout ça. Il était le seul à pouvoir obliger ma mère à me lâcher quand les choses ne tournaient pas comme elle le désirait. Et elle n'aimera pas me voir quitter Paul.

— Ton père était le meilleur, dit Cate. Sans son aide, je n'aurais pas obtenu de bourse pour l'université de Columbia. C'est lui qui a contacté l'école pour moi et qui m'a aidée à remplir toute la paperasse. Je lui ai dédicacé mon premier livre, mais ce n'était pas suffisant pour lui exprimer toute ma gratitude. Sans lui, je n'aurais peut-être pas été acceptée dans un programme de création littéraire.

Brooke sourit à ce souvenir. Richard Ridley, le père de Brooke, avait pris Cate et Amber sous son aile.

— Il connaissait ton intelligence, ton talent. Il m'avait aussi dit de vous faire confiance, que vous n'étiez pas comme les filles de l'école et que vous me resteriez fidèles.

— Vraiment ?

Brooke hocha la tête.

— J'étais une enfant très solitaire, dont de nombreuses personnes aimaient se moquer.

— Elles devraient te voir à présent, dit Cate. Ceci étant, tu as toujours été parfaite.

— Bradley et Brynn ont tendance à prendre du poids, mais je ne leur en ai pas encore parlé. Je surveille ce qu'elles mangent, mais je ne vais pas leur faire ce que ma mère m'a fait en me rabaissant. Quand j'y repense, elle était cruelle.

— Oui, elle l'était. Je me souviens comment elle cajolait Amber, lui disant qu'elle était belle devant toi et moi, pour que l'on comprenne que c'était sa préférée.

— La plus douce des revanches, c'est de ne pas me conduire comme elle. Mes deux filles sont superbes telles qu'elles sont. Ma mère a tenté de leur dire qu'elles devaient essayer de nouvelles coupes de cheveux, et je lui ai clairement fait comprendre qu'elle n'était plus autorisée à discuter de leur apparence avec elles.

Brooke gloussa doucement.

— J'étais tellement en colère que je lui ai fait peur.

— Bien joué.

Cate se tut et l'examina.

— Quelle sera l'influence du divorce sur les filles et P.J. ?

Brooke fit semblant de s'intéresser au paysage, le cœur battant.

— Je ne sais pas. Ils adorent leur père et je ne veux pas endommager leur relation.

Elle passa une main dans ses boucles rousses.

— Je suis tellement dans le brouillard. Amber et toi paraissez convaincues que Paul ne me tromperait pas, mais j'ai ressassé les derniers mois et je ne vois pas ce que ça pourrait être d'autre.

— À chaque jour suffit sa peine, tu te souviens ?

— Je vais essayer. J'ai besoin de preuves avant d'agir. En attendant, je peux à peine lui adresser la parole sans avoir envie de pleurer.

CHAPITRE DOUZE

Amber

Ambert était allongée sur son lit et tenait un oreiller serré contre elle, se remémorant les instants romantiques qu'elle avait partagés avec Jesse. Il était tellement gentil et compréhensif. Ils se connaissaient depuis presque trois ans quand ils avaient commencé à sortir ensemble. Malgré cela, ils ne s'étaient pas précipités au lit. Il était une des rares personnes auxquelles elle avait parlé des mauvais traitements qu'elle avait subis. Elle s'était surprise elle-même, mais voyager ensemble pour leurs séances photo et travailler en étroite collaboration lui avait procuré une sensation de confort.

Plus encore, elle se sentait en sécurité avec Jesse. Ce qui était très important pour elle. C'était la raison principale qui lui avait permis d'envisager de coucher avec lui. Elle savait qu'il ne lui ferait pas de mal.

Elle passa une main sur son ventre. Elle était presque embarrassée de lui annoncer l'existence du bébé parce qu'il avait été clair avec elle dès le début, lui expliquant qu'il aimait toujours sa femme et qu'il espérait revivre avec elle un jour. De son côté, elle lui avait dit qu'elle n'avait aucune attente en dehors d'une amitié particulière, qu'elle n'était pas désireuse d'abandonner son indépendance. Bien qu'elle ait tenu parole, elle avait rapidement compris que leur relation serait compliquée par les sentiments grandissants qu'elle nourrissait pour lui.

En y repensant, elle aurait aimé avoir le courage de lui dire ce qu'elle ressentait. Brooke et Cate avaient raison. Elle devait être honnête et lui donner l'opportunité de faire partie de la vie du bébé ou pas.

Elle caressa l'endroit qui s'arrondirait bientôt pour assurer la protection d'un bébé qu'elle n'avait pas prévu. Ses pensées s'envolèrent vers sa mère, une nymphomane égocentrique qui mesurait perpétuellement sa valeur en fonction de l'attention qu'un homme lui portait.

Un frisson la parcourut. Elle n'avait jamais voulu être comme sa mère. Les autres pouvaient penser que sa mère était magnifique, mais Amber connaissait la réalité.

Les deux autres composantes du trio des *bombes de la plage* étaient naïves en comparaison. Amber espérait qu'elles le resteraient. Elles l'avaient sortie de nombreuses phases dépressives.

CHAPITRE TREIZE
Cate

Le lendemain matin, les nuages jouaient à cache-cache avec le soleil, en le masquant avant de s'écarter pour le laisser apparaître et éclairer la journée. Cette dichotomie reflétait l'état d'esprit de Cate. Elle était triste de voir le week-end des *bombes de la plage* s'achever, mais excitée d'accueillir Jackson en Floride. Elle espérait que leur petit aparté serait tout ce qu'elle attendait d'une escapade romantique.

Cate se tenait dans l'allée avec Amber et regardait la limousine louée par Brooke s'éloigner. Plus tôt, elles avaient versé quelques larmes en se faisant leurs adieux, mais Cate tentait à présent de faire bonne figure. Elle pouvait encore voir Brooke leur faire signe par la vitre arrière de la voiture.

Alors que la limousine disparaissait, elle se tourna vers Amber en soupirant.

— Il faut qu'on reste en contact. Il n'est pas question de laisser autant de temps nous échapper une nouvelle fois.

— Ce serait chouette, dit Amber. Je suis tellement contente que tu aies organisé ce week-end pour nous. Je vais avoir besoin de beaucoup de soutien dans les prochains mois.

— Ça va aller ? demanda Cate.

Amber la dévisagea.

— En réalité, je n'en sais rien. C'est ce qui rend tout ça aussi difficile. Heureusement que ça ne se voit pas encore. Ça me donne le temps de décider de la meilleure manière de gérer l'affaire.

Cate décela une nouvelle vulnérabilité chez Amber.

Habituellement sûre d'elle, presque trop, Amber aimait être aux commandes. Les prochains mois ne seraient pas faciles pour elle.

— Souviens-toi, si tu as besoin d'un refuge, il y a de la place chez moi à Ellenton. J'adorerais que tu viennes.

— Merci, chérie. Tu n'as pas idée de ce que ça signifie pour moi. Maintenant, je ferais mieux de me préparer pour mon voyage de retour cette après-midi.

Après qu'Amber fut rentrée, Cate marcha le long de la plage, désireuse de se retrouver un peu seule. Elle déambula sur le sable, cherchant à deviner à quoi ressemblerait un bébé de Jackson. C'était un homme magnifique, issu d'une fratrie de quatre garçons et deux filles. Ses étudiantes du lycée le trouvaient génial, bien qu'il fasse attention à ne pas réagir à leurs commentaires. Cependant, avec ses cheveux châtains, ses yeux bleus et ses traits ciselés, il méritait leurs compliments.

Tandis qu'elle se promenait au bord de l'eau en cherchant des coquillages, elle s'imagina avec un bébé aux joues roses, aux yeux bleus et aux cheveux d'une teinte intermédiaire entre ceux de Jackson et les siens, qui étaient plus clairs. Elle entendit un enfant pleurer et leva les yeux pour voir une femme approcher, portant un bébé dans une sorte d'écharpe. En l'observant du coin de l'œil, elle vit la femme tapoter calmement le nourrisson et rétablir la paix. Les autres femmes donnaient l'impression que c'était facile, mais elle n'avait aucune expérience avec les bébés.

Son téléphone sonna. Elle le tira de la poche de son pantalon et regarda l'écran. *Jackson.*

Le plaisir l'envahit.

— Salut mon cœur ! Comment vas-tu ?

— Argh. Pas bien. J'ai attrapé la grippe qui traîne à l'école, mais c'est presque fini.

— Oh, non ! Tu vas quand même être capable de faire le voyage ?

Il avait l'air au plus mal.

— Je prévois toujours de prendre le vol de cette après-midi. C'est juste l'histoire de vingt-quatre heures.

Cate masqua sa profonde déception.

— Je suis désolée. Je te préparerai un repas léger pour le dîner et tu pourras te reposer au soleil.

— Je me rattraperai une prochaine fois. À toute à l'heure.

Elle mit fin à l'appel et poussa un soupir. Tant pis pour l'interlude romantique qu'elle escomptait ce soir.

En reprenant sa promenade, elle se demanda si c'était un signe qu'elle ne devait pas donner suite à ses plans. Elle s'arrêta brusquement à la vue d'un superbe coquillage rosâtre en forme d'éventail posé devant elle. Elle le ramassa et l'étudia. Un cadeau parfait de la mer. Elle le serra dans sa main et leva le visage vers le ciel, se rappelant de prendre les choses une par une.

Les cris des oiseaux qui volaient au-dessus d'elle, les échassiers qui parcouraient le rivage à la recherche de nourriture et le bruit rythmique des vagues lui apportèrent la paix. Elle était spirituelle plutôt que religieuse, et elle trouva la réponse à ses interrogations en profitant de cet instant. Aussi effrayant que cela puisse paraître, elle était prête à débuter une nouvelle étape de sa vie.

Sa résolution matinale soutint le moral de Cate même quand elle embrassa Amber à l'aéroport, triste de la voir partir.

— Bon voyage, lui souhaita-t-elle, le simple vol n'étant pas l'unique objet de son vœu.

— Merci pour tout, répondit Amber, au bord des larmes. Je

reste en contact.

Quand Amber disparut finalement dans l'entrée du terminal, Cate remonta dans sa voiture de location, quitta l'arrêt-minute et s'en fut se garer au parking de l'aéroport. L'avion de Jackson était attendu dans une heure.

À l'intérieur du terminal, Cate se contenta d'observer les autres. Comme d'habitude, les personnes qu'elle voyait et les conversations qu'elle entendait stimulaient son imagination. Ses lecteurs lui demandaient souvent d'où elle tirait ses idées. Comme beaucoup d'autres auteurs, elle répondait simplement :

— Elles sont tout autour de moi.

Elle était concentrée sur une mère aux prises avec son bambin quand elle sentit une présence et leva les yeux pour voir Jackson se diriger vers elle. Il avait fière allure dans son jean et son pull à col roulé noir qui mettaient en valeur son corps d'athlète. Mais c'était le sourire qu'il lui adressa qui l'emplit de joie. Elle sut à cet instant qu'elle ne pourrait jamais se séparer de lui. Elle bondit sur ses pieds et courut vers lui.

— Salut ! Comment te sens-tu ?

Il lui fit un grand sourire et la serra contre lui.

— Beaucoup mieux. Ce matin, je n'étais pas certain de pouvoir venir, mais je suis heureux de l'avoir fait. Il fait gris et il pleut à la maison. J'ai hâte de voir le soleil et, dit-il en lui faisant un clin d'œil, de passer du temps avec toi.

Elle prit sa main et lui sourit en retour.

— Moi aussi. Je veux que ce soit un moment spécial pour nous. Je sais que tes dernières semaines au lycée ont été tendues.

— Ouais, je ne sais pas ce qu'il se passe, mais il y a des groupes de gamins difficiles dans la plupart de mes classes, cette année.

Il posa un bras sur ses épaules.

— Allez ! On va chercher mon sac et on s'en va d'ici.

Rien ne ferait plus plaisir à Cate. Il était de retour à la normale et elle avait pris sa décision.

Cate emprunta l'allée du cottage et se tourna vers Jackson avec un grand sourire.

— Nous sommes arrivés !

— C'est joli ! Je pense que je vais me plaire ici, répondit-il en examinant les alentours, le visage illuminé de joie.

Cate sortit de la voiture.

— Je vais te faire visiter, ensuite nous irons marcher sur la plage. C'est la bonne heure de la journée pour le faire.

— Bonne idée.

Il descendit à son tour de la voiture et inhala l'air salé.

— J'adore la plage.

Elle observa son plaisir et se demanda pourquoi ils n'avaient pas voyagé davantage ensemble. Cet été, ils pourraient peut-être se rendre en Europe. Puis elle se souvint. Elle serait peut-être enceinte et incapable de voyager. C'était nouveau d'adapter ses plans pour y inclure un bébé.

— Montre-moi l'intérieur, dit Jackson en prenant sa valise dans le coffre.

Cate le conduisit dans le cottage et lui en fit faire le tour.

— C'est très confortable, dit-il en l'attirant dans ses bras. J'ai bien l'intention de profiter de mon séjour.

— Moi aussi, affirma Cate.

Elle se lova contre sa poitrine ferme, baignée par la sensation de bien-être qu'elle ressentait à chaque fois qu'elle était dans ses bras. Même si une part d'elle-même voulait révéler son intention de franchir le pas, elle décida de laisser les choses se dérouler naturellement.

— Te sens-tu assez bien pour dîner ? demanda-t-elle. On

peut commander, ou je peux te faire une omelette ou autre chose. Au choix.

— Une omelette et une soirée avec toi, ça me semble parfait, dit-il en se penchant pour l'embrasser sur le front. Je serai frais comme un gardon demain matin.

— Parfait. L'air iodé et le son des vagues te permettront de dormir et de te reposer.

— Ou autre chose. On verra, dit-il avec un clin d'œil coquin.

Elle rit. Après sept ans ensemble, ils étaient assez à l'aise l'un avec l'autre pour savoir quand ils plaisantaient. Elle appréciait cet aspect de sa personnalité.

Il posa ses affaires dans leur chambre et lui tendit la main.

— On va faire cette balade ?

Elle mit sa main dans la sienne et ils sortirent sur le sable dur de la plage. Ils restèrent immobiles un moment à regarder la mer.

— Quand j'étais gamin, j'allais à la plage de Jersey avec ma famille pendant l'été. Mes grands-parents y avaient une maison. C'était le cirque avec tous les enfants qui couraient dans tous les sens, mais j'adorais y aller. Mais ça, dit-il en englobant l'espace environnant d'un large mouvement de bras, c'est spectaculaire.

— J'aime bien les palmiers et les fleurs éclatantes.

— Et les oiseaux, dit-il en lui montrant une bande de bécasseaux et d'autres petits limicoles qui s'agitaient autour d'eux comme s'ils faisaient la course pour savoir lequel trouverait la première proie.

— Regarde ça, murmura Cate en poussant Jackson du coude.

Un héron garde-boeufs pataugeait dans l'eau à leur droite. Son attention fut attirée par les plumes blanches ressortant sur le bleu de l'eau quand l'animal à longues pattes se pencha, plongea son bec orange dans l'eau et en ressortit un poisson argenté frétillant.

Jackson lui sourit tendrement.

— Excellente idée de venir ici.

Ils déambulèrent sur le sable main dans la main. Bien qu'il mesure plus d'un mètre quatre-vingts, il réduisit ses enjambées pour s'adapter aux siennes. C'était un vrai gentleman.

Cate pensa à son enfance, si différente de sa propre expérience. Il avait deux sœurs plus âgées, et il était le deuxième garçon après Jake, l'aîné. Deux frères plus jeunes, Jon et Jerome, venaient après lui. Ils formaient une famille gentille et aimante, désormais dispersée. Elle adorait ses parents et se joignait à Jackson avec enthousiasme lorsqu'il leur rendait visite en Caroline du Nord, où ils habitaient à présent. Elle n'avait jamais rencontré sa grand-mère maternelle, qui avait légué un peu d'argent à Jackson.

Débordante d'affection pour lui, Cate s'arrêta subitement et jeta ses bras autour de son cou.

— Je t'aime, Jackson Hubbard.

— Assez pour m'épouser et fonder une famille ?

Il lui sourit. Il avait déjà posé cette question auparavant.

Le cœur battant à l'idée de s'engager enfin, Cate lui rendit son sourire.

— Oui Jackson. Je vais t'épouser et porter tes enfants. Tu sais combien je t'aime, à quel point je suis heureuse avec toi. Et à présent, après y avoir davantage réfléchi pendant que j'étais loin de toi, j'ai décidé que je veux essayer d'être une bonne épouse pour toi et une bonne mère pour nos enfants.

L'expression de surprise de Jackson se mua en tendresse.

— Tu le penses vraiment ?

Il l'attira plus près.

— Oh, Cate, tu n'as pas idée de ce que ça représente pour moi.

Ses yeux s'emplirent de larmes de bonheur.

— Oh mais si, je le sais, murmura-t-elle. Tu es la meilleure chose qui me soit jamais arrivée et je veux te rendre heureux.

Il se rembrunit.

— Holà ! Tu le fais pour toi aussi, n'est-ce pas ?

— Mais bien sûr ! J'avais peur d'être comme les autres femmes de ma famille. Ni ma mère ni ma tante n'ont été de bons exemples pour moi. Mais ensuite, je me suis rendu compte qu'avec toi à mes côtés pour me guider, je pense être réellement prête pour ça.

— Seigneur ! Je t'aime tellement.

Jackson posa ses lèvres sur les siennes et l'embrassa avec une telle tendresse qu'elle sentit de nouvelles larmes lui piquer les yeux. Il intensifia son baiser, la faisant frissonner de plaisir.

Quand il recula, il prit son visage entre ses grandes mains et sourit.

— Ne bouge pas.

Il se pencha et ramassa un coquillage. Souriant, il descendit sur un genou et leva les yeux vers elle.

— Catherine Tibbs, avec ce coquillage comme symbole de l'anneau que nous choisirons ensemble, veux-tu m'épouser ?

Les larmes l'aveuglaient quand elle accepta la petite coquille Saint-Jacques blanche et rose qui lui tendait.

— Oui, Jackson Hubbard, avec ce symbole et de tout mon cœur, je le veux ! Je t'aime et je souhaite partager ton futur en tant qu'épouse.

Jackson se remit sur ses pieds et l'étreignit, la berçant dans ses bras.

— Je t'aime, Cate. Je t'aimerai toujours.

— Félicitations, cria une femme qui marchait sur la page à proximité de l'endroit où ils se trouvaient en leur faisant un signe de la main.

— Elle a dit oui ! lui répondit Jackson d'une voix qui exprimait son excitation.

La femme leva un pouce dans leur direction.

— Puissiez-vous toujours être aussi heureux !

— Merci! lui cria Cate, en espérant que leur vie commune serait aussi magique que cet instant.

Jackson saisit sa main.

— Viens ! Je dois appeler mes parents. Ils vont être aux anges !

— Ils sont tellement gentils, dit Cate, souriante à la pensée de leur réaction. J'ai hâte de faire officiellement partie de votre famille.

— Ils en ont déjà l'impression, affirma Jackson, mais tu connais maman. Plus on est de fous, plus on rit. Elle va prier pour qu'on démarre une famille dans la foulée.

— Je l'espère aussi. Dès qu'on rentre à la maison, je prends rendez-vous avec mon médecin.

Jackson sourit et secoua la tête avec incrédulité.

— J'ai du mal à croire qu'on va enfin le faire.

Un gloussement nerveux échappa à Cate. Là où les autres trouvaient banal de se marier et d'avoir des enfants, c'était pour elle un engagement émotionnel colossal qu'elle avait eu peur de prendre pendant très longtemps.

CHAPITRE QUATORZE
Cate

Jackson appela ses parents et leur apprit la nouvelle, le téléphone placé sur haut-parleur pour que Cate puisse entendre leurs félicitations.

— Et Cate, dit sa mère, j'espère que tu me laisseras t'aider pour le mariage ou si tu as besoin de quoi que ce soit. Ta mère est peut-être partie, mais je suis là pour toi.

Sa voix chancela.

— Tu es comme ma propre fille.

La mère de Jackson, Laurie, était un tel exemple pour elle. Elle aimait clairement ses enfants et exigeait leur respect, de même qu'elle acceptait leurs amis dans la famille. Les larmes montèrent aux yeux de Cate. Quand Jackson et elle auraient des enfants, elle se tournerait vers Laurie et Tom, le père de Jackson, pour profiter de tous les conseils qu'ils auraient à offrir.

— Quand aura lieu le mariage ? demanda Tom.

Cate et Jackson échangèrent un regard incertain.

— Nous n'en sommes pas encore là, répondit Jackson.

— Nous désirons une petite cérémonie intime, ajouta Cate.

Quand la sœur de Jackson, Janis, s'était mariée, elle avait invité plus de deux cents personnes. Cate ne voulait pas de ce genre de grand-messe.

— Bon, commençons par le commencement, dit Laurie. J'aimerais vous préparer une fête de fiançailles avec la famille et les amis, ici en Caroline du Nord. Nous en discuterons plus tard.

Jackson interrogea Cate du regard.

— D'accord.

Cate ne savait pas vraiment ce qu'elle ressentait face à cette offre subite. Leur famille avait l'habitude des rassemblements bruyants organisés à la moindre occasion.

Conscient de son malaise, Jackson intervint.

— On te tient au courant, maman. C'est tout nouveau pour nous.

Cate lui sourit avec reconnaissance.

— Nous avons beaucoup à penser pour le moment. Mais merci.

— Très bien, mais c'est un excellent motif de célébration, dit Laurie. Nous nous demandions quand vous vous décideriez à vous passer la bague au doigt.

— Je sais, je sais, lança Jackson. Écoutez, on doit y aller. Nous avons prévu une grande soirée.

Cate lui jeta un regard surpris.

— Ah bon ? chuchota-t-elle.

Il agita ses sourcils.

— Oh oui !

Elle rit doucement et, au moment de prendre congé, dit :

— Merci pour votre accueil chaleureux. On se parle plus tard.

Dès qu'ils eurent raccroché, Jackson la prit dans ses bras.

— Tu vois ? Ce n'était pas si difficile. On dirait que maman ne va pas trop insister pour que nos fiançailles et notre mariage ressemblent à ceux de Janis et Jenn. Je m'interposerai s'il le faut.

— Merci, répondit Cate avec une gratitude sincère.

Elle n'avait pas beaucoup d'amis, mais ils étaient loyaux et elle ne voulait pas qu'il leur soit difficile de participer aux réjouissances programmées.

— Je pense que je vais attendre pour passer mes coups de

fil, dit Cate. Brooke et Amber sont encore sur le chemin du retour, et je veux savourer ce moment en tête-à-tête avec toi. Demain, je te montrerai un endroit particulier où nous pourrons faire la fête en grande pompe.

— Ça paraît génial.

Jackson l'entoura d'un bras et lui sourit.

— À propos de cette grande soirée que j'ai prévue.

Sa plaisanterie la fit rire.

— Chaque chose en son temps, mon cœur. Tu dois vraiment te sentir beaucoup mieux.

— C'est grâce à toi.

Ils se perdirent dans les yeux l'un de l'autre en souriant.

Plus tard, après que Jackson lui eut prouvé qu'il se sentait effectivement beaucoup mieux, Cate s'étira dans le lit et consulta le réveil.

— Que dirais-tu de l'omelette qui te faisait envie tout à l'heure ? demanda-t-elle en se levant.

— Parfait. Finalement, j'ai faim.

Il quitta le lit à son tour et s'arrêta devant elle en se tapotant l'estomac.

Elle le détailla du regard, examinant les courbes de son corps, la toison sur sa poitrine qui se rétrécissait en une fine ligne cheminant sur son ventre et plus bas. Il prenait soin de lui et ça se voyait. Mais le meilleur était la tendresse contenue dans son regard. Leur attirance physique avait été explosive dès le début, mais ils avaient désormais un lien plus profond que seules des années ensemble font naître. Elle se demanda pourquoi il lui avait fallu aussi longtemps pour s'engager avec lui. Comme elle l'avait malencontreusement laissé échapper devant ses amies, c'était un homme merveilleux.

Il se pencha pour la prendre dans ses bras. Debout, serrée

contre lui, peau contre peau, elle s'émerveilla de l'incroyable opportunité que la vie lui avait donnée de trouver l'amour et l'acceptation, à la fois physiques et spirituels. Elle se rappela, comme elle l'avait fait à de nombreuses reprises dernièrement, que l'amour qu'elle partageait avec Jackson lui permettrait de transmettre ça à leurs enfants. Elle avait conscience, pour en avoir discuté avec un thérapeute, que la désertion de sa mère et la conduite de sa tante n'étaient pas normales.

Elle s'écarta de Jackson et leva les yeux vers lui.

— Merci.

— Pourquoi ?

Ses yeux s'embuèrent.

— Pour tout.

Il la serra fort.

— Tu ne sais pas à quel point je t'aime.

Elle lui sourit alors que la paix l'envahissait telle une vague de félicité qui balaya les douleurs du passé. Elle enroula son corps nu dans un peignoir et se dirigea vers la cuisine, subitement affamée.

Le matin suivant, Cate laissa Jackson dormir, s'habilla en vitesse et sortit de la maison sur la pointe des pieds. Le soleil se levait, lançant des traînées roses dans le ciel gris, comme des doigts pointés vers le jour.

Elle voulait passer du temps seule, à savourer la décision qu'elle avait prise et profiter de la perspective d'un avenir radieux avec l'homme qu'elle aimait. Elle resserra son gilet autour d'elle pour se protéger de la brise marine. L'air se réchaufferait au cours de la journée, mais pour l'instant, elle appréciait la fraîcheur qui caressait ses joues. Son côté paresseux, celui qui aurait préféré rester au lit, était à présent content qu'elle se soit levée. Seule sur la plage devant la maison, elle se tenait debout et regardait les joggeurs et les pêcheurs de coquillages, dont les déplacements au loin suivaient le mouvement des vagues qui s'écrasaient sur le sable avant de refluer de nouveau.

À des moments comme celui-ci, elle ne pouvait s'empêcher d'admirer la magie de la nature, le mouvement perpétuel de la vie sauvage – des petites choses comme les dessins tracés sur le sable par les crabes qui se hâtaient sur la plage, les minuscules empreintes laissées par les oiseaux qui couraient le long de l'écume des vagues ou les cris de ceux qui volaient en cercle au-dessus d'elle, les ailes déployées contre le bleu du ciel.

Ses pensées se tournèrent vers les bébés. Eux aussi étaient des merveilles de la nature.

Elle commença à marcher, lentement d'abord, puis se mit à courir pour le plaisir de le faire. Elle saisissait la vie à pleines mains d'une toute nouvelle manière, et c'était agréable.

Quand elle retourna au cottage, elle vit Jackson s'élancer vers elle et son cœur chanta de joie. C'était à lui qu'elle devait cette sensation d'être en sécurité, d'être aimée.

Dès qu'elle fut près de lui, Jackson la souleva dans ses bras et tourbillonna gauchement sur le sable.

— Comment va ma future femme ?

— Elle est très heureuse, répondit-elle, espérant qu'ils n'attendraient pas trop longtemps pour officialiser.

— Belle matinée. Nous pourrions peut-être partir à la recherche de l'anneau que je souhaite passer à ton doigt. Qu'en penses-tu ?

— C'est une bonne idée. Nous pouvons aussi chercher où passer notre lune de miel. Je veux te montrer l'auberge Salty Key. Le Gavin, son restaurant, est l'endroit parfait pour une réception de mariage.

Il haussa un sourcil.

— On dirait que tu y réfléchis depuis un certain temps.

Elle s'esclaffa.

— Brooke, Amber et moi avons dîné là-bas pour fêter nos anniversaires, et c'était délicieux.

— Comment vont-elles ? demanda Jackson alors qu'ils repartaient vers le cottage. Nous n'avons pas encore eu l'occasion de discuter de votre week-end.

Elle s'arrêta pour lui faire face.

— Je m'inquiète pour elles.

Elle lui expliqua ce que ses deux amies devaient affronter.

— Nous nous sommes promis de garder un contact plus étroit. Je veux qu'elles viennent au mariage, ce qui implique d'attendre le mois de juin pour que l'année scolaire soit terminée et qu'Amber ait le temps de se remettre de son accouchement.

— C'est une bonne époque pour se marier. J'aurai tout l'été libre pour faire la fête. Je pourrais même terminer ta cabane.

— Euh, j'ai dit à Amber qu'elle pourrait venir y loger si elle avait besoin de s'échapper de New York.

Ses sourcils s'arquèrent.

— Hum. Je suppose que je devrai m'y mettre plus tôt que prévu. Je sais quelle importance Brooke et elle ont pour toi.

Elle lui tapota la joue avec affection.

— Tu es le meilleur. Tu le sais ?

— C'est ce que tout le monde me dit, plaisanta-t-il.

Elle saisit ses mains et les embrassa.

— Ces mains tellement, tellement douées.

— Je ne te le fais pas dire, répliqua-t-il en clignant de l'œil, pour lui faire comprendre qu'il ne pensait pas du tout à la cabane.

Le cœur battant d'excitation, Cate s'installa dans la cuisine du Seashell Cottage et appuya sur les touches de numérotation rapide pour appeler Brooke. Même si la matinée n'était pas finie, elle avait attendu aussi longtemps que possible en raison du décalage horaire. La sonnerie s'éternisa. Finalement, la voix de Brooke prononça un message bref et sec : « Brooke Weston ne répond pas aux appels téléphoniques pour le moment ».

Les intestins de Cate se nouèrent. Quelque chose n'allait pas. Elle tenta immédiatement d'appeler Amber et fut forcée de laisser un message.

— Que se passe-t-il ? demanda Jackson, qui entrait dans la cuisine.

Cate lui expliqua la réponse à son appel.

— Je suis inquiète à son sujet.

Il lui souleva le menton et la regarda droit dans les yeux.

— Je comprends, mais ne permettons pas que ça gâche notre journée. D'accord ?

Cate aquiesça.

— Oui. C'est notre moment privilégié. Je ne veux rien faire pour le gâter.

— Bien, répondit-il. J'ai fait quelques recherches et j'ai trouvé un endroit qui vend des alliances originales. J'ai vu quelque chose qui me plait et je voudrais te le montrer.

— En ligne ?

— Non, c'est dans un magasin un peu plus bas sur la côte. Je propose qu'on y aille et qu'on déjeune à proximité.

— Ça me paraît bien. Laisse-moi le temps de me doucher et de m'habiller.

Elle monta sur la pointe des pieds pour l'embrasser.

— Mets-toi à l'aise. Je n'en ai pas pour longtemps.

— Prends tout ton temps. Je vais m'installer sur le porche avec un livre.

Heureuse qu'il soit compréhensif, elle lui fit un petit salut et se rendit dans leur chambre.

Vingt minutes plus tard, elle émergea, prête à affronter l'excitation de la journée. Pendant longtemps, elle avait cru que leur fidélité l'un envers l'autre était suffisante, mais rendre les choses officielles changeait tout pour elle.

Jackson siffla quand il la vit vêtue d'une jupe courte, d'un haut ample et de sandales qui la grandissaient de quelques centimètres.

— Tu es très belle, lui dit-il en l'embrassant sur les lèvres. Allons-y !

Elle les conduisit jusqu'à l'agence de location de voitures à St. Petersburg pour ajouter Jackson sur le contrat.

Plus tard, tandis qu'il était au volant, Cate se sentit libre d'observer l'environnement et de s'imprégner des scènes qui les entouraient. Elle aimait ça. Souvent, il lui suffisait de voir quelque chose pour déclencher une idée pour une de ses histoires.

Ils prirent l'I-275 et empruntèrent le pont Sunshine Skyway au-dessus de la baie de Tampa en se dirigeant au sud vers Bonita Springs et Naples.

Cate profita de la balade et de l'instant. La capote étant descendue, elle leva son visage vers le soleil et soupira, incapable de se souvenir de la dernière fois où elle s'était accordé un tel moment de détente loin de sa routine quotidienne.

Jackson tendit une main et serra la sienne.

— Heureuse ?

Elle hocha la tête et lui fit un grand sourire, bien que le mot *heureuse* ne suffise pas à décrire la joie qu'elle ressentait.

La vitrine du *Coffre au trésor* donnait sur un centre

commercial agencé pour ressembler à un village de pêcheurs. Le centre était charmant, avec ses huit autres magasins de détail. Mais c'était bien le *Coffre au trésor* qui attira et retint l'attention de Cate. L'étalage en devanture était composé de magnifiques bijoux en or et en argent.

— Ne t'inquiète pas du thème nautique de l'endroit, j'ai vu certains de leurs objets en ligne et tu vas adorer leurs créations, dit Jackson en la prenant par le coude pour la faire entrer dans le magasin.

L'éclat des diamants, des pierres précieuses, de l'or et de l'argent qui étincelaient dans des vitrines disposées stratégiquement dans la pièce donna à Cate l'impression qu'ils avaient découvert un véritable coffre au trésor.

Une femme bronzée, aux longs cheveux noirs et aux yeux verts, vêtue d'un simple fourreau turquoise et de nombreux bijoux, s'approcha d'eux en souriant.

— Bienvenue au *Coffre au trésor*. Je m'appelle Nan Wilkins. Vous trouverez de nombreuses pièces uniques ici et, si vous désirez quelque chose de personnalisé, mon mari sera heureux d'en discuter avec vous.

Jackson tendit sa main.

— Jackson Hubbard. Et voici Catherine Tibbs. J'ai vu une bague de fiançailles en ligne qui m'intéresse.

Il sourit à Cate.

— Bien entendu, c'est toi qui auras le dernier mot.

Nan les observa un moment.

— Laissez-moi deviner. C'était la rose ?

— Ouaip, fit Jackson.

Cate se demanda ce qu'il avait en tête. Il semblait tellement sûr de lui.

— Suivez-moi.

Nan les emmena vers le long comptoir qui trônait au milieu de la salle et passa derrière. Elle ouvrit la vitrine, puis en sortit une bague qu'elle leur montra.

— C'est une de mes pièces préférées.

Elle la plaça sur un carré de velours noir pour la mettre en valeur.

Cate et Jackson se penchèrent pour la voir de plus près.

— L'éblouissant diamant rose central est une trouvaille de mon mari, qui l'a découvert par hasard chez un de nos fournisseurs, expliqua Nan. L'éventail de petits diamants blancs au-dessus est dessiné pour ressembler à une coquille Saint-Jacques. C'est pourquoi nous appelons cette pièce « la promesse du littoral ». Vous pouvez remplacer le diamant rose par un blanc ou tout autre pierre, mais selon moi, ça gâcherait la bague.

Jackson saisit la main de Cate et la regarda gravement.

— Qu'en penses-tu ?

— Je l'adore, répondit Cate sans aucune hésitation. C'est comme si elle avait été faite pour nous, avec la coquille et les couleurs. Mais elle a l'air très onéreuse.

— Essaye-la, la pressa Jackson en lui souriant.

Nan passa la bague à Jackson, qui la glissa à son doigt.

En la voyant sur sa main, impressionnée par son éclat et sa beauté, Cate sentit sa vision se troubler.

— Elle est splendide.

— On dirait qu'elle a été faite pour vous. Elle est suffisamment large pour qu'on la remarque sur votre main, mais pas trop tape-à-l'œil, dit Nan à Cate, en hochant la tête. Vous avez fait un choix exceptionnel. Laissez-moi vérifier la taille. J'ai noté que l'anneau était un peu grand. Nous pouvons rectifier ça en une heure environ.

— D'accord. C'est la bonne. Vendue, déclara Jackson.

Quelques instants plus tard, alors qu'ils quittaient la boutique, Cate flottait sur un nuage. Elle aurait aimé tout ce que Jackson aurait choisi, mais l'histoire derrière celle-ci la rendait parfaite pour elle, pour eux.

— Jackson, la bague est magnifique. Merci beaucoup. Es-tu certain de vouloir dépenser autant d'argent pour ça ?

Il sourit et pressa sa main.

— Je fais des économies pour quelque chose comme ça depuis un certain temps. Depuis que je sais que tu es la bonne pour moi.

Il se pencha et l'embrassa, ne reculant que lorsque le son d'un véhicule approchant l'interrompit.

Cate soupira de bonheur et marcha jusqu'à leur voiture. Si la joie qu'elle ressentait pouvait faire d'elle une danseuse, elle serait la meilleure ballerine que le monde ait jamais connue.

Ils décidèrent de chercher un endroit pour déjeuner plus près de la mer.

Loco Coco, situé sur le rivage de Fish Trap Bay, était un restaurant typique de la région, avec des pontons en bois qui avançaient sur l'eau et des quais où les bateaux des clients dansaient sur l'eau. À l'intérieur du bâtiment, les murs recouverts de boiseries étaient décorés par des filets, des ancres et d'autres ustensiles de pêche.

Ils évitèrent le bar, sortirent sur un des pontons et attendirent d'être installés. Bien que l'air soit frais, le soleil était agréable.

Une serveuse les conduisit à une table située à l'abri du bâtiment, protégée de la brise.

— Je reviendrai prendre votre commande, dit-elle en leur tendant une carte à chacun. Voulez-vous boire quelque chose en attendant ?

— Une bière ou du vin ? demanda Jackson à Cate.

— Oui, répondit Cate. Je prendrai un verre de chardonnay.

Son premier jour complet de fiançailles était déjà

fantastique et elle ne voulait pas que la fête prenne fin.

Jackson étudia la liste des consommations, lui commanda un chardonnay de Californie qu'elle aimait et demanda une bière pour lui.

Après le départ de la serveuse, Jackson lui prit la main.

— Tu as fait de moi un homme heureux, Cate.

— C'est tellement bon d'avoir pris cet engagement, dit Cate.

Elle était sur le point d'en dire plus quand son téléphone sonna. Elle regarda l'écran. *Amber*.

— Salut, toi ! pépia-t-elle.

— Salut toi-même ! répondit Amber. Vous êtes enfin fiancés ?

— Oui, s'exclama Cate. C'était tellement mignon. Je te raconterai plus tard. Jackson et moi déjeunons à Bonita Beach en attendant que ma bague de fiançailles soit ajustée à ma taille. Elle est à couper le souffle.

— Envoie une photo. Je veux une preuve de ces fiançailles, la taquina Amber. Félicitations et transmets toute mon affection à Jackson.

— Merci. Tu as eu mon message au sujet de Brooke ?

— Oui. J'ai essayé de l'appeler aussi et je suis tombée sur le même message. Ensuite, j'ai essayé par texto, mais pas de réponse non plus. Il nous reste à espérer que rien d'horrible ne lui est arrivé. Je continue d'essayer.

— Et toi ? demanda Cate. Comment s'est passé ton premier jour de retour au travail ? As-tu vu ou parlé à Jesse ?

— Non. Il est parti pour un tournage de trois semaines. Ce n'est pas quelque chose dont je veux lui parler au téléphone.

— C'est compréhensible, admit Cate. Et avec Belinda ?

— Comme d'habitude. Elle est tellement impossible que je me demande parfois comment j'ai réussi à conserver ce boulot. Elle n'était pas au bureau mardi, mais elle m'avait laissé une note. Tu sais ce qu'elle dit ? « Amber, je ne peux plus t'accorder autant de congés. J'ai besoin de toi ici. J'espère que tu n'as pas passé ton week-end à manger et à boire ». Tu y crois ?

— Souviens-toi, tu es la bienvenue chez moi si tu as besoin de te cacher. Jackson a dit qu'il se dépêcherait de finir l'intérieur de la cabane.

— Quel amour. Merci beaucoup. Oups ! Il faut que j'y aille ! Le dragon approche.

L'appel prit fin

— Les choses se présentent mal ? demanda Jackson.

— Amber n'a pas pu joindre Brooke non plus et son petit ami est parti pour trois semaines, ce qui signifie qu'elle ne l'a pas averti pour le bébé. Donc non, rien ne va pour le moment. À part pour moi grâce à la journée délicieuse que je passe avec toi.

Elle conserva un ton léger, mais elle était inquiète pour Brooke.

La serveuse vint prendre leur commande.

— J'hésite entre le sandwich au mérou et le petit pain au homard, dit Cate.

— Le sandwich au mérou est une de nos spécialités, dit la serveuse. Vous ne pouvez pas vous tromper.

— Alors je vais le prendre, déclara Cate, reconnaissante du conseil.

— Mettez-en deux, dit Jackson en rendant sa carte à la serveuse.

Après son départ, il s'adossa à son siège et étudia les alentours.

— J'ai observé les oiseaux. Tu vois le pélican perché sur la bitte au bout du ponton ? Quelle créature fascinante. Savais-tu que certains pélicans peuvent emmagasiner jusqu'à dix litres dans leur bec ? Et que, bien qu'ils soient assez lourds pour des oiseaux, leurs os pneumatiques leur permettent de voler ?

Cate sourit.

— D'autres données, professeur ?

— Une autre. Je t'aime, Cate.

Ses yeux bleus pétillèrent puis se chargèrent d'affection.

— Moi aussi.

Ils regardèrent en silence le pélican prendre son envol, laissant sa place à un goéland.

L'air salé, mêlé d'une touche de gasoil provenant des bateaux amarrés aux pontons, assaillit les narines de Cate. Elle prit une profonde inspiration, emmagasinant les sensations pour les utiliser plus tard dans ses écrits. Qui savait si un autre de ses mondes ne serait pas le théâtre d'une scène similaire ?

Après leur repas, ils déambulèrent tranquillement le long du rivage, en regardant les différentes embarcations.

Le portable de Jackson reçut un message. Il le consulta.

— Génial ! La bague est prête. Allons-y.

Quand ils revinrent au *Coffre au trésor*, Nan les attendait, accompagnée d'un homme en fauteuil roulant.

Nan les accueillit avec le sourire.

— Salut ! Voici mon mari, Darryl Wilkins, le créateur de la plupart de nos bijoux.

Bien que ses jambes soient hors d'usage, le haut de son corps était large et paraissait robuste. Des lunettes à monture noire accentuaient le bleu de ses yeux, qui étaient illuminés par le franc sourire affiché par ses traits marqués.

— Je ne pourrai jamais assez vous remercier d'avoir dessiné une aussi belle bague pour nous, dit Cate.

Elle leur raconta comment Jackson avait fait sa demande à

l'aide d'une coquille Saint-Jacques et ce que la bague signifiait pour elle à cause de ça.

— Ah, ça me rend heureux, dit Darryl. J'adore voir mes clients satisfaits. J'en tire mon inspiration. Il faut que je sache, l'un d'entre vous travaille-t-il dans le milieu artistique ? Il faut quelqu'un de créatif pour apprécier ce genre de pièce.

— Cate écrit des romans, répondit Jackson. Et je suis professeur.

— Mais c'est aussi un charpentier et un ébéniste de talent, ajouta vivement Cate.

— Parfait. Vous correspondez bien à la bague et vous allez bien ensemble, affirma Darryl. Ravi de vous avoir rencontré. Maintenant, je ferais mieux de me remettre au travail.

Il fit pivoter son fauteuil avec dextérité.

En le regardant partir, Cate fut frappée par l'idée que la créativité existait en chacun d'entre nous, sous quelque forme que ce soit. Elle s'en souviendrait lorsqu'elle écrirait.

CHAPITRE QUINZE

Brooke

Brooke rentra chez elle déterminée à résoudre le problème entre Paul et elle une bonne fois pour toutes. Après avoir embrassé ses filles, Brooke se tourna vers son mari. À la vue des profonds cernes noirs sous ses yeux, des nouvelles rides qui barraient son front et de son regard inquiet, son estomac s'emplit d'acide.

Retenant une exclamation d'horreur devant son apparence maladive, elle s'efforça de parler calmement.

— Bonjour, Paul.

Son sourire flancha.

— C'est bon de te voir de retour. Tu nous as manqué, aux filles et à moi.

— Vraiment ? demanda-t-elle doucement alors que les filles traversaient le hall d'entrée en courant et prenaient les escaliers quatre à quatre pour monter dans leur chambre. Que se passe-t-il ? Tu as une sale tête.

Les poings serrés à ses côtés, Paul se tenait devant elle, le dos droit. Il prit une profonde inspiration et ferma les yeux. Quand il les rouvrit, ils étaient noyés de larmes.

— Je suis désolé..., commença-t-il.

Elle leva une main pour l'interrompre.

— Tu as une aventure ?

Il écarquilla les yeux.

— Une aventure ? C'est ce que tu penses ? Oh mon Dieu...

Il se précipita vers elle et la prit dans ses bras.

— Brooke, je t'aime. Pourquoi irais-tu imaginer quelque

chose comme ça ?

Surprise, elle le fixa, un instant sans voix. Puis la colère l'emporta.

— Si tu n'as pas d'aventure, que se passe-t-il ? Tu passes ton temps à te faufiler dehors sans vouloir me dire où tu vas, ce que tu fais. Tu rentres souvent tard ! Tu ne fais plus attention à moi. Que pourrais-je penser d'autre ?

Elle s'écarta de lui et planta ses mains sur ses hanches.

— Tu ferais mieux de me dire ce qui se passe tout de suite. J'en ai assez de ces mystères. J'étais malade d'inquiétude et prête à demander le divorce.

Paul sembla se recroqueviller sous son regard, comme un ballon qui se dégonfle.

— De quoi s'agit-il, bon sang ? demanda-t-elle.

Il la saisit par le bras et la conduisit vers un des canapés du salon.

— Tu ferais mieux de t'asseoir.

Ses jambes cédèrent sous elle, ne lui donnant pas d'autre choix que d'obtempérer. Elle le dévisagea et vit son visage pâlir.

— J'ai été accusé d'agression sexuelle.

— Quoi ? glapit-elle. Toi ?

— J'en ai bien peur. J'ai eu des réunions avec mes avocats et mes associés, essayé de limiter les dégâts, mais ça sortira aux infos dans les prochains jours.

— Je n'y crois pas, dit Brooke. Ça ne peut pas être vrai.

Paul s'assit sur le canapé et lui fit face.

— Ce n'est pas vrai. Je te le jure.

— Alors pourquoi ?

— C'est la patiente de la dernière fois. Elle proclame désormais que ce n'était pas qu'un baiser, mais que je l'ai obligée à faire toutes sortes de choses.

Paul donnait l'impression d'être sur le point de vomir.

Brooke avait la même sensation. Elle attrapa sa main.

— Je te connais, Paul. Tu ne ferais rien de ce genre.

Des larmes s'échappèrent de ses yeux.

— Je ne l'ai pas fait et je ne le ferais jamais.

— Alors pourquoi dit-elle ça ? demanda Brooke, avant de comprendre. C'est pour l'argent, n'est-ce pas ? Elle sait que je suis riche.

— Oui. Il semblerait qu'elle soit dans la mouise. Son mari a demandé le divorce et elle n'a pas d'emploi. Mon avocat dit que c'est le cas classique de quelqu'un qui tente de profiter d'un incident malencontreux pour obtenir de l'argent. Elle voulait que je lui donne plusieurs centaines de milliers de dollars pour se taire, pour me permettre de continuer d'exercer. Quand j'ai refusé, elle a pris un avocat. C'est devenu une bataille de « elle a dit, il a dit ». Le pire, c'est qu'un journaliste a eu vent de l'affaire et qu'il menace de tout diffuser en direct.

— Oh mon Dieu ! Qu'en disent tes associés ?

Les lèvres de Paul se pincèrent de colère.

— Ils m'ont demandé de disparaître pour le moment, parce que ça risque d'affecter le boulot. C'est ce qui me fait le plus mal.

— Oh, Paul. Je suis sincèrement désolée. Je connais ton honnêteté, le travail que tu as fourni pour ton cabinet et ta réputation.

Paul baissa la tête. Ses épaules tressautèrent.

Brooke l'entoura de ses bras et l'attira contre elle, dégoûtée par ce qu'elle avait entendu.

— Que va-t-il nous arriver? demanda-t-elle calmement.

Il leva les yeux et, devant son air absolument dévasté, le cœur de Brooke se serra.

— Mon avocat pense qu'on peut arranger les choses sans aller en justice, mais nous aurons à faire face à une avalanche de protestations de la part d'associations féministes.

— Même si tu n'as rien fait ?

Il déglutit avec difficulté et hocha la tête.

— Nous tentons d'obtenir qu'elle se rétracte. Elle a eu quelques problèmes mentaux dernièrement. Néanmoins, ma réputation sera entachée et mon avenir ici compromis. Bob et Phil m'ont demandé de prendre un congé sans solde du cabinet médical.

Brooke bondit sur ses pieds, trop irritée pour rester assise.

— Se souviennent-ils de ta générosité envers eux lorsque vous avez ouvert ce cabinet tous les trois ? Sans les prêts que nous leur avons consentis, ils n'auraient peut-être pas été en mesure d'exercer ici.

— Je sais. Je ne cesse de le ressasser.

— Ce n'est pas juste ! s'écria Brooke.

— Je sais, mais la vie n'est pas juste. Donne-moi du temps, et je vais trouver quelque chose, dit Paul.

Brooke s'assit à côté de lui et l'étreignit avec force.

— Nous traverserons cette épreuve ensemble.

Le cœur de Brooke s'emplit de détermination. Il était temps pour elle de montrer ses vraies couleurs. De ne plus être la petite fille qu'elle avait été, mais la femme qu'elle était devenue grâce à l'aide des *bombes de la plage* et au soutien aimant de son mari.

CHAPITRE SEIZE

Cate

Cate était assise au bureau de sa chambre au Seashell Cottage pendant que Jackson profitait du soleil au bord de la piscine. Une sonnerie personnalisée retentit sur son portable, emplissant l'air de sa mélodie. Cate le saisit vivement.

— Brooke. Tu vas bien ? J'ai essayé de te joindre.

— Amber aussi. Et non, je ne vais pas bien.

Cate entendit le tremblement dans la voix de Brooke.

— Que se passe-t-il ?

— C'est Paul. Il est poursuivi pour agression sexuelle.

Tous les poils de Cate se hérissèrent.

— Quooooii ? Je ne peux pas y croire. Il ne ferait jamais rien de ce genre.

— Non, certainement pas, dit Brooke. Mais la femme avec laquelle il avait échangé ce fameux baiser proclame maintenant qu'il a profité de son état émotionnel et qu'il a poussé les choses plus loin. Il est anéanti.

— Oh mon Dieu !

— Elle menace apparemment de rendre l'affaire publique s'il n'achète pas son silence. C'était ce qui se passait pendant tout le temps où je croyais qu'il avait une aventure. Il m'a juré qu'il n'avait rien fait. Elle ne sait pas que j'étais au courant de leur tête-à-tête dans son bureau. Si tu te souviens bien, elle était partie en vrille après avoir fait une fausse couche. Il avait tenté de la réconforter et, une chose en entraînant une autre, il l'avait prise dans ses bras et embrassée.

Le cœur de Cate se brisa en entendant Brooke sangloter

doucement.

— Tu veux que je vienne te tenir compagnie ?

— Non, pas encore. Paul et moi tentons d'arranger les choses ensemble. Tu imagines l'effet que ça a eu sur son travail. Ses associés l'ont obligé à rester à l'écart du cabinet pendant quelque temps. Il essaie de s'occuper, mais ça le rend dingue. Et tu connais la lenteur du système judiciaire.

— Tout ça me désole, Brooke. Je connais Paul depuis longtemps, c'est quelqu'un de bien. Je suis sûre que tous ses patients le soutiennent.

— Oh, oui. De nombreuses personnes sont prêtes à témoigner pour lui. Son avocat dit que ça n'ira pas jusqu'au procès. Le plus affreux est que ça n'aurait déjà pas dû aller aussi loin. Mais ce serait encore pire si Paul acceptait de la payer pour qu'elle s'arrête.

— Oui, ce serait un désastre. Puis-je faire quelque chose ?

— Cette cabane dont tu parlais? Les filles et moi allons peut-être venir te rendre visite pour souffler un peu. P.J. est tranquille à la fac, mais des rumeurs ont commencé à circuler ici. Paul et moi avons parlé aux jumelles et elles comprennent ce qu'elles peuvent à leur âge.

— Tu peux venir quand tu veux.

— Merci. Et toi comment vas-tu ? demanda Brooke.

— Tu seras heureuse d'apprendre que Jackson et moi sommes désormais fiancés. L'histoire de sa demande et de ma bague est touchante.

— Une bague ? Oh ! Envoie-moi une photo. J'aimerais la voir, dit Brooke d'une voix rendue aiguë par l'excitation. Je suis tellement contente pour vous deux.

Cate entendit un bruit étouffé, puis Brooke déclara :

— Je dois y aller. Il y a des camions de journalistes à l'extérieur. Ne m'appelle pas, je le ferai dès que je pourrai. Et peux-tu mettre Amber au courant de ce qu'il se passe ? À plus.

Je...

L'appel prit fin brusquement.

Dans le silence qui suivit, Cate resta assise un moment à tenter de digérer tout ce que Brooke lui avait dit. C'était affreux pour Paul comme pour elle.

Elle se leva pour rejoindre Jackson, mais le son indiquant l'arrivée d'un email sur son téléphone l'arrêta. Elle consulta rapidement son ordinateur et vit qu'elle avait un message de sa maison d'édition. Elle l'ouvrit et découvrit avec consternation la couverture de son nouveau roman. Ce n'était pas du tout ce qu'elle avait imaginé. En fait, c'était tout à fait le contraire.

Elle appela immédiatement son agent.

— Salut Cate ! Quoi de neuf ? répondit Abby d'une voix enjouée.

— As-tu vu la couverture du prochain livre ? demanda Cate. C'est horrible. Absolument affreux. Trop sombre, trop banal. Tu dois leur dire que ça ne fera pas l'affaire. Je veux quelque chose qui ressemble plus aux autres livres. On dirait que celui-ci ne fait même pas partie de la série.

— Oh ? C'est à ce point ? Envoie-moi ce que tu as reçu et je leur parlerai. Ton éditrice devait revenir de congé maternité. Si elle n'est pas là, je connais quelqu'un au service publicité avec qui je peux y jeter un coup d'œil. Ne t'inquiète pas. Comment se passent ces vacances ?

L'angoisse qui avait déchiré les entrailles de Cate disparut. Elle tendit sa main comme si Abby pouvait la voir.

— Le beau mec au sujet duquel tu me taquines toujours est désormais mon futur époux. Nous sommes officiellement fiancés.

— Merveilleux, s'exclama Abby. Il était temps. Je suis heureuse pour toi.

— Oui, moi aussi.

— J'espère que vous retarderez le mariage jusqu'à ce que tu aies terminé la première version du livre en cours.

Cate gémit.

— Je savais que tu dirais quelque chose comme ça. Pour le moment, nous pensons nous marier mi-juin. Garde ça en tête.

Avec un petit rire, Abby acquiesça.

— D'accord. À présent, va profiter de ton homme.

— J'en avais bien l'intention.

Cate raccrocha, le sourire aux lèvres.

Elle passa son bikini et se dirigea vers l'arrière de la maison. Le soleil réchauffait l'atmosphère, permettant une après-midi de farniente à la piscine. Le temps gris et pluvieux qui régnait chez eux à New York faisait paraître son séjour en Floride encore plus agréable.

Jackson était assis sur les marches de la piscine quand elle sortit de la maison. Il laissa échapper un long sifflement lorsqu'il l'aperçut.

— Bébé, tu es canon !

Elle sentit ses joues s'empourprer.

— Tu es absolument superbe aussi, affirma-t-elle en se glissant dans l'eau à côté de lui, saisie par sa fraîcheur.

Il l'attira contre lui.

— Laisse-moi te réchauffer. C'est génial dès que tu t'habitues à la température.

Elle se blottit contre lui pendant un instant, puis s'élança dans l'eau et la fendit à un rythme régulier. Le père de Brooke avait insisté pour que les trois filles apprennent à bien nager, pour pouvoir les laisser quelquefois seules dans la maison d'été sans avoir à s'inquiéter. Alors que Brooke et Amber n'avaient pas apprécié ça autant qu'elle, Cate adorait le mouvement de l'eau autour de ses membres.

Quand elle fit demi-tour dans la partie la moins profonde de la piscine, Jackson l'entoura de ses bras.

— Viens là.

Il écarta ses cheveux de son visage, le prit entre ses mains puissantes et l'embrassa. Après la fraîcheur de l'eau, ses lèvres paraissaient délicieusement chaudes contre sa peau.

Il sourit en s'écartant d'elle.

— Tu veux jouer ?

Elle le regarda avec méfiance.

— Jouer à quoi ?

— Au marin et sa sirène ?

Elle éclata de rire.

— D'où diable sors-tu cette idée ?

— J'ai bourlingué. Tu te souviens que j'enseigne la biologie ?

— Je sais que tu plaisantes. Mais...

— Mais ?

— D'accord, pourquoi pas ? Ces vacances sont de mieux en mieux.

Il l'enlaça tendrement.

— Ça, c'est ma copine... euh, ma sirène.

Cate secoua la tête. Jackson était généralement amusant, mais elle aimait cette nouvelle profondeur qu'il donnait à leur relation. Elle se rendit compte qu'elle avait raté beaucoup de choses en différant sa décision.

Cate ne lui raconta sa conversation avec Brooke et l'accusation d'agression sexuelle portée contre Paul par une des ses anciennes patientes que lorsqu'ils furent assis sur le porche avec un verre de vin.

— Fiou ! C'est un gros problème étant donné qu'il est obstétricien, s'exclama Jackson.

— Oui. Ni Brooke ni personne ne peut y croire, mais c'est la femme avec laquelle il a déjà eu un incident qui l'accuse, et ça rend l'affaire compliquée. Elle voulait de l'argent pour se taire, elle a pris un avocat quand il a refusé de la payer et, maintenant, elle a parlé à la presse. La pauvre Brooke est dévastée. Elle pourrait venir chez nous avec les filles. Un camion de télévision est arrivé devant chez elle pendant qu'on était au téléphone.

— Si j'en crois nos quelques rencontres, Paul Weston ne me semble pas être le genre d'homme à faire quelque chose comme ça.

— Non, et Brooke et lui étaient très heureux jusqu'à l'émergence de ce problème.

— Pauvre gars. Ce ne sera peut-être pas aussi grave que tu le penses.

Cate secoua la tête avec tristesse.

— Les associés de Paul lui demandent de faire profil bas et de s'éclipser pendant un moment.

— Tu crois que c'est une bonne idée ? demanda Jackson.

— Je n'en suis pas sûre. J'imagine que Paul essaie de les protéger autant que sa famille.

Jackson soupira.

— Je suppose que je ferais aussi bien de terminer ton antre en vitesse. On dirait qu'on pourrait en avoir besoin.

— Brooke m'a demandé d'appeler Amber. Je vais tenter ma chance tout de suite.

Cate tapa le numéro d'Amber et, quand elle tomba sur sa boîte vocale, lui laissa un message en lui demandant de la rappeler.

Toujours inquiète pour Brooke, Cate poursuivit :

— Ce qui rend la chose encore plus triste, c'est que cette femme aura fait du tort à toutes celles qui ont réellement été agressées sexuellement ou battues, qu'elle soit condamnée pour tentative d'extorsion ou qu'elle accepte un arrangement comme ils croient qu'elle le fera.

— Je suis d'accord. Les femmes, de même que les hommes, ont besoin d'un discours clair, pas d'un qui soit brouillé par un porte-parole qui ment, affirma Jackson.

— Je suis aussi inquiète pour Amber. Je savais qu'elle avait des problèmes chez elle pendant son enfance. Sa mère recevait fréquemment des hommes différents. Ce week-end, Amber nous a avoué que l'un d'entre eux l'avait agressée. Elle n'avait osé en parler à personne parce qu'elle craignait d'être placée en foyer d'accueil. C'est terrible, non ?

Jackson poussa un long soupir.

— Je vois des enfants issus de milieux défavorisés dans mes classes et j'essaie de les aider si je peux. Mais de nos jours, tu dois faire attention aux questions que tu poses et à ce que tu dis. Malgré cela, à chaque fois que je vois ou entends quelque chose qui me donne l'impression de devoir enquêter, je ne peux pas m'en empêcher.

— Tu es un bon professeur et un type bien, Jackson. Tes étudiants ont de la chance de t'avoir.

— Merci. Il m'arrive de me demander si j'ai eu raison de me diriger vers l'enseignement, mais ça en vaut la peine quand une connexion s'instaure avec un de mes étudiants.

Il se leva et lui tendit la main.

— On va marcher un peu ?

Cate se mit debout et prit sa main. Ce genre de moments lui manquerait quand ils rentreraient chez eux. Si les choses tournaient comme elle le souhaitait, ils reviendraient en Floride au mois de juin pour leur mariage et leur lune de miel. Jackson avait adoré l'idée d'un mariage sur la plage devant le Seashell Cottage et trouvé que le Gavin et l'auberge Salty Key étaient parfaits pour accueillir la réception et sa famille, pendant qu'eux-mêmes résideraient ici, au cottage. Dès qu'ils auraient choisi une date pour le mariage, ils feraient les réservations. Elle baissa les yeux sur la bague qui ornait son doigt. Elle reflétait l'espoir d'un avenir rempli de rêves devenus réalité. Elle espérait la même chose pour ses amies.

Pendant le vol de retour, Cate s'interrogeait sur les conséquences d'une maternité sur sa carrière d'auteure en observant les nuages autour de l'avion. Comme elle serait clouée à la maison avec un nouveau-né, ce serait peut-être une bonne période pour démarrer une nouvelle série, un peu plus légère. Elle était déjà au milieu du premier jet de son cinquième tome des Guerres de Galeon et elle savait qu'elle tournerait en rond si elle ne travaillait pas sur quelque chose. Elle avait récemment commencé à rêver à de nouveaux personnages, vivant sur terre à notre époque. Elle en parlerait à Abby.

Les pensées de Cate s'envolèrent vers ses amies et leurs dilemmes. Pendant leurs années de lycée, elles avaient tissé des liens en partageant des problèmes d'ados typiques. Maintenant qu'elle savait ce qui était arrivé à Amber dans sa propre maison, elle comprenait mieux pourquoi les filles l'appelaient « la princesse de glace » et les garçons la traitaient « d'allumeuse ». Les deux surnoms étaient blessants. Amber avait eu ses raisons pour cesser d'être amie avec des filles qui devenaient parfois méchantes et, bien que sa manière de se mouvoir mette son corps en valeur, elle n'avait jamais initié de relation avec les garçons. Il n'était pas étonnant que Brooke, Amber et elle soient restées aussi proches au fil des ans. Elles avaient toutes des raisons de s'accrocher à la confiance qu'elles avaient bâtie entre elles.

Cate jeta un regard à Jackson qui lisait un magazine, assis à côté d'elle. La première chose qu'elle ferait dès son retour serait de prendre un rendez-vous chez son médecin pour faire retirer son stérilet. Certains pensaient qu'il était trop tard pour démarrer une famille à quarante ans, mais Cate était en bonne santé et elle continuerait à se maintenir en forme.

Ils atterrirent à l'aéroport Kennedy à New York un peu après midi, comme prévu. Alors que Jackson et elle se débattaient dans la foule qui se dirigeait vers l'arrivée des bagages, Cate sentit les muscles de sa nuque se contracter. Les vacances étaient terminées.

CHAPITRE DIX-SEPT
Amber

De bonne heure le mercredi matin, Amber entra dans son bureau, toujours aussi troublée qu'elle l'avait été la semaine précédente. Elle ôta son manteau et le suspendit dans la penderie réservée à la direction que Belinda l'autorisait à utiliser avec réticence. Après avoir refermé la porte, elle prit un instant pour examiner son environnement. Le verre lisse et le mobilier en métal s'accordaient bien avec les murs d'un blanc pur, ornés çà et là de grandes photographies en couleurs mettant en scène différents mannequins dans des cadres variés. Belinda Gavin était peut-être connue pour être la pire garce du milieu, mais elle avait du succès. Ce besoin de réussir sans l'aide d'un homme était ce qu'Amber admirait chez elle. Sans doute parce que sa propre mère avait toujours besoin d'un homme pour exister. Il n'avait pas besoin d'être compréhensif, gentil, ou même de gagner sa vie. Il suffisait qu'il montre le moindre intérêt pour attirer l'attention de sa mère.

Après s'être assurée que le thé que Belinda aimait était sorti et prêt à l'usage, de même que l'ensemble en fine porcelaine anglaise qu'elle insistait pour utiliser, Amber alluma la lumière dans le bureau de sa patronne et retourna en vitesse dans le sien pour récupérer et imprimer ses messages. S'ils n'attendaient pas Belinda nettement empilés sur son bureau, la journée démarrait mal et, même dans ses meilleurs jours, Belinda serait un cauchemar pour n'importe qui d'autre.

Apprendre à composer avec les manières condescendantes de Belinda avait été une question de survie pour Amber. Contrairement à ses deux amies, elle n'était pas allée à l'université, mais était venue directement à New York pour débuter sa carrière. Au lieu de l'emploi de mannequin à temps complet qu'elle avait espéré, elle s'était retrouvée à travailler pour diverses personnes, dont Belinda, et avait découvert l'aspect commercial du métier. Étonnamment, Amber aimait avoir des responsabilités, jongler avec les chiffres et s'occuper des clients, et elle avait appris qu'elle y excellait.

Quand elle avait décroché le contrat à temps partiel avec la maison de parfum grâce à Jesse, Amber avait apprécié les revenus supplémentaires, mais elle savait qu'elle ne pourrait pas le faire longtemps. Il lui paraissait évident que le contrat ne serait pas renouvelé, maintenant qu'elle atteignait la quarantaine.

Elle était assise à sa table quand Belinda pénétra dans le bureau, affublée de lunettes de soleil et d'une étole en renard polaire qui lui donnaient des allures de star de cinéma. Elle avait l'art de la mise en scène. Elle le cultivait, en apparence et en action, alors qu'elle s'approchait d'Amber en se déhanchant comme un mannequin.

— Eh bien ! Je vois que tu es revenue. Tu n'auras plus de long week-end. J'ai eu besoin de toi. Debout !

Curieuse, Amber se leva.

— C'est bien ce que je pensais. Tu as dû te gaver. On dirait que tu as pris au moins un kilo. Une... *grosse* ne peut pas travailler pour moi. Fais attention, Amber.

Amber ravala la réplique qui lui montait aux lèvres. Un jour, elle dirait à Belinda où elle pouvait se coller son étole en fourrure. Et quand elle partirait, elle emporterait plus que son indemnité de licenciement. Elle disposerait de vastes connaissances qui l'aideraient à l'avenir. Et si ce n'était pas à New York, ce serait où elle voudrait.

Tandis que Belinda passait rapidement devant elle, Amber ignora son aversion pour la femme qui régnait sur ses journées de travail. Elle avait appris à ne pas en faire cas et à aller de l'avant en appréciant les aspects de son travail que Belinda ne lui gâchait pas. Amber avait dans le milieu un noyau de personnes qui l'appréciaient pour ce qu'elle était et la manière dont elle leur rendait la vie plus facile. C'était l'une des raisons pour lesquelles elle avait obtenu la publicité pour le parfum. Amber sourit au souvenir de l'insistance de Jesse pour qu'elle fasse partie du projet lorsqu'il avait prévenu Belinda qu'il ne le ferait pas sans elle.

Travailler pour Belinda était peut-être difficile, mais c'était payant. En particulier du fait de sa relation avec Jesse.

CHAPITRE DIX-HUIT

Cate

Quand Cate pénétra dans la maison, Buddy aboya avant de se mettre à hurler dès qu'il la vit. Cate le prit dans ses bras et le serra contre sa poitrine. Il lui lécha la figure et agita sa queue avec tant de vigueur qu'elle eut du mal à le garder contre elle tellement il gigotait.

— Je me demande comment il va prendre la présence d'un bébé dans la maison, rigola Jackson. Tu devras lui prêter beaucoup d'attention.

— Ne t'inquiète pas, je le ferai, répondit Cate. C'est mon bébé aussi.

Elle le reposa et se rendit dans son bureau. Elle avait eu quelques idées d'histoires dans l'avion et voulait les coucher sur le papier.

Le témoin lumineux de son répondeur clignotait. Elle appuya sur le bouton et écouta :

— Salut Cate. C'est Abby. J'ai de bonnes et de mauvaises nouvelles. La bonne d'abord. J'ai pu joindre quelqu'un au service publicité de la maison d'édition, et ils vont travailler avec nous pour changer la couverture du livre. La mauvaise, c'est qu'ils ne sont pas d'accord avec toi pour la couleur. Et la très mauvaise, c'est que ton éditrice a décidé de ne pas revenir après son congé maternité. Ma chère, tu es désormais ce qu'on nomme « un orphelin » dans notre milieu. J'ai parlé à la nouvelle qui t'a été assignée, et elle n'aime pas beaucoup ton travail. En fait, elle dit que ton prochain livre ne sera publié que parce que tu as un contrat. Désolée, Cate. On trouvera une solution.

Cate s'effondra sur sa chaise, avec l'impression d'avoir pris une claque en pleine figure. *L'éditrice n'aimait pas ce qu'elle avait écrit ?* Elle travaillait sans doute avec une autre auteure qui écrivait dans le même registre et préférait la soutenir, *elle*, plutôt que d'aider Cate. Elle avait entendu parler de ce genre de choses. Quel milieu horrible !

Jackson passa la tête dans l'encadrement de la porte.

— J'ai mis ta valise dans la chambre. Et maintenant, je vais à la cabane. Je ferai une liste des fournitures nécessaires pour la finir et nous en discuterons.

Il fronça les sourcils.

— Tout va bien ?

— Non, répondit Cate en secouant la tête. Tu te souviens que j'avais dans l'idée de changer de genre littéraire ? Je vais probablement être obligée de le faire. Je suis devenue « orpheline ».

— Qu'est-ce que ça peut bien vouloir dire ?

— Mon éditrice a quitté la maison d'édition. Autant dire que je suis seule, à présent. Abby et moi allons régler les détails, mais je vais essayer autre chose.

— Je suis désolé, Cate. Mais, en fait, tu n'étais plus aussi excitée d'écrire cette série que par le passé. Ce qui t'arrive est peut-être une bonne chose.

— Je sais, admit-elle, sans lui montrer à quel point son égo était meurtri.

Mais elle ne pouvait pas laisser son sentiment d'insécurité prendre le dessus. Pas quand le destin avait tant d'autres choses en réserve pour elle.

Jackson partit et Cate baissa les yeux sur les notes qu'elle avait prises. Elles n'avaient rien à voir avec les Guerres de Galeon. Elle sentit une détermination farouche l'envahir. C'était ce genre de choses qu'elle devrait écrire. Son esprit l'y poussait, comme il l'avait autrefois poussée à raconter l'histoire de Serena et Rondol.

Cate quitta son bureau pour défaire ses bagages. Elle aimait planifier, connaître les défis qu'elle avait à relever. Cette fois-ci, elle n'avait aucune idée de ce que l'avenir lui réservait. Elle savait juste que ce serait différent et ça l'effrayait plus qu'un peu.

Plus tard, elle sortit de la chambre et s'en fut retrouver Jackson. Elle avait lu un article sur les antres de filles sur internet et était tombée amoureuse de l'idée d'avoir un espace à elle. Un endroit où s'évader. Un endroit où son imagination pourrait prendre son envol et où elle ne serait pas ramenée brutalement au présent par un bruit discordant. La cabane était parfaite pour ça.

Elle approcha du bâtiment qui ressemblait plus à une minuscule maison de campagne qu'à un abri de jardin. Les côtés étaient recouverts d'un bardage peint en gris, des jardinières blanches étaient suspendues sous les deux fenêtres qui encadraient la porte violet foncé. Ce n'était que lorsqu'il y entrait que le visiteur pouvait appréhender la profondeur du bâtiment, lequel contenait une toute petite cuisine, un petit bureau, une pièce à vivre qui accueillait un canapé-lit et, à l'arrière, une chambre et une salle de bains.

Mètre en main, Jackson lui lança un regard et sourit.

— J'ai bientôt fini.

— Je pense qu'on ferait mieux d'attendre pour installer les étagères dans mon bureau. La pièce pourrait avoir à servir de chambre aux filles de Brooke. Nous pourrions nous retrouver avec plus de monde que je ne le pensais. Amber voudra s'assurer que j'aurai encore de la place pour elle.

— Pas de problème. Ça me fera moins de travail, dit Jackson.

— Merci. Amber est sensible à ce genre de choses.

— J'ai compris, poursuivit Jackson.

Il s'approcha d'elle et l'attira dans ses bras.

— J'ai compris ça aussi.

Il posa ses lèvres sur les siennes.

Elle fondit contre lui, prenant un moment pour simplement profiter de sa présence.

Quand elle retourna à la maison, elle se rendit dans son bureau et appela son médecin. Il était temps d'avancer.

Une semaine plus tard, alors qu'elle attendait son rendez-vous avec son docteur, Cate observait les autres femmes assises dans la salle d'attente. Certaines arboraient des ventres plus ou moins ronds en fonction de l'avancée de leur grossesse. D'autres avaient l'air anxieux ou ennuyé. Cate supposa que cela dépendait de leur situation. Pour sa part, elle était à la fois excitée et nerveuse.

— Catherine ? appela l'infirmière en lui faisant signe de venir.

Cate prit une grande inspiration et suivit l'assistante jusqu'au bureau du médecin. Marc Tomason, un homme aimable aux cheveux gris, était son docteur depuis qu'elle avait emménagé à Ellenton. Elle l'avait toujours bien aimé.

Elle entra dans son cabinet et s'assit sur une chaise en face de son bureau pendant que l'infirmière fermait la porte.

Le Dr Tomason lui sourit.

— Je vois dans votre dossier que vous êtes venue récemment, alors je me demande pourquoi vous êtes là. Tout va bien ?

— J'ai un peu peur, mais je suis heureuse, avoua-t-elle. Mon petit ami et moi avons décidé de nous marier et de fonder une famille. Je suis venue pour faire enlever mon stérilet.

— Ah, quelles bonnes nouvelles. Ce ne sera pas un

problème. Nous pouvons le faire aujourd'hui.

Il la dévisagea un moment.

— Je suis content pour vous, Cate. Je ne vois aucune raison pour que ça ne marche pas. Vous êtes en bonne santé.

— Certains disent que c'est trop tard pour avoir un enfant, dit Cate.

Le Dr Tomason sourit.

— Nous laisserons la nature en décider. Allez vous préparer et nous nous occuperons de l'étape numéro un. Le reste viendra en temps voulu.

Cate se sentit excitée quand elle quitta son cabinet et entra dans la salle d'examen que l'infirmière lui indiqua.

Peu de temps après, Cate ressortit, entièrement vêtue. Le retrait de son stérilet s'était avéré plus facile qu'elle ne s'y attendait, même si elle avait ressenti une certaine gêne qui risquait de durer encore un jour ou deux. Mais ça en vaudrait la peine. Jackson et elle avaient déjà décidé de ne pas attendre pour tenter de concevoir.

Quand Jackson rentra du travail, il lui tendit un bouquet de fleurs de saison. Il sourit malicieusement.

— On peut commencer tout de suite ?

Elle rit.

— Eh bien, nous pouvons peut-être dîner avant, mais pourquoi pas ? Le Dr Tomason dit que je suis en bonne santé et bonne pour le service.

Sa réponse le fit rire.

— Qu'est-ce qu'on mange ? Tu m'as dit que tu préparais un truc spécial.

— Je te propose mon poulet au citron à la cocotte.

— Sympa. Un de mes plats préférés. Tu n'as pas dû écrire beaucoup aujourd'hui ?

Elle secoua la tête.

— Non, la motivation a disparu quand j'ai appris que c'était le dernier livre de la série. Je dois repenser un peu mon intrigue.

— Ne te laisse pas abattre, dit Jackson en la serrant dans ses bras. Tu es plus heureuse quand tu travailles sur quelque chose.

— Je sais. Honnêtement, la journée a eu des hauts et des bas.

— Faisons-en une belle journée. Tu veux faire une promenade avant le dîner ?

Buddy aboya et agita la queue d'anticipation.

Cate et Jackson échangèrent un regard avant d'éclater de rire.

— Je suppose qu'on a plus le choix désormais, dit Cate qui se sentait mieux.

Dehors, les dernières feuilles colorées s'accrochaient aux branches des arbres comme si elles avaient peur de les lâcher. Cette époque de l'année donnait à Cate l'envie de s'affairer dans la maison, de faire des stocks et de préparer son nid pour les mois à venir, comme un écureuil qui rassemblerait ses noisettes pour l'hiver.

Ils se promenèrent dans le voisinage, main dans la main.

— Cate ! Attends ! cria une femme qui courait pour les rattraper.

Cate sourit à Julie Howard. Son mari Rick et elle étaient de bons amis.

— Désolée, j'ai manqué ton appel ce matin. Que se passe-t-il ?

Cate lui montra fièrement sa main gauche.

— Nous avons enfin sauté le pas ! Jackson et moi sommes fiancés.

— Oh, chérie ! Je suis tellement contente pour toi, s'écria

Julie en l'enlaçant.

Elle s'écarta et étreignit Jackson.

— Pour toi aussi, Jackson. Vous allez si bien ensemble. Allons fêter ça !

— Pourquoi ne viendriez-vous pas dîner ? J'en ai fait assez pour nous tous, suggéra Cate.

— Et je ferai une de mes salades, ajouta Jackson.

— Ça marche, dit Julie. Nous apporterons du vin pour les gars. Rick devrait rentrer d'un instant à l'autre.

Elle se pencha pour tapoter la tête de Buddy, puis se redressa.

— Je suis excitée pour vous. Il était temps.

— Ne m'en parle pas, grommela Jackson, et ils éclatèrent tous de rire.

Après une soirée merveilleuse, alors qu'elle refermait la porte derrière Julie et Rick, Cate éprouva un profond sentiment de gratitude pour leur amitié. Ils étaient sincèrement heureux pour Jackson et elle et, plus important, Julie avait promis de la soutenir au cours des prochains mois. Julie était enceinte de sept mois et espérait que leurs enfants seraient amis un jour.

Au fur et à mesure des jours, faire l'amour avec Jackson prit une nouvelle dimension pour Cate. Leur amour avait pour objectif de produire un enfant. Elle avait hâte de rencontrer leur bébé et tentait d'imaginer son visage et ses traits.

Bien qu'à la fois déçue et ravie que le livre sur lequel elle travaillait soit le dernier de sa série, elle s'y attelait quotidiennement. Après avoir écouté Julie lui parler de ce qu'elle planifiait pour l'arrivée de son bébé, elle avait pris conscience qu'il lui faudrait du temps pour se préparer aux changements que sa vie ne manquerait pas de subir.

Un matin de bonne heure, pendant la semaine précédant Thanksgiving, Cate reçut un appel téléphonique d'Amber.

— Peut-on se voir pour déjeuner, Cate ? J'ai besoin de te parler.

— Bien entendu. Tout va bien ?

L'estomac de Cate se noua. Amber avait l'air dévastée.

— Non, ça ne va pas, mais je ne peux rien te dire du bureau.

— OK. Donne-moi le lieu et l'heure, et j'y serai. Je vais prendre le train pour venir à New York.

Elles se mirent d'accord pour se retrouver à treize heures dans un petit restaurant français à distance du travail d'Amber. Cate replanifia l'organisation de sa journée et se dirigea vers la douche. Elle aurait voulu demander des nouvelles de Jesse, mais elle savait que c'était injuste puisque Amber ne pouvait pas parler librement.

Après une douche rapide, elle appela Abby et s'arrangea pour la rencontrer avant son déjeuner avec Amber. Autant en profiter, se dit-elle en se demandant si elle pourrait la convaincre de représenter une auteure de littérature sentimentale contemporaine écrivant sous le nom de Cate Hubbard, plutôt que Catherine Tibbs. Si c'était le cas, Cate aurait fort à faire pour créer un nouveau profil complet. Elle aimait de plus en plus l'idée de devenir un auteur différent.

Avant de quitter la maison, elle laissa un petit mot pour Jackson et déposa Buddy au chenil.

Plus tard, assise dans le train, Cate pensa à Amber. Lors de leur première rencontre, Amber était une gamine de douze ans culottée qui affichait une assurance que Cate avait du mal à imaginer. Il avait fallu du temps pour qu'elle leur montre, à Brooke et à elle, qui elle était vraiment : une personne blessée qui ne faisait confiance à personne. À l'évidence, sa mère en était la cause. Elle n'avait pas épousé le père d'Amber et passait sa vie à chercher « le bon », celui qui résoudrait ses problèmes financiers et la rendrait heureuse. Elle ne cessait de recevoir des hommes différents. L'affection entre la fille et la mère avait pris fin lorsque les hommes que cette dernière recevait avaient commencé à s'intéresser à Amber. C'était à ce moment que sa mère était devenue compétitive et méchante.

Cate s'agita sur son siège. Elle n'avait pas su qu'Amber avait été violée, mais rétrospectivement, elle se souvint que son aversion pour sa mère s'était aggravée pendant le lycée. À cette époque, elle avait pensé qu'Amber réalisait enfin la toxicité de sa mère. Mais à présent, elle n'en était plus aussi sûre.

La femme assise à côté d'elle se leva pour descendre du train. Subitement, Cate se rendit compte qu'elle était arrivée à la gare centrale. Elle se leva à son tour, quitta le train, traversa la gare et se fondit dans l'agitation de la ville.

Le trajet jusqu'à l'agence d'Abby, un petit immeuble de bureaux deux blocs plus loin sur Madison Avenue, fut court. Cate s'amusa de l'activité qui régnait autour d'elle. Elle aimait bien en profiter pendant de courtes périodes, mais était contente de retrouver le calme et la tranquillité relatifs de sa maison.

Pendant son ascension vers le quatrième étage où était situé le bureau d'Abby, Cate répéta en pensées ce qu'elle voulait lui dire. Abby était une négociatrice coriace, très respectée dans le milieu, mais sa tolérance pour les personnes qui ne se battaient pas pour obtenir ce qu'elles désiraient était nulle. Cate devait la convaincre qu'elle entendait poursuivre sa carrière soit dans un nouveau registre, soit avec un éditeur différent, et ce malgré le virage pris par sa vie personnelle.

Cate pénétra dans l'agence et expliqua qui elle était à la nouvelle réceptionniste, lui affirmant qu'elle avait rendez-vous avec Abby. Avec trois autres personnes travaillant dans le même espace, l'endroit grouillait d'activité.

Abby apparut, l'air éreintée. Cette femme grande et mince, impressionnante avec ses cheveux gris coupés courts, avait des manières brusques qui intimidaient parfois Cate.

— Je suis contente de te voir, Cate. Allons discuter. J'attends un appel important d'Hollywood dans vingt minutes.

Cate suivit Abby le long d'un couloir jusqu'à son antre, qui n'avait rien de luxueux. Sa seule note de prestige était une assez petite fenêtre avec vue sur la rue. Des étagères croulant sous les livres de ses clients couvraient entièrement un des murs du bureau. Cate vérifia que les siens s'y trouvaient en s'installant sur le siège qu'Abby lui indiquait.

Abby croisa les doigts devant elle et observa Cate.

— J'espère que tu n'es pas là pour te défiler parce que l'éditrice n'a pas aimé ton travail. Le monde de l'édition est sans pitié, comme tu le sais, et il est impossible d'obliger un éditeur à aimer ton livre. Crois-moi, j'ai essayé.

— J'ai décidé de prendre un chemin différent, dit Cate, confortée dans sa décision.

Elle tira plusieurs feuilles de papier de son immense sac à main.

— Je t'ai apporté les grandes lignes d'un livre que j'envisage d'écrire. C'est un nouveau genre pour moi, mais je crois que le changement me conviendrait.

— Pourquoi ne m'en parlerais-tu pas, au lieu de m'obliger à lire ça ?

Abby s'adossa à son siège et l'encouragea d'un sourire.

Cate prit une profonde inspiration.

— C'est l'histoire de trois femmes qui se rencontrent dans un spa et s'aperçoivent qu'elles ont vécu avec le même homme à différentes époques de leurs vies. Chacune regrette de s'en être séparée. À son décès, elles s'associent pour récupérer ce qui leur revient de droit.

Abby lui lança un regard pensif.

— Ça paraît prometteur. Écris-moi un vrai scénario et je fouinerai dans le milieu pour voir si quelqu'un est intéressé. As-tu commencé ?

— Non, j'ai seulement travaillé sur quelques idées.

— Parfait. Continue. Et maintenant, parle-moi de tes projets d'avenir.

Abby sourit.

— Je suis heureuse que Jackson et toi soyez fiancés. C'est un type bien.

Le souvenir fit sourire Cate.

— Il m'a demandé ma main en utilisant un coquillage en guise de bague de fiançailles.

Abby pouffa.

— Quoi ?

Cate lui montra sa main gauche.

— Laisse-moi te raconter en détails.

Abby l'écouta, prit quelques notes sur un morceau de papier et dit :

— Ta narration est fantastique. Si tu peux en faire autant dans tes nouveaux livres, je crois que ça peut marcher. Tu sais comment rendre vivant notre monde contemporain. Travaille sur l'histoire.

Cate relâcha un souffle qu'elle n'avait pas eu conscience de retenir. Peu importait l'issue, elle n'arrêterait pas d'écrire. C'était dans son sang.

Elles discutèrent de possibles maisons d'édition et d'éditeurs, de la fille d'Abby, qui était au lycée et s'intéressait à différentes universités, jusqu'à la fin de leur rendez-vous.

Cate quitta l'agence et décida de se rendre au restaurant. Peu lui importait d'arriver en avance. En attendant Amber, elle mettrait par écrit ce dont elle avait discuté avec Abby.

CHAPITRE DIX-NEUF
Amber

Le jardin était un café de quartier adoré des locaux et que les touristes regrettaient de ne pas avoir testé quand ils lisaient ses critiques. Modeste, il occupait un coin de rue et dégageait un charme français accompagné d'arômes qui mettaient l'eau à la bouche.

En attendant Cate, Amber étudia la carte et changea d'avis à chaque fois qu'elle passait d'un plat à l'autre. Toutes les suggestions paraissaient fabuleuses. Elle salivait toujours quand Cate pénétra dans le restaurant.

Elle posa son menu et s'efforça de ne pas pleurer en voyant Cate se diriger vers sa table. Elle lui était reconnaissante d'avoir accepté de la rencontrer aussi vite. Ceci dit, à qui d'autre pourrait-elle faire confiance pour l'aider à digérer les dernières nouvelles ?

— Tu es en avance ! Que se passe-t-il ? demanda Cate en saisissant la main d'Amber alors qu'elle s'asseyait sur la chaise en face d'elle.

Les yeux d'Amber s'embuèrent. Elle les ferma, prit une grande inspiration et murmura d'une voix tremblante :

— Je suis arrivée tôt au bureau ce matin pour vérifier les messages de Belinda. Jesse lui en a laissé un où il dit qu'il sera en retard sur un boulot qu'il faisait pour elle parce qu'il a rencontré par hasard son ex-femme, Simone, à Paris il y a deux semaines et qu'ils ont décidé de se re... remarier. Il a dit qu'ils voulaient se donner une nouvelle chance.

— Quel salaud ! Il sortait avec toi !

Cate ne put dissimuler le dégoût qui teintait sa voix. Amber secoua la tête avec tristesse.

— C'est comme ça. Il m'avait dit qu'une relation sérieuse ne l'intéressait pas, qu'il souffrait toujours de son divorce d'il y a six ans. C'est un type bien qui ne mérite pas d'avoir des ennuis avec moi ou avec le bébé.

— Hola ! s'écria Cate. Que tu le veuilles ou non, il a le droit de savoir que tu es enceinte et que c'est lui le père. S'il est le type bien que tu décris, il voudra faire ce qu'il faut pour toi.

— Je ne veux pas qu'il se sente obligé de faire partie de ma vie ou de celle du bébé.

Bien qu'elle s'essuie les yeux avec un mouchoir, Amber sentait la chaleur des larmes qui s'échappaient sur ses joues. Cate lui tendit une serviette propre.

— Respire profondément.

Amber tapota son visage.

— Dieu merci, j'ai pris une table isolée. Je ne veux pas qu'on me voie comme ça. Que vais-je faire ?

Elle caressa son ventre.

— Ça commence à se voir.

Cate hésita avant de se lancer.

— De mon point de vue, tu n'as pas d'autre choix que de rencontrer Jesse et lui dire la vérité. De nos jours, les familles ont des dynamiques inattendues. Il se pourrait que Jesse et sa nouvelle – ancienne – épouse veuillent faire partie de la vie du bébé. Une chose est sûre. Belinda ne va pas aimer ça pour tout un tas de raisons.

— Je sais. Belinda pensait que Jesse et elle étaient ensemble, mais il m'a dit qu'il avait été honnête avec elle et qu'il savait dès le début que ça ne fonctionnerait pas, et qu'il y avait mis fin rapidement.

— Et avec toi ? demanda Cate.

— Il voulait voir où ça pourrait mener, mais nous n'étions

pas plus engagés que ça, répondit Amber d'une voix pathétique. Il utilisait systématiquement des préservatifs. Ma grossesse n'est qu'un de ces malentendus dont on entend parler. Tu sais à quel point je fais attention à ne laisser personne m'approcher, mais je croyais l'aimer.

Ses lèvres tremblèrent.

— Et maintenant ?

La voix de Cate se fit douce. Amber soupira.

— Je ne peux pas l'épouser. Peut-être que tout est pour le mieux.

— Tu vas quand même garder le bébé, n'est-ce pas ?

Cate gardait le regard fixé sur elle. Amber sentit ses yeux s'écarquiller.

— Bien sûr ! Il n'est pas question que je cherche à m'en débarrasser.

Cate sourit.

— Bien. Nos enfants pourront peut-être jouer ensemble un jour.

Amber agrippa la mais de Cate.

— Oh mon Dieu ! Tu es enceinte ?

— Pas encore, répondit Cate. Mais j'espère l'être bientôt.

Amber examina la bague au doigt de Cate.

— Elle est magnifique et, selon tes propres mots, c'est un symbole merveilleux pour vous deux.

Sa vision se troubla.

— Désolée d'être aussi émotive.

— Je veux croire que tout s'arrangera pour toi, Amber, dit Cate en regardant le serveur s'approcher de leur table.

— Mesdames, êtes-vous prêtes à passer commande ou avez-vous besoin de plus de temps ? demanda-t-il, attentif à ne pas s'attarder sur le visage ravagé d'Amber.

— Encore quelques minutes, dit Cate.

Elle reprit son menu et annonça doucement à Amber :

— Le déjeuner est pour moi.

— Je vais prendre une omelette végétarienne. Je vais peut-être aussi prendre un dessert, dit Amber. Belinda peut aller au diable.

— Voilà qui ressemble plus à la Amber que je connais, affirma Cate en lui souriant. Garde cette attitude pour affronter les prochains mois.

Après que le serveur eut quitté leur table avec leurs commandes, Amber dit :

— Quelles sont les dernières nouvelles de Brooke ?

— J'ai lu un petit article dans le *L.A. Times*. Il semblerait que la plaignante soit revenue sur ses déclarations. Les avocats de Paul ont découvert qu'elle avait tenté de faire chanter un autre homme et elle a accepté d'abandonner les poursuites plutôt que de perdre devant la justice. Brooke m'a dit que ce n'était qu'une question d'argent. Mais Paul en subira les conséquences, malgré l'issue favorable.

— Pauvre Brooke. Elle doit être morte de honte, déclara Amber. Et toi ? Tout va bien ? Au moins, ta vie et ton boulot sont en sécurité.

— Peut-être pas, répondit Cate. Je suis désormais ce que le milieu appelle « un orphelin » et ma nouvelle éditrice n'aime pas ce que je fais. Le livre que j'ai en cours sera le dernier de la série. Mais j'ai parlé à Abby de changer de genre.

— Je ne sais pas ce que je vais faire si Belinda me vire, dit Amber. Je vais attendre autant que possible avant de lui annoncer ma grossesse.

— Tu es l'assistante qu'elle a gardée le plus longtemps. Elle se rendra peut-être compte qu'elle a besoin de toi.

— Il y a peu de chances, se moqua Amber. Cette femme ne supporte pas d'être redevable à quiconque. Elle est persuadée de tout faire elle-même, alors que c'est moi qui règle la plupart des détails pour elle. Sans moi, elle n'aurait pas l'air sérieux.

Mais elle ne l'admettrait jamais. Elle pense que je suis facilement remplaçable, comme tous ceux qui l'entourent.

— Mais elle te paie bien. Ça doit signifier quelque chose pour elle comme pour toi.

— Si ce n'est pas moi, ce sera quelqu'un d'autre.

Le regard d'Amber se perdit au loin.

— Tu serais peut-être plus heureuse dans une autre agence, avec un boulot moins stressant.

— J'y ai pensé, avoua Amber. Mais je doute de gagner aussi bien ma vie.

— Il faut faire des compromis, déclara Cate. L'argent ne fait pas tout.

— Je sais, dit Amber, mais Cate ne comprenait pas qu'elle s'inquiétait à cause des mensualités de son nouvel appartement et des dépenses inattendues inhérentes à son acquisition.

— Que fais-tu pour Thanksgiving ? demanda Cate. Jackson et moi restons chez nous. Tu veux venir ?

Amber sourit.

— Ce serait fantastique ! Il faut que je m'éloigne du centre. Belinda part dans le Vermont et je pourrai m'échapper plusieurs jours.

— Génial ! Ta présence nous ferait plaisir, affirma Cate.

Amber fut submergée par le soulagement. Retrouver son amie pour Thanksgiving serait le moyen parfait de se préparer pour les mois à venir.

CHAPITRE VINGT

Cate

Quand Cate rentra chez elle à Ellenton, elle appela Jackson et Buddy, mais ni l'un ni l'autre ne lui répondirent. Elle passa la tête par la porte de derrière. Lorsqu'elle entendit le gémissement d'une scie électrique, elle se dirigea vers la cabane.

Jackson s'y trouvait avec Buddy. Il leva les yeux et lui sourit avant de terminer sa coupe.

— Coucou, Cate. J'ai eu ton message et j'ai pensé qu'il valait mieux que je m'attaque aux finitions. Une fois les moulures posées, colmatées et peintes, il ne faudra pas longtemps pour poser la moquette et installer le mobilier. Ensuite, ce sera à toi de décorer.

— J'ai déjà commandé de nombreux objets, mais j'ai encore quelques décisions à prendre. Néanmoins, je pense que nous mettrons Amber dans la chambre d'amis de la maison.

— Je vais continuer à travailler ici. C'est toi qui t'occupes du dîner, ce soir, dit-il.

— Que penses-tu d'une pizza ? Je dois faire des recherches pour Abby.

Il s'esclaffa.

— Ça me va. Je sais que tu n'aimes pas cuisiner.

Elle s'avança vers lui et jeta ses bras autour de son cou.

— Mais toi si ! Est-ce que quelqu'un t'a déjà dit que tu es l'homme le plus merveilleux du monde ?

Les yeux clos, elle monta sur la pointe des pieds pour

l'embrasser.

Il l'enferma dans le cercle de ses bras. Il posa ses lèvres sur les siennes, la bombardant de sensations.

Elle s'abandonna au besoin qui coulait dans ses veines et répondit avec la même intensité. Il en avait toujours été ainsi entre eux.

Buddy aboya et sauta le long de la jambe de Cate. Elle mit fin au baiser en riant.

— Quelqu'un est jaloux.

Le regard de Jackson accrocha le sien.

— Pourquoi ne le serait-il pas ? Il sait à quel point tu es sexy, ce que tu me fais ressentir.

— Oh ? Et que ressens-tu ? demanda-t-elle, jouant le jeu.

— Que j'ai trouvé la femme faite pour moi, répondit-il.

Il posa un baiser fugace sur ses lèvres.

— Je ferais mieux de me remettre au travail. Nous pourrons terminer cette conversation là-haut cette nuit.

Cate ramassa Buddy, lui fit un câlin puis quitta la cabane, en réfléchissant à la chance qu'elle avait. Les conversations au lit avec Jackson étaient en général charnelles.

Assise à son bureau, Cate prenait des notes sur différentes maisons d'édition et éditeurs quand son téléphone sonna. *Brooke.*

— Coucou, la salua-t-elle gaiement, enthousiaste à l'idée d'avoir des nouvelles de son amie. C'est gentil d'appeler. Nous avons parlé de toi avec Amber ce midi.

— J'espère que c'était en bien. Comment allez-vous toutes les deux ?

— Je te dirai tout d'Amber, mais d'abord, comment vas-tu ? J'ai vu un article dans le journal où il était écrit que la femme qui accusait Paul s'est rétractée.

— Oui, nous savions que ce n'était qu'une histoire d'argent, mais ça n'a pas rendu plus facile le fait que ses accusations aient été rendues publiques. C'est une malade qui a presque détruit notre famille.

— Je suis sincèrement désolée, dit Cate, consciente que ses mots ne suffisaient pas à exprimer la peine qu'elle ressentait pour une de ses plus chères amies. Qu'allez-vous faire à ce sujet ?

— C'est pour ça que j'appelle. Paul a un entretien pour un poste d'enseignant au département obstétrique et gynécologie du centre médical Weill Cornell à l'hôpital presbytérien de New York.

— Waouh ! C'est un gros changement pour vous tous, s'exclama Cate sans pouvoir masquer sa surprise.

— Oui, mais après avoir été déçus par des personnes et des professionnels que nous pensions être des amis ici à Los Angeles, Paul et moi avons décidé qu'il était temps de changer d'horizon, déclara Brooke d'une voix amère où Cate discerna de la douleur. Un vieil ami de Paul, qui enseigne là-bas, lui demande depuis un certain temps de rejoindre l'équipe professionnelle. Ça paraît être une bonne idée de le faire maintenant, au lieu d'attendre.

— Je peux comprendre. Je peux faire quelque chose pour t'aider ?

— En fait, oui. Que dirais-tu de nous recevoir pour Thanksgiving ? Tous les enfants seront avec nous à New York pour le week-end prolongé, et Paul rencontrera son mentor pendant que je commencerai à chercher une maison. Ils ont déjà dit à Paul qu'il aurait le poste.

— Thanksgiving sera fantastique si tout le monde est là. Amber doit venir aussi, ce sera parfait.

— Merveilleux ! Comment va-t-elle ? J'avais prévu de l'appeler après toi.

— Tu ne vas pas y croire ! Elle est dévastée.

Cate s'appliqua à lui raconter en détails leur conversation lors du déjeuner.

— Amber n'en veut pas à Jesse et assure que c'est un type bien. Depuis son divorce il y a six ans, il a fait attention à ne s'engager ni avec elle ni avec personne d'autre. Apparemment, il a été anéanti par le divorce et aime toujours sa femme.

— Pauvre Amber. C'est le premier homme avec lequel elle envisageait vraiment un avenir. Quel dommage que ça ait tourné comme ça.

— Je crois que ça pourrait finir mieux qu'on ne le pense, dit Cate. La structure familiale est fluide, de nos jours.

— Je l'espère. Et toi, Cate, comment vas-tu ? J'ai adoré la photo de la bague que tu as envoyée. J'ai hâte d'entendre l'histoire qui va avec.

— Merci. J'essaie officiellement de tomber enceinte. J'ai déjà eu un cycle complet, mais je sais qu'il faut parfois attendre trois ou quatre mois pour concevoir après avoir porté un stérilet pendant aussi longtemps.

— Ou plus encore à nos âges, dit Brooke. Ne te décourage pas trop vite. Je me souviens de nos efforts avant l'arrivée des jumelles.

— Un bébé sera suffisant pour Jackson et moi. Du moins pour commencer, déclara Cate, horrifiée à l'idée d'avoir des jumeaux.

Être une bonne mère pour un seul enfant prendrait déjà toute son énergie et son dévouement.

— Merci de m'avoir laissée m'inviter avec ma famille chez toi pour Thanksgiving, dit Brooke. Je dois y aller. J'ai bientôt rendez-vous avec un agent immobilier, je ferais mieux de raccrocher.

— Waouh ! Tu démarres ton changement assez vite.

— Pas assez, affirma Brooke. J'en ai marre de l'humiliation, des regards en coin et de m'inquiéter de ce que les gens disent de nous.

— Je ne te le reproche pas. Dans quel coin cherches-tu à acheter ?

— Pas loin de chez toi. West Walles paraît sympa et il y a de bonnes écoles.

— C'est très sympa, acquiesça Cate.

C'était beaucoup trop cher pour elle, mais Brooke avait hérité et pouvait se permettre d'acheter une maison dans cette ville huppée.

— On verra, dit Brooke. J'ai commencé à chercher sur internet. J'ai trouvé quelques maisons qui semblent intéressantes.

— Merveilleux ! s'exclama Cate. Comme ça, les trois *bombes* pourront se réunir plus souvent.

— Oui, ça fait partie de mes plans. Depuis que j'ai vu à quelle vitesse un grand nombre de mes connaissances étaient capables de nous tourner le dos, à ma famille et à moi, j'ai décidé de ne plus côtoyer que des personnes de confiance. Dis-moi ce que je peux faire pour t'aider pour Thanksgiving. Je sais que Jackson aime préparer de grands repas, mais je tiens à donner un coup de main.

— Apporte le vin, suggéra Cate.

Elle savait que Brooke en ferait trop si elle ne lui donnait pas de tâche précise.

— Parfait ! Je le ferai. Nous logerons à New York, mais nous pourrons être à Ellenton à l'heure qui te conviendra.

— Pourquoi ne pas arriver dans la matinée ? On ne se mettra pas à table avant seize heures. Et si vous voulez dormir sur place et ne pas vous soucier de retourner en ville, nous avons de quoi vous loger tous.

— La cabane est terminée ?

— Non, mais elle le sera. Je commence les peintures

intérieures demain.

À peine Cate eut-elle raccroché qu'elle nota quelques idées sur son manuscrit pour se souvenir de ce qu'elle avait en tête pour les prochains chapitres . Puis elle se leva et s'en fut retrouver Jackson à la cabane pour voir en quoi elle pouvait l'aider. La maison serait pleine pendant les vacances, semblait-il.

À l'instant où la voiture d'Amber déboucha dans l'allée, Cate sut qu'il se passait quelque chose. Même si elle avait toujours été rapide, Amber conduisait beaucoup trop vite, comme si elle avait hâte de se trouver en sécurité.

Cate quitta l'avant de la maison où elle avait attendu en jouant avec Buddy et se dirigea vers le parking bitumé entourant le garage à deux places.

Amber sortit du véhicule et resta debout un moment, le visage tourné vers le ciel.

Cate se précipita vers elle.

— Tu as l'air en grande forme !

Non seulement elle était magnifique, mais elle était entourée d'une nouvelle aura de paix.

Amber lui sourit.

— J'ai vu Jesse hier soir. Il n'est pas fâché. En fait, il va faire tout son possible pour faire partie de la vie du bébé. J'en saurai plus quand il en aura parlé à Simone, mais il a promis de m'aider financièrement même si elle rechigne à s'impliquer. Il a déjà déposé une somme conséquente sur un compte bancaire pour couvrir toutes mes dépenses. Bien que je déteste accepter qu'on me donne de l'argent, je vais le prendre pour lui faire plaisir.

— Waouh! C'est chouette ! s'exclama Cate.

Son propre père avait disparu avant la naissance de Cate.

Elle ne savait toujours pas qui il était et, même si la curiosité la démangeait de temps en temps, elle n'avait aucune intention de chercher à le découvrir.

— Comme je le disais, c'est un type bien.

— Et comment Belinda va-t-elle le prendre ? On ne peut pas en dire autant d'elle.

— Elle va être en pétard pour de nombreuses raisons, dit Amber, mais pour l'instant, je vais profiter de Thanksgiving avec vous. Je ne vais pas la laisser me le gâcher.

Elle serra brièvement Cate dans ses bras.

— Merci de m'avoir permis de venir.

— Jackson et moi sommes ravis que la maison soit pleine. Brooke et sa famille arriveront demain matin et, d'après ma dernière conversation avec elle, il semblerait qu'ils envisagent de rester deux nuits avec nous, pour que les *bombes de la plage* puissent passer du temps ensemble.

— Génial. Je suis tellement heureuse qu'ils viennent habiter dans la région.

— Moi aussi. À présent, viens t'installer. Nous laisserons la cabane à Brooke et à sa famille pour qu'ils aient un peu plus d'intimité.

— Waouh ! Tu as dû l'agrandir, s'exclama Amber.

Cate s'esclaffa.

— Pas vraiment, mais on l'a réaménagée. Jackson a abattu un mur et en a monté un autre. Crois-moi, ils vont être un peu à l'étroit, mais Brooke comprend. Chacun aura un endroit où dormir.

Quand elles entrèrent dans la maison, Jackson émergea de la cuisine, ceint d'un tablier de cuisinier.

— Salut Amber. Content de te voir.

Ils s'étreignirent amicalement.

— Que prépares-tu ? demanda Amber.

— Je saumure la dinde et je m'organise à l'avance pour

demain. Quand tu seras installée, je te montrerai mon dernier chef-d'œuvre.

— La cabane ? J'adorerais la voir. Le travail que vous avez fait tous les deux sur ce qui était une ancienne ferme est incroyable, et maintenant vous rénovez la vieille cabane au fond du jardin.

— Il nous a fallu sept ans pour tout arranger comme on le souhaitait, mais ça en valait la peine, dit Cate en souriant à Jackson.

— Et maintenant, c'est presque fini, ajouta Jackson.

— Vous êtes une source d'inspiration pour moi, dit Amber. Un jour, j'aurai peut-être autant de chance.

— Je l'espère pour toi, dit Cate, songeant qu'il fallait plus que de la chance pour faire fonctionner une relation.

Ils avaient passé les premières années à découvrir les manies de l'autre, puis à construire la confiance et la franchise entre eux.

Cate conduisit Amber à la chambre d'amis de l'étage. Pendant qu'Amber défaisait ses bagages, Cate se laissa tomber sur le lit.

— As-tu eu du mal à parler à Jesse ?

Les yeux d'Amber s'emplirent de larmes.

— J'avais tellement peur. Tu connais mon histoire avec les hommes et je craignais qu'il ne se mette en colère. Il m'a dit que c'était spécial d'être avec moi, que je ne devais pas en douter.

— Oui, mais...

— Il a dit qu'il savait que Belinda me causerait des ennuis dans le milieu et qu'il ferait de son mieux pour m'aider aussi sur ce plan-là. Il a été tellement généreux.

Amber soupira.

— Le problème est que je vais sans doute être obligée de faire des changements dans ma vie professionnelle et que je ne sais pas ce que je veux faire.

— Tu pourrais peut-être trouver quelque chose à faire avec Brooke. Quelque chose pour aider d'autres femmes, dit Cate, l'esprit en ébullition. Brooke va se sentir perdue pendant un moment, le temps de s'accoutumer à son nouvel environnement. Entre les filles acceptées dans une école privée, P.J. à la fac et Paul occupé par son nouveau boulot, elle va se trouver désœuvrée.

Amber fronça les sourcils.

— Tu penses que Brooke et moi serions capables de travailler ensemble ? Elle peut être assez intense.

— Tu as un bon sens des affaires et Brooke a la fibre artistique. Commencez à mettre vos idées en commun et voyez où ça vous mène, dit Cate.

Brooke était le genre de personne qui avait besoin de s'occuper et Amber avait tendance à s'égarer si elle n'avait pas de but.

CHAPITRE VINGT-ET-UN
Cate

Les cieux du jour de Thanksgiving étaient aussi clairs et remplis de promesses que l'humeur de Cate. Jackson et elle adoraient recevoir et c'était la période idéale pour le faire. Jackson se réjouissait de jouer au chef et Cate se plaisait à montrer la maison pour laquelle elle avait fourni tant d'efforts. Jackson la considérait également comme son foyer et avait travaillé à ses côtés, et parfois même tout seul, pour faire les rénovations. Située sur presque un hectare de terrain, équipée seulement de trois chambres et deux salles d'eau, la longère avait été délabrée quand Cate l'avait achetée à une veuve qui ne l'entretenait plus. Mais la structure de la maison était saine et Cate avait vu dès le début ce qu'elle pourrait devenir avec de l'attention.

À présent, Cate examinait la table recouverte d'une nappe blanche et dressée pour huit personnes, avec des verres anciens en verre taillé et de l'argenterie qu'elle avait trouvés au gré de ses déplacements. L'emploi de sa tante au manoir de M. Pennyman lui avait appris à apprécier les belles choses, mais elle n'avait rien conservé de la triste vie qu'elle avait partagé avec elle.

— Splendide, dit Amber en entrant dans le séjour. J'ai commandé des fleurs hier à la petite boutique du village. Elles viennent d'être livrées.

Amber lui tendit un panier contenant un arrangement de roses rouges et jaunes, de lys et de feuilles aux couleurs d'automne.

— C'est très joli ! Merci beaucoup, Amber !

Cate posa le panier sur la table et l'étreignit.

— Je sais que tu aimes les belles choses que tu n'as pas eues pendant ton enfance, dit Amber.

Elle jeta un regard circulaire à la pièce.

— Tout est magnifique.

Cate entendit le bruit d'une voiture et sourit à Amber.

— Je crois que Brooke et sa famille sont arrivés.

Elles se hâtèrent toutes les deux vers la porte d'entrée et sortirent pour les accueillir.

Debout à côté d'Amber, Cate regarda les enfants de Brooke émerger du van que Brooke et Paul avaient loué. Son cœur se gonfla d'affection.

À dix-neuf ans, P.J. était un grand jeune homme aux cheveux sombres et aux yeux verts, qui avait les traits classiques de son grand-père maternel, que Cate avait aimé comme un père. Il se déplaçait même comme le père de Brooke, avec une grâce naturelle.

Brynn et Bradley descendirent du van derrière lui. Bien qu'elles ressemblent beaucoup à leur mère avec leurs boucles rousses et leurs sourires spontanés, les jolies fillettes de dix ans étaient plus minces et plus sûres d'elles que Brooke ne l'avait jamais été à leur âge. D'une nature toujours enjouée, elles se précipitèrent dans les bras grands ouverts de Cate et d'Amber.

Brooke s'approcha de ses amies avec un sourire excité.

— Tout le gang est là.

Elle se retourna vers Paul qui la suivait. Bien que n'étant pas spécialement beau, Paul Weston transpirait une gentillesse et un altruisme que certains trouvaient captivants. Les yeux brillants, il sourit à Cate et repoussa une mèche de cheveux châtains clairsemés.

— Merci de nous recevoir, Cate. Rien de tel que de passer

Thanksgiving avec des amis proches.

Il se tourna vers Amber.

— Félicitations !

Brynn dévisagea Amber.

— C'est vrai ? Tu vas avoir un bébé ?

— Oui, c'est exact, dit Amber en caressant son ventre d'une manière que Cate trouva touchante.

— Maman dit que tu seras une bonne mère, ajouta Bradley. Je le pense aussi, tata Amber.

Le visage d'Amber rougit d'émotion.

— Je l'espère, réussit-elle à prononcer.

— Et maman dit que tata Cate va aussi avoir un bébé, poursuivit Brynn, alors que Jackson s'approchait du groupe en souriant.

— Ah bon ? lui demanda-t-il en acceptant un bisou de Bradley, rapidement suivi par un autre de Brynn.

Cate soupira en les regardant. Jackson serait un si bon père. Les enfants de tous les âges l'adoraient. P.J. lui serrait la main à présent. Cate s'adressa à Paul.

— Je suis désolée que tu aies dû traverser tout ce bazar judiciaire.

Ses sourcils s'abaissèrent pour former un V de désapprobation.

— C'était inutile et douloureux. Je suis heureux que Brooke m'ait soutenu comme elle l'a fait. Je ne ferais jamais rien pour les blesser elle ou les enfants. Mon avocat ne cessait de me répéter que la vérité finirait par triompher, mais la justice peut parfois mettre longtemps avant d'être rendue.

Jackson enveloppa Paul dans une étreinte virile.

— Heureux de te revoir, Doc. C'est bien que tu aies pu venir. J'ai l'intention de mettre tes talents de chirurgien à contribution pour découper la dinde.

Paul éclata de rire.

— Toi, le chef, tu me ferais confiance ? Je suis honoré.

Cate les abandonna pour rejoindre Brooke et Amber. Elle était contente que Jackson et Paul s'entendent bien.

— Hé, Cate, dit Brooke. Je disais justement à Amber que je pense avoir trouvé une maison dans le quartier de Carrington à West Walles. Nous avons fait une offre et attendons une réponse.

— Maman, est-ce qu'on pourra avoir un chien comme Buddy ? demanda une des filles, qui tenait l'avant de Buddy dans ses bras alors que sa sœur portait l'arrière.

Les babines du chien étaient retroussées comme s'il souriait entre deux léchouilles.

— Reposez le chien et nous en discuterons, leur répondit Brooke. La maison que nous visons a une grande cour clôturée.

Cate supervisa la manière dont les fillettes placèrent Buddy sur le sol, attentives à ne pas lui faire mal au dos, et rigola quand il aboya pour réclamer davantage d'attention. Il était insatiable.

P.J. vint se placer à côté de Cate. Elle l'enlaça tendrement.

— Comment va mon filleul ? Et que penses-tu de l'université ? On dirait que tu as grand besoin d'un des bons repas de tonton Jackson.

Il rit et lui rendit son câlin.

— Ça me va. Et ouais, la fac, c'est cool. J'ai deux chouettes colocs. Et les filles sont mignonnes.

— Et les fiestas ? demanda Cate en arquant un sourcil.

— Ne le dis pas à maman, mais elles sont chouettes aussi.

Il jeta un regard vers Brooke.

— Maman pense que je suis trop jeune pour ça, mais elle ne s'inquiètera pas si elle ne le sait pas.

— Eh bien, en tant que marraine, je t'encourage à faire attention. L'alcool et la drogue peuvent causer la perte de n'importe qui. Je suis sûre que tu en sais plus que moi sur le sujet.

Son expression s'assombrit.

— Ça peut être assez moche.

— De quoi parlez-vous tous les deux ? s'enquit Brooke en les rejoignant.

— De la fac. On dirait que P.J. s'en sort bien, dit Cate. Et toi, comment supportes-tu qu'il soit aussi loin ?

— C'est difficile, mais je dois le laisser grandir, n'est-ce pas ?

Cate acquiesça, de même que P.J., mais elle ne put s'empêcher de se demander ce qu'elle ressentirait si son enfant quittait le foyer pour mener sa vie.

— Allez tout le monde ! Entrez. J'ai quelque chose pour vous, annonça Jackson.

Puisque le repas n'était pas prévu avant seize heures, Jackson avait préparé de quoi grignoter pour ceux qui avaient besoin de se caler un peu en attendant.

Cate prit le coude d'Amber et le bras de Brooke, et elles suivirent les autres dans la maison toutes les trois ensemble.

Pendant que les hommes s'occupaient et plaisantaient dans la cuisine et que les enfants jouaient sur l'ordinateur de salon, Cate emmena Brooke et Amber s'asseoir dans la suite parentale. Elle adorait cette vue sur le jardin et les pins qui en assuraient l'intimité.

Quand Amber décrivit à Brooke la réaction de Jesse à l'annonce de sa grossesse, sa voix chancela.

— Je ne suis pas sûre de mes sentiments au sujet de tout ceci, mais je vais me débrouiller pour que ça fonctionne.

— Je suis impressionnée, dit Brooke. Tu n'as pas cessé de nous dire que c'était un homme bon et maintenant j'y crois.

— Je ne sais toujours pas ce qui va se passer au boulot. Si on apprend notre histoire, ça pourrait être moche.

— J'ai dit à Amber de réfléchir à ce qu'elle aimerait faire d'autre si elle était forcée de quitter le milieu de la mode, dit Cate. En fait, je pense que vous devriez vous y mettre ensemble. Tu vas beaucoup t'ennuyer, Brooke, quand tu seras installée dans ta nouvelle maison.

Brooke et Amber se dévisagèrent mutuellement.

— Tu penses que ça pourrait fonctionner ? demanda Brooke d'une voix pleine d'espoir. Je m'inquiétais de la façon dont j'allais occuper mes journées.

— Comme je l'ai dit à Amber, tu as un grand sens artistique et elle a celui des affaires. Je suis certaine que nous pouvons trouver quelque chose que vous pouvez faire ensemble, affirma Cate.

— Et toi ? demanda Brooke. Les *bombes de la plage* pourraient reprendre du service.

Cate sourit.

— Si je ne rencontre pas le succès avec mon nouveau genre, j'en serai. En attendant, je vous aiderai du mieux que je peux.

— Bien, dit Amber. Nous allons réfléchir chacune de notre côté.

Elle leva sa tasse de thé en guise de salut.

— Aux *bombes de la plage* !

Cate et Brooke levèrent leur tasse de café.

— En avant !

Elles trinquèrent et se rassirent. Ensemble, elles réussiraient, songea Cate avec confiance. Elle observa ses amies, heureuse que les choses s'arrangent pour elles après ces deux mois éprouvants.

Après le bénédicité, Jackson apporta la dinde sur un plateau pour que toute la tablée puisse admirer l'oiseau cuit à merveille. Paul se leva et le suivit dans la cuisine pour le découper. Cate avait déjà fait sa part. La sauce aux airelles, les petits pains et le beurre, l'eau et le vin étaient sur la table. Pendant que Paul tranchait la viande, Jackson posa la farce, la purée, le gratin de patates douces et les haricots verts au centre de la table pour que tout le monde puisse se servir.

La vision de Cate se brouilla de larmes à la vue de l'abondance de nourriture et des visages réjouis de ses amis. Ce qui paraîtrait banal pour quelqu'un d'autre était pour elle un fait rare et apprécié. Petite fille, elle avait été invitée à passer Thanksgiving avec la famille de Brooke, mais accueillir les autres dans sa propre maison n'avait rien à voir. Elle sourit en entendant le bavardage des jumelles. C'était intéressant de les écouter parler. Chacune semblait savoir ce que l'autre allait dire avant même qu'elle n'ouvre la bouche.

Le repas était aussi délicieux que prévu. Cate avala la fin de sa part de tarte à la citrouille et se promit de ne pas manger autant la prochaine fois. Mais elle savait que de les voir tous apprécier sa cuisine faisait plaisir à Jackson.

— Qui veut sortir marcher un peu? demanda-t-elle en se levant.

— Moi, dit Brooke. Mais pas avant de t'avoir aidée à débarrasser.

— Ça marche, répondit Cate. Il y a beaucoup de restes pour faire des sandwiches plus tard, si vous voulez. Et assez pour demain aussi.

— Je vais aider à faire la vaisselle, ensuite je resterai tranquille. Il faut que mon estomac se repose, dit Amber en se levant avec un petit gémissement.

C'était fantastique d'être loin de la ville.

— J'ai l'impression que tous les os de mon corps se sont liquéfiés.

Cate l'examina. Amber, contrairement à d'autres, ne souffrait peut-être pas de nausées matinales, mais elle semblait tout le temps fatiguée et, même si Cate ne le lui dirait pas, elle n'avait pas la bonne mine que certaines femmes arboraient pendant leur grossesse.

CHAPITRE VINGT-DEUX
Brooke

Le matin suivant, Brooke pénétra dans la cuisine sur la pointe des pieds. Il était tôt, mais pour rendre service à Cate, elle avait accepté de faire en sorte que le café et quelques ingrédients de base du petit déjeuner soient posés sur le comptoir afin que tout le monde se serve. Jackson préparerait un repas chaud plus tard.

Elle sursauta en voyant Cate assise à la table de la cuisine, sirotant son café.

— Bonjour ! As-tu bien dormi ? Je pensais que tu serais encore au lit.

Cate sourit.

— J'ai décidé de me lever. Mes pensées tourbillonnaient dans ma tête après toutes nos discussions d'hier.

— Je vois ce que tu veux dire. Je ne pouvais pas m'empêcher de penser à la maison. Ça t'ennuie si je mets les infos ? demanda Brooke. Je ne voulais pas réveiller Paul et les filles.

— Pas du tout, dit Cate. Mais baisse le son pour ne pas réveiller Amber et Jackson à l'étage. P.J. dort toujours dans le salon.

Brooke alluma la télévision de la cuisine, volume au minimum.

— C'est difficile de croire que Noël approche jusqu'à ce que tu voies toutes ces pubs, murmura-t-elle. Avec un peu de chance, nous passerons les fêtes à New York.

— Ce serait sympa, dit Cate en lui souriant.

Brooke jeta un coup d'œil à la télé et se figea.

— Oh mon Dieu !

— Quoi ? demanda Cate en se détournant de la cafetière.

Cate montra la télévision d'une main tremblante.

— Regarde !

L'écran affichait l'image d'un petit avion écrasé au sol. Mais ce fut le bandeau déroulant en bas de l'écran qui retint son attention.

— Oh, non ! Monte le son ! s'écria Cate, le visage blême.

Les milieux de l'art et de la mode pleurent le décès de Jesse Carpenter, sa femme et leurs deux enfants. Jesse pilotait son propre Cessna vers des vacances familiales dans le Vermont et a perdu le contrôle de son avion au-dessus de Burlington. Des témoins ont vu l'avion descendre en piqué et s'écraser dans un champ à proximité de l'aéroport. La tour de contrôle a reçu un appel de détresse de l'avion et se préparait pour un atterrissage difficile, mais l'avion n'a pas pu atteindre l'aéroport.

Le sang battait aux oreilles de Brooke, provoquant une sorte de vertige. Elle s'agrippa au dossier d'une des chaises de la cuisine pour rester debout.

— Oh mon Dieu ! Qu'allons-nous dire à Amber ?

Cate donnait l'impression d'avoir été frappée par la foudre. Elle regarda Brooke, les yeux emplis de larmes.

— Oh non ! Ça n'est pas possible. C'est affreux.

Brooke s'effondra sur une chaise et cacha son visage dans ses mains en tentant de reprendre son souffle.

— Tu connais Amber. Elle va croire que c'est de sa faute, parce qu'elle sortait avec lui. Nous devons l'aider à comprendre que c'est un accident.

— C'est vrai. Sa mère a toujours fait comme si toutes les mauvaises choses qui lui arrivaient étaient de la faute d'Amber. J'avais oublié à quel point cette femme était vicieuse et à quel point cela affectait Amber.

Elles cessèrent de parler pour écouter une interview du chef des pompiers locaux. Derrière lui, les restes de l'avion étaient entourés par du ruban jaune.

— Nous avons extrait les quatre corps de l'avion. La direction de l'aviation civile envoie un inspecteur pour tenter de déterminer les causes du crash.

Le commentateur revint à l'écran.

— On louait le travail de Jesse Carpenter pour des raisons à la fois pratiques et artistiques. Il était connu pour partir en Europe au dernier moment afin de photographier un défilé de mode ou un dignitaire. Il y a peu, une des plus grandes galeries de New York a exposé ses clichés et il en avait récemment publié un recueil qui a été bien accueilli.

Brooke se leva en chancelant alors qu'elle échangeait un regard horrifié avec Cate. Amber pénétra dans la cuisine en étirant ses bras.

— Je n'arrive pas à croire que j'ai dormi dix heures. Ça fait du bien.

Elle se tut en voyant leurs mines.

— Que se passe-t-il ? Qu'est-ce qui ne va pas ?

Brooke se précipita vers elle et l'entoura d'un bras.

— Viens avec moi, chérie. Viens t'asseoir.

— Pourquoi montrent-ils des photos du travail de Jesse ?

Sa voix grimpa dans les aigus.

— Oh mon Dieu ! Que s'est-il passé ?

Les larmes lui montèrent aux yeux.

— Lui est-il arrivé quelque chose ?

Cate se hâta de venir prendre une des mains d'Amber qui s'asseyait.

— Je suis désolée, Amber. Il y a eu un accident. Un terrible accident.

— Il est mort ? cria Amber. Oh non ! Pas Jesse !

— Je suis tellement désolée, Amber. Il était dans l'avion avec sa famille, expliqua calmement Brooke. Ça s'est passé hier.

— Nooonnn ! hurla Amber. Ce n'est pas possible.

Elle regarda la télévision, la bouche grande ouverte, puis éclata en sanglots déchirants. Brooke massa ses épaules tremblantes.

— Je suis sincèrement désolée.

Cate enserra Amber dans une étreinte farouche.

— Nous sommes là pour toi, chérie.

Amber cacha son visage dans ses mains.

— Mon Dieu ! Mon Dieu !

Brooke cherchait des paroles de réconfort, mais n'en trouvait aucune.

— Ils ne savent pas ce qui a causé l'accident. Ils disent que Jesse était un bon pilote.

— Oui, oui. J'ai volé avec lui dans son avion, dit Amber, des larmes dans la voix. Jesse, mort ? Non ! Non !

Elle leva les yeux vers elles.

— Je crois que je vais vomir.

La douleur affichée sur son visage crucifia le cœur de Brooke. Cate se hâta vers l'évier, humecta un morceau d'essuie-tout et le pressa contre le front d'Amber.

— Il faut que je m'allonge, marmonna Amber.

— Viens, nous allons t'aider à retourner dans ta chambre, dit gentiment Brooke, les larmes aux yeux.

Cate prit un bras, Brooke prit l'autre, et elles guidèrent Amber jusqu'à sa chambre à l'étage.

— Laisse-moi refaire ton lit, dit Brooke en défroissant les draps avant de repousser la couverture. Voilà.

Elles aidèrent Amber à monter dans le lit à deux places et s'assirent chacune d'un côté. Amber roula sur le flanc et pleura dans son oreiller.

Quand elle fut calmée, Brooke dit :

— Quoi qu'il advienne, nous serons là pour toi.

— Toujours, ajouta Cate.

Amber roula sur le dos et les regarda avec une expression empreinte de culpabilité.

— Pensez-vous qu'il a été puni à cause de moi ? Ou qu'il est mort par ma faute ?

Brooke saisit une main d'Amber.

— Non. Ça ne fonctionne pas comme ça. Je sais que ta mère t'a fait croire que ce genre de choses arrivait, mais c'était un accident, un horrible accident qui n'a rien à voir avec toi.

— Amber, ne pense pas à ça, l'admonesta gentiment Cate.

— Toute sa famille a disparu ? C'est affreux !

Les lèvres d'Amber tremblèrent.

— Quand je lui ai parlé, il était tout excité à l'idée de tous les réunir pendant les vacances. Je ne peux pas y croire.

Brooke lui tendit le verre d'eau qui était sur la table de nuit.

— Tiens, chérie.

Amber s'assit et but une gorgée.

— Je me souviendrai toujours des sentiments de Jesse à propos du bébé. Il a transféré de l'argent sur un compte spécial pour moi.

De nouvelles larmes jaillirent de ses yeux.

— N'est-ce pas délicat ?

— Tu nous as dit que c'était un type génial, dit doucement Cate. C'en est la preuve.

— À présent, tout est fini. Et ça restera comme ça. Je ne veux pas qu'on apprenne que le bébé est de lui. Quel scandale ça provoquerait ! Je ne laisserai pas ça se produire.

— Tu pourrais changer d'avis plus tard, lui dit Brooke.

Au cours de la bataille juridique avec l'accusatrice de Paul, elle avait appris l'importance d'être honnête.

— Non, je ne changerai pas d'avis ! aboya Amber.

— Hola ! dit Brooke. Je suis désolée. Je ne voulais pas te contrarier.

— Bien sûr que non, affirma Cate pour tenter d'apaiser la tension entre elles.

— Mais je veux assister à l'enterrement, dit Amber. Je lui dois d'y aller.

— Je suis certaine que la cérémonie sera annoncée en temps utile, déclara Brooke. À ton avis, qui se chargera de son organisation ?

— C'est probablement Gayle Nickerson, l'assistante de Jesse. Je ne sais pas s'il avait de la famille et elle connaît la plupart de ses amis et de ses collègues. Elle travaillait avec lui depuis toujours.

Amber s'adossa à son oreiller.

— Si ça ne vous dérange pas, je voudrais rester seule un moment. Merci beaucoup pour votre présence. Je vous aime toutes les deux.

— Bien entendu, ma douce, dit Brooke en se levant. Appelle-nous si on peut faire quoi que ce soit pour toi, n'importe quoi.

— Pourquoi ne te reposes-tu pas un peu, offrit Cate, et plus tard je te monterai une tasse de thé et un toast. Tu pourras décider de ce que tu veux faire ensuite. Ça te va ?

Amber hocha la tête, de nouveau en larmes.

Après être sorties de la chambre, Cate et Brooke échangèrent un regard inquiet.

— Les jours qui viennent ne vont pas être faciles, dit Brooke en suivant Cate au rez-de-chaussée. J'aiderai autant que possible, mais je dois rentrer en Californie. Si notre offre sur la maison est acceptée, nous déménagerons dans quatre semaines.

Arrivée au pied de l'escalier, Cate posa une main sur

l'épaule de Brooke.

— Ne t'en fais pas. Je serai là. Et Amber peut rester ici aussi longtemps qu'elle le souhaite.

— Merci, dit Brooke en l'enlaçant brièvement. Tu es notre pilier, Cate.

Cate sourit.

— Et vous êtes mes fondations. Sans notre amitié, je dériverais sur un océan de problèmes. Souviens-toi que c'est vous qui m'avez encouragée à écrire.

— Et c'est vous qui m'avez poussée à épouser Paul parce que c'était un homme bon. Je suis heureuse que vous l'ayez fait. Après tout ce que nous avons traversé, notre mariage est plus solide que jamais.

Brooke sentit ses joues s'empourprer.

— Les enfants et moi l'aimons tellement.

Jackson apparut dans l'escalier.

— Que se passe-t-il ? Un problème ? J'ai entendu Amber pleurer.

Cate l'attira dans la cuisine. La télévision, toujours allumée, diffusait à présent son programme normal.

— Il s'est produit quelque chose de terrible. Jesse Carpenter, le père du bébé d'Amber, et toute sa famille ont été tués dans un accident d'avion hier.

— Oh ! C'est horrible !

Il se tourna vers la télé qui diffusait de nouveau les images du crash. Paul les rejoignit.

— J'ai entendu la nouvelle. Comment va Amber ?

— Pas bien, répondit Brooke. Elle est complètement bouleversée. Si elle ne va pas mieux plus tard, il faudra peut-être que tu l'examines. Nous ne voudrions pas qu'il arrive quelque chose au bébé.

— Assurez-vous qu'elle boive assez, dit-il, et proposez-lui de la nourriture neutre jusqu'à ce que son organisme s'apaise.

— Où sont les filles ? lui demanda Brooke.

— Elles regardent la télévision et dévorent les céréales que Cate et Jackson ont gentiment fournies.

Il leva un doigt en signe d'avertissement.

— Fais attention. Elles adorent la cabane et veulent la même.

Son portable sonna.

— C'est l'agent immobilier.

Il sortit pour prendre l'appel.

— Espérons que la réponse soit positive, dit Brooke. Amber va avoir besoin de beaucoup de soutien dans les prochains mois et je veux être là pour l'aider.

CHAPITRE VINGT-TROIS
Cate

La nouvelle de l'acceptation de l'offre de Paul et Brooke provoqua une excitation qui embellit un peu la journée qui avait si mal commencé. Les enfants étaient aux anges à l'idée de se rapprocher de Cate et Jackson et, grâce à la promesse d'avoir leur propre petite cabane, les filles déclarèrent que la vie à New York serait encore plus belle qu'en Californie.

Pendant que Paul et Brooke passaient la matinée avec l'agent immobilier, Cate suivit la suggestion de Paul et resta à la maison. Elle était inquiète qu'il soit autant préoccupé par l'état d'Amber, mais ceci dit, elle l'était également. Amber refusait de quitter son lit. Et, la dernière fois que Cate était montée la voir, Amber avait avoué avoir des crampes.

Paul et Brooke annoncèrent à leur retour que l'agent immobilier avait accepté de leur laisser les clés de la maison pour qu'ils puissent la visiter en détail dans l'après-midi, prendre des mesures et décider des modifications qu'ils voudraient faire.

— Elle m'a donné une liste d'entrepreneurs qu'elle recommande, dit Brooke. Mieux encore, elle a appelé un peintre qui travaille avec elle et lui a demandé de commencer l'intérieur de la maison la semaine prochaine. Je dois choisir les teintes avant de retourner en Californie.

— Qu'en disent les propriétaires ? Jusqu'à la signature définitive, la maison leur appartient toujours, intervint Jackson.

— Pas de problème, dit Paul. Les deux agents insistent

pour qu'on signe la semaine prochaine. Nous louerons la maison aux propriétaires pour avoir l'autorisation d'y entrer et d'y faire quelques travaux. Pour le moment, nous ne ferons que les peintures intérieures et ils sont d'accord.

— Vous démarrez fort, mais si vous voulez avoir emménagé pour les vacances, c'est nécessaire, déclara Cate.

— Je souhaite qu'Amber et toi voyiez la maison, lui dit Brooke. Tu veux bien venir avec moi ? Tu as une perception des formes et des couleurs que j'admire, j'ai besoin de ton avis sur quelques détails avant que le peintre ne commence à refaire certains murs.

Flattée, Cate accepta volontiers. En restaurant sa longère pendant de nombreuses années, elle en avait appris beaucoup sur ce qui fonctionnait et ce qui ne fonctionnait pas. Elles montèrent chercher Amber. Celle-ci était assise dans son lit et fixait la télévision sans la voir. Elle leva les yeux vers elles et leur sourit faiblement.

— J'ai entendu que vous aviez eu la maison. Félicitations, Brooke. Je suis contente pour vous.

— Tu as envie de venir la voir ? Je vais la faire visiter à Cate et j'aimerais que tu te joignes à nous.

Amber secoua la tête.

— Merci, mais non. Je reste ici.

Ses yeux s'emplirent de larmes.

— J'ai commencé à saigner.

— Oh, non ! s'exclama Cate. Est-ce que tu fais une fausse couche ?

— Je ne sais pas. J'attendais le retour de Paul. Je voulais lui poser quelques questions.

— Je vais le chercher, dit Brooke. Mais, il faut que tu restes ici, Cate. Il va insister pour avoir quelqu'un d'autre dans la pièce et ça ne peut pas être moi.

— Je comprends, dit Cate.

Le cœur au bord des lèvres, elle s'en fut s'asseoir sur la petite chaise placée dans un coin de la chambre.

Paul pénétra dans la pièce avec un air inquiet et se dirigea vers Amber.

— Comment te sens-tu ? demanda-t-il gentiment.

— Je ne sais pas, répondit-elle. Je saigne. J'ai essayé de serrer les cuisses pour que ça s'arrête, mais je suis presque sûre que ça n'a servi à rien.

Elle leva les yeux vers lui et lui demanda en pleurant :

— Je suis en train de perdre le bébé ?

— Pas forcément. Dis-m'en plus sur ce qu'il se passe, donne-moi des détails.

Pour leur donner un peu d'intimité, Cate cessa d'écouter leur conversation et fut tirée de sa méditation quand Paul l'appela.

— Cate ? Peux-tu accompagner Amber aux toilettes ? Je veux que tu la soutiennes.

Elle bondit sur ses pieds.

— Bien sûr.

Cate prit le bras d'Amber et elles se dirigèrent vers la salle de bains. Quand Amber fut assise, Cate s'éloigna mais elle eut le temps de réaliser que la grossesse était terminée. Des larmes brouillèrent sa vision.

— Je suis désolée, Amber. Vraiment désolée.

Amber enfouit son visage dans ses mains et sanglota.

— J'ai tout gâché. Dieu merci, personne d'autre n'est au courant. Je vais devoir garder le secret.

Cate l'étreignit. La douleur de certains secrets ne disparaissait jamais.

Après leur retour de l'hôpital, Cate et Brooke s'assirent au chevet d'Amber, qu'elles avaient installée devant la télévision dans la chambre d'amis. En les observant d'un air abattu, Amber dit :

— Vous ne pouvez pas rester là à me dorloter plus longtemps. Partez ! Brooke, tu dois aller inspecter ta nouvelle maison. Cate, il faut que tu te souviennes de tous les détails pour me les raconter.

— Je le ferai, chérie. Et je prendrai aussi des tas de photos.

— Tu es sûre que tu seras bien ici ? demanda Brooke. Je peux rester, si tu veux.

Amber la chassa d'un signe de la main.

— Allez-y. Ça ira. Vous ne pouvez rien faire de plus pour moi. Je vais faire un somme.

Mais Cate et Brooke voyaient bien que ça n'allait pas du tout. C'était inscrit dans son regard.

Brooke guida Cate jusqu'à Carrington, un quartier huppé de West Walles, petite ville de l'état de New York située à côté d'Ellenton.

Après s'être garée devant une maison en briques à deux niveaux, flanquée de deux ailes de plain-pied à clins blancs, Cate étudia l'immense bâtiment sous un angle artistique. Les hauts piliers blancs qui encadraient la porte d'entrée s'accordaient bien avec le style presque sudiste de la maison et équilibraient les ailes.

Elle sortit de la voiture et s'arrêta un moment pour regarder l'aménagement paysager. Les feuilles étaient tombées, laissant les branches des arbres à nu, mais elle pouvait voir comment, combinés avec un assortiment d'arbustes, ils ajoutaient à l'élégance de la maison. Au printemps, la vision serait féérique. Un cornouiller et des arbres fruitiers étaient disséminés au milieu de divers conifères.

— Attends de voir l'intérieur, vanta Brooke. Tu vas adorer. Ça nécessite un petit rafraîchissement, mais rien de plus. Je ne crois pas que les précédents propriétaires passaient beaucoup de temps ici.

Quand Cate pénétra dans la maison, elle eut une vue du hall d'entrée, du salon et au-delà, à travers les baies vitrées coulissantes, de la piscine enterrée couverte pour les mois d'hiver.

— Joli, murmura-t-elle en suivant Brooke avec empressement pour aller voir dehors.

Ensuite, Brooke lui fit visiter le reste du rez-de-chaussée, traversant une assez grande salle à manger ouverte sur une cuisine moderne et bien équipée qui aurait fait rêver Jackson. Une immense suite parentale occupait l'aile de ce côté de la maison. L'autre aile abritait une bibliothèque, une petite salle de sport, une salle de projection où les propriétaires précédents devaient avoir regardé des films et une salle de bains qui donnait sur la piscine.

— Viens voir là-haut. Il y a cinq chambres et trois salles d'eau. Je me suis dit que je ferais mieux de prévoir de la place pour ma mère.

Brooke fit la grimace.

— Elle m'a déjà informée qu'elle avait besoin d'être en mesure de voir ses petites-filles quand elle le voulait.

— Ça lui ressemble bien, dit Cate. Elle va être impressionnée. La maison est splendide.

— Nous faisons une affaire parce que les propriétaires sont pressés de vendre. Ils ont déjà déménagé en Floride.

Une bouffée de plaisir envahit le visage de Brooke. Elle disposait de beaucoup d'argent mais l'utilisait avec précaution.

— Bien, revoyons les pièces une par une et nous discuterons des couleurs et de tout ce que tu veux, déclara

Cate. C'est quelque chose que j'aime bien faire.

— Merci. J'ai hâte d'entendre tes suggestions.

Jackson s'approcha d'elles.

— Paul et moi allons faire un tour du voisinage pour qu'il ait une meilleure idée de ce qu'il devrait savoir. Les filles viennent avec nous. Je sais que ça va vous prendre un moment.

— Merci, répondit Cate en regardant sa montre. Nous prendrons des nouvelles d'Amber, mais assurez-vous qu'elle va bien dès que vous rentrez à la maison.

— D'accord, on le fera, dit-il avant de lui faire un petit signe de la main en partant.

Pendant que Cate suivait Brooke d'une pièce à l'autre, elles discutaient des couleurs et du mobilier que Brooke apporterait. Elles se mirent d'accord sur un gris très pâle pour la salle à manger et le salon. Brooke désirait un jaune citron dans sa chambre qui ressemblerait à ce qu'elle avait en Californie. La salle de vidéo serait repeinte en gris sombre comme elle l'était déjà.

À l'étage, elles décidèrent rapidement de la décoration des chambres. Les chambres communicantes pour les filles seraient peintes en nuances de violet, celle de P.J. en beige naturel, la chambre d'amis en pêche et elles choisirent un rose profond pour celle que Brooke destinait à sa mère.

— Merci Cate, dit Brooke alors qu'elles retournaient vers la voiture. Allons voir Amber, à présent.

— Je vais l'encourager à rester avec moi pendant quelque temps.

Cate avait du mal à imaginer la souffrance physique et émotionnelle qu'Amber éprouvait. Brooke secoua la tête avec tristesse.

— J'aimerais pouvoir rester aussi, mais je te fais confiance pour prendre soin d'elle.

— Oui, je le ferai, dit Cate, inquiète pour Amber.

Ce serait une mauvaise idée de la laisser seule.

À la maison, tout était calme. Cate trouva les hommes en train de prendre une bière dans le patio.

— Hé ! Où sont Amber et les enfants ? leur demanda-t-elle.

— Les gamins sont à la cabane et Amber fait la sieste à l'étage, répondit Jackson. Venez vous asseoir avec nous dehors.

— Je vais d'abord jeter un coup d'œil aux enfants, dit Brooke. Ensuite, je veux apprendre tout ce que tu as montré à Paul.

— Je vais voir Amber, dit Cate, et elle se hâta de monter.

Après avoir ouvert la porte de la chambre d'Amber aussi doucement que possible, Cate passa la tête dans l'entrebâillement. Amber la regarda depuis le lit.

— Entre. Je n'arrive pas à dormir.

Cate entra dans la pièce et s'assit au bord du lit.

— Comment te sens-tu ? Puis-je faire quelque chose pour t'aider ?

Amber secoua la tête.

— J'ai juste besoin de trouver le courage de traverser les prochaines semaines.

— Quand Brooke et sa famille seront parties, pourquoi n'envisagerais-tu pas de rester ici encore au moins une semaine ? Je peux t'aider à prendre rendez-vous avec mon médecin pour qu'il t'examine. Et après ça, tu pourrais loger dans la cabane. Ce serait plus agréable pour toi de rentrer chez nous que dans un appartement vide pendant les semaines à venir.

Les larmes montèrent aux yeux d'Amber.

— Merci. Je vais rester la semaine prochaine, mais je devrai ensuite reprendre ma routine pour que personne ne suspecte le rôle que Jesse tenait dans ma vie. À cause de Belinda, nous faisions attention lorsque nous nous rencontrions en dehors du travail. Mais si elle le découvre un jour, elle me virera, c'est certain.

— D'accord, mais il arrive que les choses qu'on cherche à cacher soient précisément celles qui devraient être révélées. Toutefois dans ce cas, je te rejoins. Moins il y aura de monde au courant de ta relation avec Jesse, mieux ce sera.

Amber s'assit et s'essuya les yeux avec un mouchoir.

— Comment est la nouvelle maison de Brooke ? Fantastique, je suppose.

— C'est une maison merveilleuse. Je suis ravie qu'elle vienne habiter si près de nous. Quand j'ai organisé le week-end en Floride, je n'avais aucune idée que *les bombes de la plage* reprendraient du service à cause de tous les changements qui se profilent.

La tentative d'humour de Cate fit sourire Amber.

— Eh bien, j'imagine que cette *bombe* ferait aussi bien de se lever. Rester couchée là ne changera rien à ce qui s'est passé.

— Le temps est tellement agréable que nous nous sommes installés dans le patio. Viens nous rejoindre quand tu seras prête.

Cate l'étreignit puis se leva, heureuse de voir qu'Amber se portait mieux.

Quand Amber les retrouva, les hommes se levèrent et attendirent qu'elle s'asseye entre Cate et Brooke.

— Ils viennent juste d'annoncer que les funérailles de Jesse et de sa famille seraient privées, mais que les amis et le reste de la famille sont invités à une veillée funèbre dans son appartement vendredi prochain. Gayle Nickerson, l'assistante de Jesse, s'occupe de l'organisation, dit Brooke. Tu la connais ?

— Oh, oui, affirma Amber. Nous avons travaillé ensemble sur la publicité du parfum. Je veux aller à la veillée.

Elle se tourna vers Cate.

— Tu viendras avec moi?

Les yeux d'Amber se liquéfièrent.

— Bien entendu, répondit Cate en tapotant l'épaule d'Amber. Je resterai à tes côtés.

— Je viendrais aussi si je le pouvais, assura Brooke à Amber. En fait, je vais prendre un vol demain après que Cate et moi aurons sélectionné les couleurs pour le peintre. Paul et les enfants rentreront à la maison lundi, comme prévu.

— Je suis contente que tu habites beaucoup plus près, désormais, dit Amber.

— Cate m'a dit que tu étais la bienvenue chez elle pour aussi longtemps que tu le souhaitais.

— J'ai accepté de rester toute la semaine. Vendredi prochain, je retournerai à mon appartement et je me préparerai pour reprendre le boulot. Belinda devrait être rentrée d'ici là.

Amber soupira.

— Heureusement qu'elle avait décidé de prendre de longues vacances.

— Comme je te l'ai déjà dit, tu peux toujours revenir ici si tu découvres que tu as besoin de compagnie après être retournée à ton appartement ajouta Cate.

— Et nous aurons beaucoup de place dans la nouvelle maison, dit Brooke. J'ai hâte de te la montrer.

— Merci. Vous allez tous vous lasser de moi dans les jours qui viennent.

— Certainement pas, s'écria Cate.

Brooke hocha la tête.

— Cate a raison.

Elles levèrent les yeux vers Brynn et Bradley qui accouraient vers elles. Brynn tendit une feuille de papier à Amber.

— C'est pour toi.

— On l'a fait exprès pour toi, dit Bradley, qui gigotait sans répit, debout devant Amber.

Amber le regarda attentivement et sourit aux fillettes.

— Merci. C'est très gentil.

— De rien, répondit Brynn.

— On t'aime, tata Amber, ajouta Bradley.

Elles détalèrent vers la cabane, courant côte à côte, parfaitement synchrones.

Amber montra la feuille sur laquelle était tracé un gigantesque cœur rouge.

— Il est écrit : *Nous sommes désolés que tu sois triste, tata Amber. Porte ce cœur sur toi pour te sentir moins mal. Bisous. Bradley, Brynn, maman, papa, tata Cate et oncle Jackson.*

Dans le silence qui suivit, plus d'un œil s'humecta. Cate observa ses amis les plus chers. Ceci, songea-t-elle, est ma famille. Elle s'attarda sur Jackson en se demandant s'ils seraient capables de l'agrandir.

CHAPITRE VINGT-QUATRE
Amber

Après le départ de Brooke et de sa famille, la maison parut étrangement calme. Amber aida de son mieux Cate à tout ranger. La cabane s'était avérée idéale pour accueillir des hôtes. Les gamins l'avaient adorée et l'endroit leur avait offert, ainsi qu'à leurs parents, plus d'intimité.

Dans les jours qui suivirent, pendant que Jackson était à l'école et que Cate travaillait dans son bureau, Amber reprit des forces et tenta d'accepter ce qui s'était produit en se reposant et en se promenant dans les environs.

Cate l'emmena chez son docteur pour qu'elle soit examinée et elles furent toutes les deux heureuses d'apprendre qu'Amber était en bonne santé et n'aurait pas besoin d'être opérée.

— Il m'a dit que je pourrais avoir d'autres enfants, dit Amber lors du trajet de retour chez Cate. Tu te rends compte ?

Cate haussa les épaules.

— Je sais que ça te paraît impossible pour l'instant, mais à l'avenir... Qui sait ?

— N'y pense même pas, dit Amber en refoulant ses larmes.

Il lui serait difficile de faire confiance à un autre homme. Et avoir des enfants ? C'était encore une autre histoire.

Le vendredi, Amber conduisit Cate jusqu'à New York afin d'assister au service commémoratif en l'honneur de Jesse et sa famille. Elles garèrent la voiture près de son appartement et prirent un taxi jusqu'à celui de Jesse.

Cate lui serra la main en signe de soutien quand elles entrèrent dans un immeuble situé à proximité du musée d'Art moderne.

— Je vais réussir à le supporter, dit doucement Amber, bien qu'elle se débatte avec le souvenir de sa relation avec Jesse et la culpabilité qu'elle n'arrivait pas à chasser.

Dans l'ascenseur qui s'élevait vers le dernier étage et le penthouse de Jesse, Amber se demanda qui assisterait à l'événement. Elle aimait l'idée d'une célébration festive plutôt qu'une cérémonie sinistre, inappropriée pour un homme que son art avait rendu tellement vivant.

À côté d'elle, Cate restait grave. Elle avait œuvré toute la semaine pour tenter de remonter le moral d'Amber, qui lui en était reconnaissante.

Les autres personnes présentes dans l'ascenseur les regardaient avec curiosité, s'interrogeant sans doute sur leur relation avec Jesse et sa famille. Imitant Cate, Amber fit de son mieux pour les ignorer.

Quand les portes s'ouvrirent, Amber suivit Cate dans un vestibule où une large porte double avait été ouverte.

Elles passèrent devant un banc et de grandes plantes posées de chaque côté des portes, et entrèrent dans une grande salle de séjour où de nombreuses personnes discutaient, un verre à la main. Des serveuses faisaient circuler des plateaux de petits fours.

— C'est une véritable réception, murmura Cate à Amber, qui lui répondit par un léger sourire.

— Il adorerait. C'était un homme tellement ouvert, généreux. Ce n'est pas étonnant qu'il ait eu autant d'amis.

Amber s'aperçut que Belinda Galvin se dirigeait vers elles avec un regard noir. Elle se tendit.

Cate lui prit le coude pour la soutenir.

— Bonjour Amber. Que diable fais-tu ici ? lui demanda Belinda. Cette célébration est réservée à la famille de Jesse et à ses amis proches. Je ne crois pas que tu serais invitée.

Amber étudia la femme qui était connue pour terroriser son équipe et ses collègues. Grande et sèche, les cheveux argentés tirés en arrière et attachés dans son cou, Belinda arborait un air sévère. Son visage, soigneusement remodelé par la chirurgie, était plus esthétique que beau.

Mais ce furent les yeux de Belinda qui retinrent son attention. D'un gris acier, ils ne renfermaient aucune chaleur. Amber doutait qu'ils l'aient jamais fait.

— Jesse et moi nous entendions bien, déclara Amber d'un ton froid qui dissimulait toute trace de peur. Je suis venue lui présenter mes respects comme Gayle Nickerson me l'a demandé.

Belinda planta ses poings sur ses hanches et scruta Amber.

— Pourquoi l'assistante de Jesse t'aurait-elle demandé de venir ?

— Probablement parce qu'elle savait que Jesse et moi étions amis, répondit Amber.

Elle sentit la colère monter en elle. Cate jeta un regard à Amber avant de s'adresser à Belinda.

— Et que faites-*vous* ici ? Il ne faisait que travailler occasionnellement pour vous, n'est-ce pas ?

Belinda se redressa de toute sa hauteur, paraissant encore plus impressionnante. Elle plongea ses yeux dans ceux de Cate.

— *Qui* êtes-*vous* ?

Amber applaudit en silence en voyant Cate se redresser à son tour et garder son calme face à autant de dédain. Avant qu'elle ne puisse répondre, une femme accourut vers elle.

— Catherine Tibbs ? J'ai adoré votre dernier roman et j'ai hâte de lire le suivant.

Amber remercia d'un sourire la personne qui avait mis fin à ce qui aurait pu tourner à l'affrontement.

— Excuse-moi, Cate. Je vais chercher Gayle.

Cate acquiesça d'un hochement de tête puis se tourna vers son admiratrice, ignorant Belinda. Laissée pour compte, celle-ci s'éloigna.

Amber croisa des gens qu'elle identifia comme des sommités artistiques et remarqua une photo de Jesse avec sa femme et ses enfants mise en évidence sur une desserte. Quel gâchis, songea-t-elle, en luttant contre la nausée qui l'avait tourmentée toute la semaine face à cette horreur. Une famille entière disparue.

Un grand et bel homme aux cheveux gris et aux yeux bleu vif lui sourit.

— Amber ?

Elle s'arrêta.

— Oui ?

— Bonjour, je suis Wynton Barr, un ami de Jesse.

— Oh, oui. Je suis ravie de vous revoir.

Ils discutaient toujours de tout et de rien quand Cate les rejoignit. Amber fit les présentations, puis Wynton les quitta pour aller saluer quelqu'un d'autre.

— Waouh ! Il est remarquable, s'extasia Cate.

— C'est un avocat qui avait engagé Jesse pour faire un portrait de sa fille. Je l'ai rencontré lors d'une soirée à laquelle j'assistais.

— Tu es prête à rentrer ? demanda Cate.

— Oui, je suis épuisée, tout à coup. Ça me fera du bien d'avoir le week-end devant moi pour me réhabituer à ma vie citadine.

Elle parcourut la salle du regard.

— Gayle est occupée. Je l'appellerai plus tard. Dirigeons-nous vers la sortie pour ne pas nous retrouver face à face avec

Belinda.

— Quelle femme détestable. Je ne sais pas comment tu peux supporter de travailler pour elle.

— Ça ne durera peut-être plus longtemps, dit Amber en caressant son ventre. Elle a toujours l'illusion que Jesse et elle partageaient quelque chose de spécial, alors que je sais très bien que c'est faux.

Elles avaient réussi à atteindre l'entrée quand Belinda les vit.

— N'oublie pas de venir de bonne heure lundi matin, Amber. Tu auras beaucoup de travail.

Elle se tourna vers le couple qui l'accompagnait et haussa la voix pour être entendue par les personnes qui les entouraient.

— Amber est mon assistante. C'est pour ça qu'elle a été autorisée à venir.

— Je suis ton assistante et une amie de Jesse, dit Amber d'un ton sec, alors que la frustration qui prenait possession d'elle l'amenait au bord des larmes.

Cate saisit le bras d'Amber et la fit sortir. Dans l'enceinte de l'ascenseur, Amber regarda son reflet dans le miroir mural, étudia l'image terrifiante de son visage empreint de colère et s'effondra.

CHAPITRE VINGT-CINQ
Cate

Dans le train qui la ramenait à Ellenton, Cate regardait défiler le paysage par la fenêtre, perdue dans ses pensées. De son point de vue, la position d'Amber était intenable. Bien qu'elle aime vivre dans une grande ville et travailler dans la mode, Amber ne pourrait pas continuer à collaborer avec une patronne aussi vicieuse que Belinda si sa relation avec Jesse était découverte. Amber leur avait déjà expliqué que la compétition était rude. Dieu merci, elle ne s'était jamais adonnée à la drogue, contrairement à d'autres dans ce milieu.

Cate se remémora sa première expérience avec la marijuana. Un samedi soir, Amber avait appelé Cate et Brooke pour leur demander de la rejoindre chez elle. Elle venait juste de se disputer avec sa mère parce qu'un de ses petits amis avait dormi sur place. Maintenant que sa mère était sortie pour la soirée, Amber était prête à tout pour se venger.

Elles étaient toutes moroses, ce soir-là. Cate avait été frappée par le désordre et l'ambiance négative de la maison, et était pressée de partir.

Brooke était déprimée. Son visage était couvert de boutons. Des larmes dans la voix, elle avait annoncé qu'elle renonçait à faire plus d'efforts pour être jolie et faire plaisir à sa mère. C'était une bataille sans fin qu'elle ne pourrait pas gagner. Tout le monde le savait.

Après plusieurs joints, Amber avait sorti le gin et la vodka, les poisons préférés de sa mère. Mauvaise idée. Amber était devenue violente et avait vitupéré contre sa vie en cassant des assiettes et des verres dans l'évier. Brooke avait pleuré de manière incontrôlable avant de s'emparer d'un couteau et de menacer de se suicider. Cate avait vidé le contenu de son estomac, malade comme un chien pendant des heures.

Cate avait compris l'avertissement. Elle n'avait aucun problème à suivre les règles édictées par sa mère sur l'alcool et les drogues. À l'université, on l'avait même traitée de « petite fille modèle ». Bien qu'elle n'aime pas être insultée, Cate ne prenait jamais plus qu'un verre ou deux. Elle faisait toujours attention, encore maintenant.

Le train s'arrêta à la gare. Écartant le passé, Cate en descendit et se dirigea vers le parking. Elle y avait garé son SUV avant de monter dans la voiture d'Amber pour aller à New York.

En rentrant chez elle, elle fit un détour par la maison de Brooke pour examiner le travail du peintre. Elle l'avait fait tous les jours à la demande de Brooke. Lors des rénovations de sa propre maison, elle avait appris qu'il valait mieux débarquer à l'improviste.

Elle entra dans la maison et s'arrêta un moment dans l'entrée, suivant du regard l'escalier en colimaçon. Il paraissait tellement normal que Brooke vive dans une maison aussi élégante.

Cate se rendit dans la suite parentale et fut contente de voir qu'elle était presque terminée. La peinture jaune était parfaite et conférait à la chambre une clarté agréable qui éclairerait les jours sombres de l'hiver. Cate prit des photos de la pièce pour les envoyer à Brooke. Paul verrait par lui-même ce soir quand il arriverait pour passer quelques nuits chez Cate. Il voulait être sur place pour superviser d'autres plus petits projets dans la maison, avant de repartir en Californie pour aider à préparer le déménagement. À l'allure où les choses avançaient, les *bombes de la plage* seraient réunies pour célébrer Noël ensemble. Cate mourait d'impatience.

Une fois chez elle, Cate décida de se mettre à décorer sans plus attendre. Elle monta au grenier et trouva les boîtes de décorations de Noël qu'elle sortait chaque année. Elle en étudiait le contenu dans la cuisine lorsque Jackson rentra de l'école.

— Coucou, mon cœur ! Comment vas-tu ?

— Ça va.

Jackson posa une pile de papiers et un calepin sur la table de la cuisine.

— Ma mère a appelé pour demander si on irait en Caroline du Nord pour les fêtes de fin d'année. Je lui ai répondu que non, mais elle veut absolument te parler du mariage et de la fête de fiançailles qu'elle souhaite organiser.

Il la regarda d'un air soucieux.

— Je lui ai dit que nous irions pour la Saint-Valentin et qu'elle pouvait la prévoir à ce moment-là. Ça ira pour toi ?

Cate réfléchit.

— D'accord. On s'arrangera. Mais je ne veux pas de grand mariage, Jackson. Si nous ne campons pas sur nos positions, ce sera un désastre.

— C'est ce que je lui ai dit. Mes parents t'aiment et veulent ce qu'il y a de mieux pour toi. Ils pensent qu'ils doivent compenser parce que tu n'as plus de famille.

— Je ne veux pas me battre contre eux. Ils m'ont toujours très bien traitée.

Elle secoua la tête.

— C'est tellement ironique – la différence entre ma famille et la tienne.

Jackson sourit et l'attira dans ses bras.

— Et moi ? Tu me situes où dans ce tableau ?

Elle s'esclaffa.

— Eh bien... à la place du Prince Charmant.

— Ça, c'est ma chérie, dit Jackson avant de poser ses lèvres sur celles de Cate.

Serrée contre lui, elle sentit ses inquiétudes s'envoler. Ses parents n'étaient pas déraisonnables, ils étaient juste enthousiastes.

Au moment où Buddy commençait à aboyer pour réclamer de l'attention, le portable de Cate sonna. *Brooke.*

— Salut ! As-tu reçu les photos que je t'ai envoyées ? demanda Cate, encore échauffée par le baiser de Jackson.

— Oui, elles sont jolies. Merci de tout ce que tu fais pour moi. Je cherche à joindre Paul. Est-il là ?

L'estomac de Cate se souleva. Le ton de Brooke ne laissait rien augurer de bon.

— Je ne l'attends que plus tard. Pourquoi ? Que se passe-t-il ?

— Nous avons reçu une offre pour la maison, répondit Brooke.

— Mais ?

— Mais elle est très basse. La rumeur s'est répandue que nous souhaitons échapper à tout prix aux bruits qui circulent sur Paul et que nous sommes prêts à vendre à n'importe quel prix.

Après un long silence, Brooke ajouta :

— Pourquoi les gens sont-ils aussi vicieux ? N'est-il pas suffisant que la réputation de Paul ait été détruite par des mensonges ?

— Je suis désolée d'entendre ça. Ton agent immobilier peut-il faire quelque chose à ce sujet ?

— Elle organise des portes ouvertes demain. Même si je suis au milieu des cartons, elle dit que c'est important. Elle m'a dit qu'elle s'expliquerait avec les autres agents et les acheteurs à cette occasion. D'ailleurs, je ferais mieux d'y aller. Qui aurait pu croire que nous aurions accumulé autant de trucs ?

— C'est une grande maison, lui rappela Cate.

— Je jurerais qu'elle s'agrandit à chaque fois que je dors, dit Brooke. J'ai hâte que les déménageurs arrivent. Ils emballeront le plus gros. En attendant, je redécouvre toutes sortes de trésors des quinze dernières années.

— Ça pourrait être drôle, dit Cate en plaisantant à moitié.

— Je dois avouer que la vue des affaires pour bébé que j'avais mises de côté m'a fait songer un instant à essayer d'en faire un autre.

— Ça pourrait être amusant d'être enceintes en même temps, dit Cate.

Brooke éclata de rire.

— C'est la dernière chose dont j'ai besoin en ce moment. Je me contenterai de gâter celui que tu auras. Des nouvelles de ce côté-là ?

— Pas encore. Mais je garde les doigts croisés, dit Cate en caressant son ventre.

CHAPITRE VINGT-SIX
Brooke

Brooke raccrocha le téléphone en pensant toujours à la remarque qu'elle avait faite à Cate. Désirait-elle un autre enfant ? Elle contempla le désordre autour d'elle et secoua la tête. Elle désirait simplement une vie à elle. Pas en tant qu'épouse de Paul, mère des jumelles ou mère d'un jeune homme en première année d'université. Elle avait besoin d'être Brooke Ridley Weston, artiste, ou Brooke Ridley Weston, entrepreneuse. Elle était une créatrice qui s'était perdue. Amber estimait que sa famille l'avait vampirisée, mais elle ne le voyait pas comme ça. Elle adorait sa famille. Mais il était peut-être temps qu'elle s'aime un peu plus.

À ce moment précis, sa mère appela.

— Bonjour Brooke. Au cours de mon déjeuner avec des amis, j'ai entendu les pires horreurs.

Brooke soupira. Elle sentait venir le sermon.

— Et de quoi s'agit-il, mère ?

— J'ai entendu dire que Paul et toi bradiez votre maison dans l'espoir de vous enfuir. Ne te laisse pas avoir, Brooke. La maison est dans un quartier coté et vaut beaucoup d'argent.

— Mère, tu ne peux pas croire tout ce que tu entends. Il va falloir que tu nous fasses confiance, à Paul et à moi. Par ailleurs, ce ne sont pas tes affaires.

— Eh bien ! Je suppose que ce n'est pas le bon moment pour discuter. N'en fais pas trop, ma chérie. Quand tu es stressée, tu as tendance à trop manger.

Brooke mit fin à l'appel et s'assit avec la tête entre les

mains. Pour ses amis, Diana Ridley était gentille et attentionnée. Mais quand il s'agissait de Brooke, le manque de considération dont sa mère faisait preuve était blessant.

Les jumelles entrèrent dans la maison, leur bavardage fournissant une distraction bienvenue. Brooke se leva pour les accueillir. Elle avait pris la décision de rester à la maison pour elles en accord avec Paul, mais avec le déménagement à New York, elles seraient absentes plus longtemps et, sans les activités bénévoles et communautaires qu'elle avait en Californie, elle se retrouverait désœuvrée. Une autre raison pour reprendre sa vie en main.

— Quoi de neuf, les filles ? demanda Brooke d'une voix enjouée avant de remarquer leurs visages déconfits.

— Les gosses disent des méchancetés sur papa, dit Brynn.

— Sur toi aussi, ajouta Bradley. Ils disent que nous nous enfuyons parce que papa a fait des vilaines choses.

— Je suis désolée d'entendre ça, affirma Brooke, alors qu'elle luttait pour refouler la frustration qui menaçait de s'échapper d'elle sous la forme d'une explosion de colère.

Elle entoura ses filles de ses bras.

— Ce sont des rumeurs. Parfois, il vaut mieux les laisser courir. Les rumeurs ne sont pas vraies, mais elles sont souvent répandues par des gens qui s'ennuient et qui ignorent les faits. Nous ne nous enfuyons pas, mais nous déménageons pour suivre papa à son nouveau travail. C'est très différent et vous n'avez pas à en avoir honte.

— C'est ce que j'ai dit à Kendall, mais elle a dit qu'elle l'avait entendu quand sa mère l'avait dit à une amie.

Les yeux de Brynn s'emplirent de larmes.

— Je la déteste.

Brooke prit le visage de Brynn entre ses mains et la dévisagea.

— Je ne veux pas que tu détestes qui que ce soit. Sa mère

ne connaît manifestement pas tous les faits.

— Mais maman, Kendall s'en fiche. Elle dit à tout le monde de nous éviter.

Le menton de Brynn trembla. Ravalant sa colère, Brooke regarda ses filles et souhaita pouvoir effacer la détresse qu'elle voyait sur leurs petits visages.

— Vous n'avez plus qu'une semaine d'école, ici en Californie. Ensuite nous partons. Kendall n'était même pas une amie proche. Si vous avez de la chance, vos vraies amies vous soutiendront. Comme tata Amber et tata Cate l'ont fait pour moi.

— Je les aime, maman. Elles sont les meilleures tatas du monde, déclara Brynn avec passion.

— Moi aussi, dit Bradley. Qu'est-ce qu'il y a pour goûter ? On a faim.

Brooke laissa échapper un soupir de soulagement. Ses filles iraient bien. Elles s'épauleraient mutuellement.

Alors qu'elle leur préparait un en-cas, Brooke lutta contre la tentation d'appeler la mère de Kendall, mais elle se rendit compte que ça ne ferait qu'empirer les choses.

Quand Paul téléphona, elle s'était concentrée sur d'autres problèmes relatifs à leur déménagement. L'agent immobilier tenait une porte ouverte le lendemain matin pour d'autres agents de la région et elle les avait incités à venir en offrant un repas de traiteur.

CHAPITRE VINGT-SEPT

Amber

Alors qu'elle s'habillait pour reprendre le travail après plus d'une semaine d'absence, Amber s'enjoignit de ne pas s'abandonner à la colère. Elle ne pouvait pas se permettre de ruiner sa carrière plus qu'elle ne l'était déjà. Le fait que Belinda soit capable de la mettre dans tous ses états était inquiétant. Elle devait conserver son emploi pour le moment. Elle avait déjà cherché d'autres opportunités dans le milieu de la mode, mais n'avait rien trouvé qui l'intéresse ou qui paie bien.

Comme on lui avait appris à le faire, Amber s'inspecta une dernière fois dans le miroir pour s'assurer que son apparence était aussi parfaite que possible. Elle avait apprécié pendant un temps d'être vêtue des dernières tenues, dans le style le plus seyant que ses connexions pouvaient lui permettre. À présent, elle avait hâte de retourner au lit et d'oublier tout ce qui s'était passé. Dans un coin de son esprit, une question rôdait : et si Jesse et le bébé avaient survécu ?

Amber arrangea le col de son chemisier en soie bleu saphir et enfila la veste en laine noire qu'elle avait choisi de porter, espérant que la tristesse qui l'étouffait encore de temps en temps ne transparaîtrait pas. Après une grande inspiration, elle se lança dans la foule grouillante des rues de la ville.

Vingt minutes plus tard, elle ouvrit la porte des bureaux de l'agence Galvin et pénétra dans le calme des petites heures matinales. En l'espace de trente minutes, l'endroit deviendrait une ruche animée et bruyante. Pour l'instant, il lui appartenait.

Elle se hâta vers son bureau pour réceptionner ses messages et ceux de Belinda, y répondit et se rendit dans celui de Belinda pour mettre en place son service à thé. Il devait être disposé d'une certaine manière, bien entendu. C'était une des choses qui pouvait faire la différence entre un démarrage difficile et un début de journée encore pire.

Satisfaite de ses efforts, Amber retourna dans la pièce qu'elle occupait à côté de celle de Belinda.

Jodie Pearson, la réceptionniste, apparut et la journée débuta.

Amber était au téléphone quand Belinda pénétra dans l'agence. Elle se dirigea vers son bureau d'un pas militaire, fit signe à Amber de la suivre en passant devant le sien et ferma la porte derrière elle en la claquant bruyamment.

L'estomac d'Amber se serra à la pensée de la journée à venir. Elle termina son appel téléphonique et se leva pour rejoindre Belinda en soupirant profondément.

Elle frappa à la porte et l'ouvrit.

Belinda se tenait devant le service à thé, une fine tasse à la main.

— Je ne pouvais pas attendre que tu me le prépares. C'est une de ces matinées où on souhaiterait ne pas avoir quitté son lit.

La bouche d'Amber s'asséxa alors qu'elle attendait que Belinda lui offre de s'asseoir. Belinda fit un vague signe de la main vers une chaise en tapisserie en face de son bureau et s'assit derrière sa table.

— J'y ai réfléchi tout le week-end et je dois t'avertir que j'ai été à ça de te renvoyer.

Belinda leva une main manucurée et rapprocha son pouce de son index, son vernis à ongles rouge brillant de manière menaçante.

Amber resta silencieuse. Il n'était pas question qu'elle demande pourquoi. *Autant que la garce me le dise elle-même.*

Belinda la dévisagea de ses yeux froids.

— Tu n'avais rien à faire à la commémoration pour Jesse vendredi. Tu travailles pour moi, tu n'es pas copine avec mes clients. C'est compris ?

Amber se força à ne rien dire.

— Si tu ne peux pas rester à ta place, tu devras quitter l'agence, poursuivit Belinda. Tu peux y aller, maintenant.

Amber se leva et se dirigea vers la porte.

— Au fait, Amber, cette tenue te grossit. À ta place, je ferais attention. C'est moi qui te permets d'avoir ce genre de vêtements. Souviens-t'en.

— Ce sera tout ? demanda Amber en s'arrêtant.

— Ce n'est pas suffisant ?

Belinda secoua la tête.

— Oui, en effet, tu grossis.

La colère qu'Amber avait combattue tout le week-end remonta à la surface sans qu'elle puisse la contenir.

— Et toi, tu as l'air... décharnée.

Les yeux de Belinda s'agrandirent de surprise, puis se rapprochèrent.

Amber se prépara à être renvoyée sur-le-champ.

Mais Belinda éclata de rire.

— Ah oui ! Mon disciple. Bien, va-t'en maintenant, avant que je ne m'énerve.

Amber quitta le bureau en vitesse, contente d'avoir pris Belinda au dépourvu. Plus tard, elle se vengerait peut-être, mais il était aussi possible que paraître décharnée lui convienne.

CHAPITRE VINGT-HUIT
Cate

Cate ouvrit les yeux et observa la lumière de l'aube qui filtrait à travers les volets entrouverts avec la sensation que quelque chose n'allait pas. Le silence l'attira vers la fenêtre. Elle regarda le tapis blanc et les branches des arbres couvertes de neige. Elle marqua un temps d'arrêt, se demandant ce qui l'avait réveillée, et sentit la douleur lui déchirer le ventre.

Elle s'agrippa à l'appui de fenêtre et refoula ses larmes. *Ses règles.*

Pour ne pas réveiller Jackson, elle se déplaça silencieusement sur la moquette en direction de la salle de bains et s'y enferma.

Elle eut rapidement la preuve qu'elle cherchait et soupira. Même si elle savait qu'il faudrait sans doute plusieurs mois à son utérus pour se remettre après le retrait de son stérilet, elle avait bêtement espéré tomber enceinte immédiatement.

Elle utilisa une protection et retourna au lit avec Jackson.

Il se tourna vers elle et demanda d'une voix ensommeillée :

— Tout va bien ?

— J'ai mes règles. Pas de bébé.

Il l'attira contre lui.

— C'est encore trop tôt. Ne te décourage pas.

Elle se blottit contre lui et trouva le réconfort dans ses bras. Les choses lui paraîtraient plus gaies dans la matinée. Mais à cet instant, elle ne pouvait s'empêcher de songer à toutes les fois où Brooke avait tenté de faire un autre bébé après la naissance de P.J. ; la période avait été éprouvante pour elle.

Et à Amber, qui était tombée enceinte sans le vouloir et qui avait perdu son enfant. Cate pria pour ne pas vivre cette expérience atroce.

Plus tard, quand le réveil de Jackson sonna, Cate se glissa hors du lit, s'enveloppa dans sa robe de chambre en polaire et enfila ses bottes fourrées.

— Allez Buddy. C'est l'heure de sortir.

Enfoui sous sa couverture au pied du lit, il lui jeta un regard avant de l'ignorer en se rencognant sous le couvre-lit.

En riant, elle l'en extirpa et le prit dans ses bras. Les matins d'hiver comme celui-ci le rendaient généralement bougon. Elle ne lui en voulait pas. Il avait de la neige jusqu'au ventre à cause de ses pattes courtes. Ce n'était pas agréable.

Elle le transporta au rez-de-chaussée et le posa sur la terrasse arrière. Il leva les yeux vers elle avec une expression tellement indignée qu'elle en rit.

— Dépêche-toi ! Fais tes petites affaires et nous rentrerons tout de suite après.

Alors que Buddy s'éloignait, Cate observa les alentours. En temps normal elle n'aimait pas la neige, mais ce matin, le soleil levant donnait au ciel une teinte rosée qui se reflétait sur la poudreuse immaculée et lui conférait l'aspect d'un glaçage rose posé sur les arbres et les arbustes. Fascinée, elle entrelaça ses doigts. Son esprit lui délivra une description imagée de la scène, qu'elle mit en réserve pour s'en servir plus tard dans un récit.

Buddy aboya pour attirer son attention et la magie disparut.

De retour à l'intérieur, Cate alluma la cafetière et mit la table. Le petit déjeuner de Jackson était habituellement constitué d'un verre de jus d'orange, d'un bol de céréales aux fruits, d'une tasse de café et de peu de mots. Il compensait par des conversations plus longues dans la journée et la soirée. Paul lui avait dit de ne pas se mettre en frais, mais elle découpa quelques fruits et sortit des yaourts au cas où il en aurait envie.

Quand le café fut prêt, Cate s'en servit une tasse et s'assit à table. Elle devait se remettre à travailler sur son livre aujourd'hui. Elle avait laissé trop de temps filer entre Thanksgiving, le traumatisme qu'Amber avait subi ensuite et l'aide qu'elle fournissait à Brooke pour la maison.

— Bonjour, dit Jackson en s'asseyant à la table de la cuisine.

Il l'observa pendant un moment.

— Comment te sens-tu ? Je ne veux pas que tu te décourages. On vient de commencer.

Sa tentative pour lui remonter le moral la fit sourire.

— J'ai pris conscience qu'il faut que l'on continue comme avant sans y penser ou on risque de vivre les mêmes montagnes russes que Paul et Brooke.

L'expression désormais sérieuse, il acquiesça.

— Je suis d'accord.

Paul les rejoignit.

— Bonjour. Merci de m'avoir permis de passer la nuit ici. Brooke et moi vous sommes redevables.

— Pas de problème, répondit Cate avec sincérité. Tu es sûr que tu ne veux pas rester encore une nuit ?

Il fit un signe de dénégation.

— Non. J'ai promis à Brooke de rentrer. Les relations se sont tendues avec les voisins et les amis des filles, soupira-t-il. J'ai parfois du mal à croire que tout ceci est arrivé.

— Je suis désolée que vous ayez eu à subir tout ça. Mais c'est presque terminé. Dans une semaine, vous serez en route pour venir habiter ici.

— J'ai bien hâte d'y être, dit Paul.

— Sers-toi. Si tu as besoin d'autre chose, tu n'as qu'à demander, dit Cate. Messieurs, j'espère que ça ne vous dérange pas, mais je dois aller travailler. Passez une bonne journée.

Buddy la suivit et se coucha sur la couverture posée sous son bureau, tirant sur les coins jusqu'à être entièrement recouvert.

Jackson frappa et entra.

— À ce soir. Appelle-moi si tu veux que je ramène quelque chose. Je vais déposer Paul à la gare.

Il l'embrassa avant de partir.

Elle se leva pour aller faire ses adieux à Paul. Il enfilait son manteau quand elle s'approcha.

— Bon voyage, dit-elle avant de lui faire la bise. À bientôt.

— Encore merci. Je suis certain que Brooke te tiendra au courant de l'évolution de la situation.

— Moi aussi, dit Cate.

Ils se regardèrent et éclatèrent de rire. Brooke se trouvait peut-être à près de cinq mille kilomètres, mais c'était quand même elle qui gérait la nouvelle maison.

Au cours de cette après-midi, Cate se leva et s'en fut dans la cuisine prendre une tasse de thé pour calmer son agitation. Elle était frustrée par son écriture, principalement parce qu'elle se sentait personnellement en échec. D'abord, elle avait cru qu'elle tomberait enceinte tellement vite qu'elle n'aurait pas le temps de terminer son livre, mais maintenant, elle croyait que ça n'arriverait jamais. Elle avait beau s'exhorter à la patience, elle s'inquiétait. Elle soupira en se demandant si ses émotions alterneraient ainsi les hauts et les bas dans le futur immédiat.

En attendant que l'eau se mette à bouillir, Cate examina la photo que Brooke lui avait envoyée après leur voyage en Floride. Elles avaient tenté de recréer le cliché original des *bombes de la plage* pris lorsqu'elles avaient treize ans. Elles étaient toutes les trois assises dans le sable et souriaient à l'aimable inconnu qui avait accepté de les photographier. *Pas trop mal pour bientôt quarante ans*, songea-t-elle en étudiant ses deux amies. À les voir, personne ne se douterait de tous les ennuis qu'elles affrontaient. Quant à elle, sa timidité maladive avait disparu et elle semblait sincèrement heureuse comme en témoignait son grand sourire dû en partie, elle le savait, à la décision que Jackson et elle avaient prise.

CHAPITRE VINGT-NEUF

Amber

Amber était en train de vérifier le planning hebdomadaire des mannequins lorsqu'un livreur s'approcha de son bureau. Il portait un grand paquet carré et plat, enveloppé de papier kraft.

— La réceptionniste m'a dit que je vous trouverais ici. C'est une livraison spéciale pour vous de la part de Gayle Nickerson. Elle m'a demandé de vous le remettre en main propre.

— Pour moi ? Merci.

Amber prit le paquet et le posa sur son bureau.

— Une minute. Je vous donne un pourboire.

Il leva une main pour refuser.

— Non, quelqu'un s'en est déjà chargé.

Il se détourna pour partir.

— Attendez ! Vous avez une idée de ce que c'est ?

Il secoua la tête.

— On m'a juste dit que c'était spécial, de le manipuler avec précaution et de vous le remettre personnellement.

Alors qu'il s'éloignait, Amber déchira le papier et se retrouva face à son propre visage souriant, encadré de métal argenté. Des frissons parcoururent sa colonne vertébrale. Elle se souvint du moment exact où Jesse avait pris ce cliché. Ils étaient en pleine séance photo pour le parfum dans les îles, et elle avait fait une pause à l'abri du soleil sous un palmier. Vêtue d'une robe bain de soleil blanche et diaphane, elle avait levé la tête en l'entendant crier son nom. Ils avaient fait l'amour la nuit précédente et elle savait déjà que ce qu'elle ressentait pour lui était plus profond que pour n'importe quel autre homme. Elle lui faisait suffisamment confiance pour s'avouer ses sentiments à elle-même.

— Qu'est-ce que c'est ? demanda Belinda, qui sortait de son bureau.

— C'est une photo de la dernière campagne pour le parfum, dit Amber en examinant l'image avec l'espoir que personne d'autre ne verrait ce qu'elle n'avait pas été capable de dissimuler.

Belinda resta silencieuse, les yeux fixés sur la photo. Ses traits durs se figèrent.

— Mon Dieu ! Jesse et toi ? Comment as-tu pu ?

— Que veux-tu dire ? demanda Amber, se forçant à garder son calme alors que son cœur battait tellement vite qu'elle en avait le vertige.

— N'importe quel idiot peut voir comment tu le regardes, la manière dont il a capturé ton image, le regard qu'il doit poser sur toi.

Son visage habituellement pâle s'empourpra violemment.

— Tu m'as trahie. Tu savais ce que je ressentais pour lui, Amber ! Salope ! Tu es virée ! Prends tes affaires, y compris cette photo merdique et tire-toi !

Amber éprouva immédiatement le besoin de se protéger.

— Pour quel motif me vires-tu ? La jalousie ?

Le mouvement de la main de Belinda fut le seul avertissement qu'Amber reçut. Elle attrapa le poignet de Belinda pour l'empêcher de la gifler.

— Oh, non ! Tu ne me frappes pas. C'est compris ?

Alors qu'elle toisait la femme qui lui avait rendu la vie impossible pendant tellement longtemps, Amber se laissa envahir par une colère telle qu'elle n'en avait pas ressenti depuis des années.

— Tu es une personne exécrable qui ne mérite

certainement pas quelqu'un d'aussi gentil et délicat que Jesse. Ce n'est pas étonnant qu'il ait rompu avec toi.

Les yeux de Belinda s'écarquillèrent. Elle tira sur son poignet pour se libérer.

— Va-t'en d'ici, hurla-t-elle, ce qui attira les autres qui se rassemblèrent dans le bureau.

En les voyant, Belinda cracha :

— Que faites-vous tous ici ? Ce ne sont pas vos affaires.

Avec des gestes délibérément lents, Amber ramassa la photo encadrée, attrapa son sac à main et s'éloigna avec autant de dignité qu'elle le put, malgré ses genoux flageolants. Elle devait mettre de la distance entre Belinda et elle avant de céder à la tentation de lui arracher les cheveux.

De retour dans son appartement, Amber étudia la photo. Des larmes lui montèrent aux yeux au souvenir de ce voyage dans les îles. Faire l'amour avec Jesse avait été une telle révélation pour elle. Elle examina la signature de Jesse et remarqua le L qu'il avait discrètement écrit au-dessus de son nom. Les larmes qui avaient brouillé sa vision roulèrent sur ses joues. Il l'avait aimée, même si ce n'était pas comme elle l'aurait souhaité.

La sonnette résonna. Se ressaisissant, elle se rendit à la porte et, après avoir jeté un coup d'œil par le judas, l'ouvrit. Jodie Pearson, la réceptionniste de l'agence, se tenait sur le seuil, un grand carton entre les mains. Amber secoua la tête. Belinda n'avait pas perdu de temps pour vider son bureau.

— Entre.

Elle aida Jodie à porter le carton et, à elles deux, elles le posèrent sur le sol de l'entrée.

— Je suis désolée de ce qui s'est passé, dit Jodie. Belinda est toujours enragée. Tout le monde l'évite, moi y compris.

Elle m'a fait rassembler tes effets personnels. Je pense que tout est là.

— Il n'y avait pas grand-chose. Une autre des règles de Belinda. Elle avait l'habitude de virer ses assistants avant mon arrivée.

— Je ne sais pas comment l'agence va continuer. C'était toi qui faisais tourner la boutique tandis qu'elle en tirait toute la gloire. Que vas-tu faire, à présent ?

Le sourire d'Amber fut sincère.

— Je vais prendre quelques congés et passer les fêtes de fin d'année avec des amis.

— Bonne idée, dit Jodie. Je te souhaite bonne chance. Si je pouvais, je partirais aussi, mais le boulot paie bien. Alors je suppose que je vais m'accrocher, même si les prochaines semaines risquent d'être terribles. Je n'ai jamais vu Belinda dans un tel état.

— Tu veux prendre une tasse de café ou un verre de vin ? demanda Amber, soulagée de ne pas avoir à supporter la colère de Belinda.

Le visage de Jodie s'éclaira d'un sourire.

— Merci, mais je ferais mieux d'y aller. Je dois aller faire mon rapport à l'agence.

— D'accord. Prends soin de toi, Jodie. Si j'ai un jour besoin d'une réceptionniste, je t'appellerai.

Jodie leva un pouce.

— Je serai là en un claquement de doigt. Tu es la meilleure.

En souriant, Amber raccompagna Jodie à la porte et y resta en s'interrogeant sur ce que l'avenir lui réservait.

De nouveau seule, Amber passa en revue les objets que Jodie avait empaquetés pour elle. Comme elle le lui avait dit, elle avait gardé peu d'effets personnels à l'agence. Elle avait eu l'horrible impression que Belinda fouillerait son bureau. La seule photo qu'elle gardait en vue était celle des *bombes de la plage* à treize ans. Elle lui avait été rendue, avec son rouge à lèvres, de la crème pour les mains et un flacon d'écran solaire. Belinda pouvait garder la plante qu'elle lui avait offerte pour son anniversaire, ainsi que le bouquet de fleurs en soie qu'elle avait acheté elle-même. Elle n'en voulait pas dans son appartement. Ils lui rappelleraient trop ses expériences négatives au bureau.

Elle n'avait aucune inquiétude concernant les informations stockées sur son ordinateur professionnel. Consciente de la personnalité de Belinda, Amber avait conservé tous ses fichiers personnels sur son ordinateur à la maison.

Elle fut submergée par une vague de tristesse. Trois années de dur labeur et de moments difficiles, réduites à un simple carton contenant quelques objets et aux souvenirs qu'elle gardait en mémoire !

Elle prit son téléphone et appela Cate pour obtenir un peu de réconfort.

— Salut ma belle !

L'accueil chaleureux de Cate mit du baume au cœur d'Amber. Ses amies étaient importantes pour elle, un peu comme la famille qu'elle n'avait jamais eue.

— Que se passe-t-il ?

Amber lui raconta sa matinée en détails.

— Ça ressemble bien à Belinda de te virer comme ça. En particulier à cause d'une photo. Ce cliché doit être quelque chose.

— Oui, répondit sobrement Amber, avant de prendre le temps de maîtriser ses émotions. Il m'aimait autant qu'il le pouvait, dit-elle finalement. C'est évident.

— Je suis heureuse que tu le saches à présent, même si ça doit te rendre les choses à la fois plus faciles et plus compliquées.

Amber se remémora les instants partagés avec Jesse et la perte de leur bébé. Elle resta silencieuse.

— Veux-tu quitter New York et venir à la maison ? demanda gentiment Cate.

— Merci, mais je pense que je vais rester ici un jour ou deux. Cachée. Ensuite, j'aimerais arriver plus tôt que prévu pour les vacances. J'aiderai Brooke à déménager. Ça devrait m'occuper.

— Et tu pourras m'aider à décorer sa maison pour lui faire une surprise, ajouta Cate. Finalement, Amber, c'est peut-être un mal pour un bien. Tu as été à la merci de cette femme pendant des années. Il est grand temps de prendre ton envol, de faire quelque chose par toi-même. Comme pour Brooke avec sa peinture, prends le temps de profiter de la vie au maximum. J'ai hâte de te revoir pour te faire un énorme câlin. Je t'aime.

— Moi aussi, dit Amber avant de raccrocher.

Elle avait eu besoin de ces encouragements. Ils avaient déjà mis son esprit en ébullition.

Amber ressentit une nouvelle détermination en regardant le carton. Elle en savait assez sur le milieu pour monter sa propre affaire. Pourquoi pas ? Elle avait fait le plus gros du travail tandis que Belinda en tirait toute la gloire. Elle avait écouté, elle avait appris et elle avait servi d'intermédiaire pour ceux qui voulaient atteindre Belinda. Bonne expérience.

Si elle ne se trompait pas, Belinda ne lui avait pas fait signer de clause de non-concurrence avant sa période d'essai, parce qu'elle n'avait pas cru qu'Amber resterait longtemps. Elle avait fini par l'embaucher parce qu'Amber avait résisté. Belinda avait été tellement sûre d'elle, tellement vaniteuse.

Si elle décidait d'ouvrir une agence, elle serait très différente de celle de Belinda. Les lèvres d'Amber s'incurvèrent. Son licenciement était peut-être exactement ce dont elle avait besoin. Elle n'avait plus qu'à attendre et voir venir.

s'incurvèrent. Son licenciement était peut-être exactement ce dont elle avait besoin. Elle n'avait plus qu'à attendre et voir venir.

CHAPITRE TRENTE
Cate

Après avoir raccroché avec Amber, Cate resta assise un moment en pensant à son amie. Comme toujours, la vie était douce-amère. Elle était à la fois navrée qu'Amber ait perdu son boulot, mais également heureuse que Jesse lui ait ouvert un compte bancaire et ait songé à lui offrir un cadeau personnel avant de mourir. Après avoir perdu le bébé et été obligée de le digérer, Amber avait eu besoin d'être sûre que leur histoire était plus qu'une simple liaison. Elle connaissait suffisamment Amber pour savoir que sa résilience naturelle l'aiderait à surmonter la situation, mais elle méritait mieux. Bon Dieu, elle avait même été sexuellement abusée et l'avait tu pendant des années, en se conduisant comme si de rien n'était. D'elles trois, Amber paraissait être la plus forte, mais c'était elle la plus vulnérable.

Cate était heureuse qu'Amber ait accepté de l'aider à décorer la maison de Brooke pour Noël. Ça leur ferait du bien de passer du temps ensemble. Brooke, Paul et les filles prendraient un vol le dix-neuf décembre et P.J., la mère de Brooke et le camion de déménagement arriveraient le lendemain. La présence d'un sapin de Noël et de quelques autres décorations dans la maison ajouterait à leur excitation et leur éviterait de s'en inquiéter pendant qu'ils déballaient leurs affaires et s'installaient. Quelques nouveaux meubles avaient déjà été livrés.

Elle s'adossa à sa chaise en se demandant quels seraient ses prochains mots. Alors qu'elle luttait avec le dernier tome des

Guerres de Galeon, son esprit ne cessait de revenir à la romance contemporaine qu'elle élaborait en pensée. Pouvait-elle le faire ? Écrire un tout nouveau genre de livres ?

Buddy aboya et courut accueillir Jackson. Les vacances d'hiver venaient juste de commencer et il aurait deux semaines entières avant de retourner à l'école. Ils étaient tous les deux contents qu'il n'ait pas à se lever aussi tôt par ces matins froids.

— Coucou chérie ! Comment ça avance ?

Cate soupira.

— Pas du tout. Depuis qu'on m'a dit que ce serait le dernier tome de la série, je suis à sec. Rien de tel que de savoir que tu seras viré avant même d'avoir fini.

Jackson se pencha et l'embrassa sur le front.

— Tu es une bonne romancière. Même si ta nouvelle éditrice n'est pas emballée, tes fans le sont. Souviens-toi de ça.

— Merci, dit-elle. Je suppose que je n'aime pas l'idée de ne plus écrire sur Serena et Rondol. Ils sont devenus mes amis au fil des ans, tu comprends ?

Il lâcha un petit rire.

— Les miens aussi.

Elle rit. Combien de fois avait-elle discuté des livres précédents avec lui ? Il savait écouter. C'était une des raisons majeures pour lesquelles ses élèves l'aimaient en classe et en dehors des cours.

— Je pensais faire un poulet rôti glacé au miso et au gingembre pour ce soir.

— Ça me paraît merveilleux. Il faut que je te parle d'Amber avant que tu partes.

Elle lui raconta les détails du renvoi d'Amber et dit :

— Elle devrait arriver dans deux ou trois jours. Elle va m'aider à décorer la maison de Brooke et elle restera toutes les vacances. C'est bon pour toi ?

— Oui. Je suis content qu'elle ne loge pas dans ta cabane, parce que j'ai l'intention de terminer ton bureau. Ce sera mon cadeau de Noël.

— Merci. Le nouvel espace m'éclaircira peut-être les idées.

Il rigola.

— Ton esprit continue à fonctionner quoi qu'il advienne. Tu as plus d'imagination que la plupart des gens.

Elle sourit, espérant trouver rapidement le dénouement de son histoire. C'était l'inconvénient d'être une « improvisatrice » ; les surprises survenaient, certaines bonnes, d'autres moins.

Amber arriva quelques jours plus tard avec deux grosses valises et un sac de cadeaux. La voir fit chaud au cœur de Cate. Elle ne se souvenait pas de la dernière fois où les trois *bombes de la plage a*vaient passé Noël ensemble.

La vie de Cate s'emplit de rire et d'énergie alors qu'Amber et elle se préparaient pour les vacances en faisant de la pâtisserie.

La veille du jour où Brooke était attendue à New York, Cate et Amber se rendirent chez elle en emportant les trésors qu'elles avaient achetés pour la décoration de la maison. Elles suspendirent à l'extérieur de la porte d'entrée une grande couronne verte ornée d'un gros nœud rouge pompier. De chaque côté de la porte, elles placèrent un conifère en pot, avec des rubans en tissu écossais rouge à l'extrémité de chaque branche.

Sur le comptoir de la cuisine, elles disposèrent six assiettes plates et six assiettes creuses à décor d'arbre de Noël de chez Spode. Elles enfilèrent des serviettes de table vertes dans des ronds de serviette à motif festif et les posèrent à côté des assiettes. Une boîte déjà ouverte de robustes couverts en plastique argenté, ainsi que des assiettes et des bols en carton de chez Spode, complétait l'ensemble. Cate savait que Brooke appréciait ce genre de détails. Elle aimerait aussi la boîte de cookies faits maison.

Dans la salle de bains d'amis, Cate disposa deux serviettes de toilette brodées aux couleurs de Noël. À côté du lavabo, Amber posa une chandelle électrique dont le revêtement rouge vif éclairait la pièce et ajoutait une note festive. L'odeur de pin qui émanait d'un brûleur d'encens embaumait la pièce.

— Allons chercher les provisions et nous serons au point, dit Amber. J'ai mis le vin dans le casier à bouteilles et le plateau de fromages au réfrigérateur. Il nous reste à acheter les produits du quotidien : le lait, les œufs, le beurre, le pain...

— Très bien, répondit Cate en jetant un regard satisfait à la pièce.

Ce n'était pas grand-chose, mais ça suffirait pour montrer à Brooke et à sa famille qu'elles leur souhaitaient de bonnes fêtes.

Après avoir fait les courses et rempli le frigo de tout ce dont Brooke pourrait avoir besoin selon elles, Cate et Amber retournèrent chez Cate.

— Si ça ne t'ennuie pas, je vais aller faire un somme, déclara Amber.

— Pas de problème. Je vais peut-être aller m'allonger aussi.

Depuis qu'elle avait décidé de fonder une famille, Cate prenait davantage soin de sa santé et s'accordait parfois une sieste, ce qu'elle ne faisait pas en temps normal. Mais elle savait que les jours à venir seraient intenses.

CHAPITRE TRENTE-ET-UN
Brooke

Brooke examina les pièces vides de la maison californienne qui avait été son foyer avec un nouveau sentiment de dissociation. Elle avait rempli son rôle, mais elle avait perdu son âme quand les voisins et les accointances qui ne les connaissaient finalement pas si bien avaient pensé que la maison abritait un pervers sexuel. S'ils avaient réellement connu Paul, ils auraient réalisé que ce n'était pas le cas et que ça ne pouvait pas l'être. En l'observant faire monter les jumelles dans la voiture qu'ils avaient louée pour se rendre à l'aéroport, elle eut mal au cœur pour lui. Sa posture avait changé, comme si le fardeau des fausses accusations lui avait fait courber l'échine. Elle ressentit l'envie de le dessiner. Elle ferma la porte d'entrée pour la dernière fois et rejoignit Paul et les filles dans la voiture.

Comme prévu, Cate et Amber les attendaient au retrait des bagages de JFK. À la vue de leurs visages réjouis, Brooke fut envahie par la gratitude. Leur installation à New York lui semblait déjà positive.

— Bienvenue dans ton nouveau chez-toi, dit Cate en faisant écho aux pensées de Brooke.

— Je suis heureuse que tu sois là, déclara Amber en l'embrassant.

— Comment vas-tu ? lui demanda Brooke. Penses-tu toujours que la perte de ton travail puisse être une bonne chose ?

Amber prit une grande inspiration, puis la relâcha.

— Je le pense. C'est difficile de changer les vieilles habitudes, mais quand tu seras installée et que les fêtes seront passées, je réclame une réunion des *bombes de la plage*.

Brooke sourit.

— Ça marche.

Pendant que Paul et un porteur de l'aéroport récupéraient leurs bagages sur le tapis roulant, Brooke garda un œil sur Brynn et Bradley. Après ce qu'elles avaient subi à l'école, elles étaient aussi excitées qu'elle par le déménagement. Cate, bénie soit-elle, les écoutait patiemment parler toutes les deux en même temps.

Plus tard, ils traversèrent New York en direction de West Walles, Paul et les filles dans le SUV de Cate avec leurs bagages et Brooke dans la voiture d'Amber. En chemin, Brooke réalisa que cette nouvelle tranche de vie, partagée avec ses meilleures amies, serait différente et plus intéressante. Elle leur apporterait à toutes, espéra-t-elle, ce qu'elles désiraient.

Quand Amber gara enfin la voiture dans l'allée de sa nouvelle maison, Brooke l'examina avec des yeux neufs. Elle était jolie et elle entendait la remplir d'amour et de soutien pour sa famille. Et, dans les rares occasions où sa mère leur rendrait visite, elle ferait d'énormes efforts pour maintenir la paix entre elles.

En remarquant la couronne sur la porte et les pots de chaque côté, elle se tourna en souriant vers Amber.

— Oh ! Cate et toi avez décoré la maison pour Noël. Merci !

— C'était amusant. Nous voulions te faire une surprise.

Paul s'approcha de la voiture d'Amber pour aider Brooke. Quel geste délicat, songea-t-elle en descendant du véhicule.

— Que la joie inonde notre nouvelle maison, lui dit-il.

— La joie et l'amour, rectifia Brooke, heureuse de voir un sourire éclairer son visage.

— On peut entrer, maintenant ? demanda Brynn qui frissonnait dans le vent glacial.

À côté d'elle, Bradley serait ses bras autour de son corps.

— Il fait froid !

— Bien sûr, allons-y, dit Brooke en prenant les devants.

Ils attendirent tous pendant que Paul déverrouillait la porte et l'ouvrait avec cérémonie en souriant.

— Bienvenue dans notre nouveau foyer !

Une fois que les bagages furent déchargés du SUV de Cate, Amber et elle s'apprêtèrent à partir.

— Nous allons prendre congé et vous laisser un peu en famille, dit Amber.

Elle embrassa Brooke sur la joue.

— Profite.

— Merci Amber.

Elle se tourna vers Cate.

— Et merci à toi aussi.

Elles s'étreignirent.

— J'apprécie tout ce que vous avez fait pour m'aider avec la maison. Je vous prépare quelque chose de spécial pour après le Nouvel An.

— Ce n'est pas nécessaire, dit Cate. Nous sommes heureuses que tu sois là. Tu es sûre que vous ne voulez pas passer la nuit chez moi ?

— Merci, mais ça va aller. Les filles campent dans leurs chambres et notre nouveau lit est déjà installé, grâce à toi.

— Bon, d'accord. On se voit quand vous viendrez dîner. Jackson prépare ses fameux spaghettis en sauce. Il sait que toute ta famille les adore.

— Tu es un ange, dit Brooke.

Elle les raccompagna à la porte, puis se hâta de monter à

l'étage pour surveiller les filles. Dans une des chambres, elles babillaient en regardant par la fenêtre de derrière.

— Que se passe-t-il ? demanda-t-elle, contente de les voir excitées.

— Il y a plein de place pour un chien, dit Brynn.

— Tu as dit qu'on pourrait en avoir un si on avait un grand jardin clôturé. Celui-ci est immense ! s'exclama Bradley, les yeux brillants.

— Commençons par prendre nos marques dans la maison et nous verrons ensuite.

Bradley et Brynn se tapèrent dans la main et se tournèrent vers leur mère.

— Mamie a dit qu'elle nous en achèterait un pour Noël.

Brooke se mordit la langue afin de ne pas prononcer des paroles qu'elle regretterait. Ce genre de tour ressemblait bien à sa mère.

— Comme je l'ai dit, nous verrons. Vos chambres vous plaisent ?

Les chambres communicantes avaient été peintes en mauve à leur demande.

— Elles sont chouettes, maman, affirma Brynn, toujours prête à faire plaisir.

— Je vais personnaliser la mienne avec un couvre-lit rose, pas un vert comme Brynn, déclara Bradley, la plus indépendante des deux.

— Parfait, dit Brooke. Vous pourrez choisir comment vous souhaitez décorer.

Brynn lui sourit.

— Je suis contente qu'on soit partis de l'ancienne maison.

— Moi aussi, renchérit Bradley. Nous allons être heureux dans cette maison. Je le sais.

Brooke enveloppa ses filles de ses bras, satisfaite de leurs réponses. Elles en avaient plus bavé à l'école qu'elle ne l'avait cru.

Dans la soirée, après avoir inspecté la maison et s'être organisée du mieux possible, et après avoir vérifié que les déménageurs étaient déjà en ville et qu'ils seraient à la maison à la première heure le lendemain, Brooke fit monter sa famille dans la voiture que Paul avait fait venir de Californie et ils se rendirent chez Cate.

En chemin, Brooke réalisa qu'elle n'avait pas habité aussi près de chez Cate depuis le lycée. Et le fait qu'Amber soit à moins d'une heure de route d'elles ajoutait à son bonheur. L'avenir s'annonçait passionnant.

CHAPITRE TRENTE-DEUX

Amber

Sur le seuil de la maison de Brooke, Amber se tourna vers Cate.

— On se voit plus tard. J'ai rendez-vous avec Wynton Barr, l'ami avocat de Jesse. Il a accepté de me renseigner sur les démarches légales qui pourraient être nécessaires pour prévoir l'avenir.

Cate sourit.

— J'ai vu comment il te regardait à la cérémonie en mémoire de Jesse. Ce n'est pas étonnant qu'il ait dégagé du temps pour toi.

Amber haussa les épaules.

— Que veux-tu ? C'est un gars sympathique.

— Eh bien, bonne chance. J'espère qu'il trouvera un moyen pour que tu puisses faire ce que tu veux par toi-même. Je sais que c'est important pour toi.

— Merci chérie ! À plus tard. Ne t'inquiète pas, je serai à l'heure pour le dîner.

Amber grimpa dans sa voiture et y resta assise un moment. L'importance de cette entrevue ne lui échappait pas. Une fois surmonté le choc d'avoir été quasiment agressée et injustement renvoyée, elle s'était sentie plus résolue que jamais. Une personne ne devrait pas avoir le pouvoir de décider de l'avenir d'une autre. Elle lutterait pour son indépendance et Belinda pouvait aller au diable.

Plus confiante, Amber fit les quelques kilomètres qui la séparaient de la banlieue élégante où Wynton possédait une grande maison. Bien que son cabinet soit au centre-ville, il lui avait expliqué qu'il recevait parfois ses clients chez lui par souci de discrétion.

Du fait de son excellente réputation et de son impressionnante liste de clients, Amber s'attendait à une demeure imposante. Elle découvrit, à la place, une gracieuse maison de style Tudor en briques, située au sommet d'un tertre magnifiquement paysagé.

Elle gara sa voiture dans la large allée qui bordait la maison et se dirigea vers la porte d'entrée. En admirant les vitraux de la façade, elle se demanda ce qui l'attendait à l'intérieur.

Une femme portant un tablier blanc sur un uniforme gris ouvrit la porte avec le sourire.

— Mademoiselle Anderson ?

— Oui.

— Entrez, je vous prie. M. Barr vous attend.

Elle fit entrer Amber dans un hall au sol marbré et prit son manteau.

Wynton surgit de l'arrière de la maison.

— Bonjour Amber. Venez avec moi. Mon bureau est au bout du couloir.

Il se tourna vers la domestique.

— Merci d'être venue aujourd'hui, Esmeralda. Passez de bonnes vacances. On se voit après Noël.

Elle hocha la tête en lui souriant béatement.

— Merci pour tout. Ma famille vous remercie également.

Captivée par la conversation, Amber vit les joues de Wynton virer au rose quand Esmeralda l'entoura de ses bras et l'attira contre elle. Elle se tourna ensuite vers Amber, le sourire toujours fermement en place.

— C'est un homme bien.

Wynton secoua la tête en rigolant.

— Esmeralda travaille pour ma famille depuis toujours.

C'est une perle.

Il fit signe à Amber de le suivre. Elle lui emboîta le pas en examinant la décoration et les œuvres d'art. Elle s'arrêta devant une grande photo encadrée d'une magnifique jeune femme suspendue au mur. Elle était stupéfiante.

— C'est le portrait que vous avez commandé à Jesse ?

Wynton s'arrêta et fixa la photo, les traits empreints de tendresse.

— Oui, c'est Samantha, ma fille.

— Elle est jolie, dit Amber.

— Oui, elle l'est, mais Jesse avait un immense talent. Il avait l'art de faire ressortir les sentiments de son sujet pour que l'observateur puisse voir à la fois le visage et les émotions cachées derrière.

Amber songea à son propre portrait.

— Votre fille vit-elle ici ? demanda Amber, curieuse de comparer la personne avec la photographie.

— Non, elle est à l'université, mais je l'attends d'une minute à l'autre. Nous partons pour notre chalet dans le Vermont tôt demain matin et je suis officiellement en vacances. Elle et moi passerons les fêtes là-bas.

— Personne d'autre ? demanda Amber, surprise.

Ses yeux s'emplirent de tristesse.

— Ma femme est morte d'un cancer il y a trois ans.

— Je suis navrée. Cette période de l'année doit être difficile pour vous.

— Oui, ma femme adorait les fêtes. Et vous ? Serez-vous avec votre famille ?

Les yeux d'Amber la picotèrent. Elle cilla rapidement, se demandant si cette manifestation émotionnelle était due au reliquat d'hormones laissé par la perte du bébé.

— Je serai avec mes deux meilleures amies et leurs familles. Nous nous connaissons depuis notre jeunesse. Elles représentent tout pour moi.

— C'est bien. À force de traiter toutes sortes de problèmes, on apprend que les amis peuvent être plus gentils, plus loyaux et plus aimants que certains membres de la famille. Je suis content que vous les ayez.

Il se retourna et, après avoir longé le couloir, entra dans un bureau avec vue sur une vaste pelouse et un étang gelé, artistiquement éclairés par des projecteurs extérieurs.

— C'est splendide, dit Amber, en prenant un moment pour admirer la vue avant de s'asseoir sur la chaise qu'il lui offrit devant son bureau.

Une fois assis derrière sa table, il joignit les doigts et l'observa.

— Parlons de ce qui vous amène ici. Vous avez été renvoyée. Racontez-moi en détails ce qui s'est passé.

Amber s'agita sur sa chaise.

— Pour commencer, je dois vous avouer que je suis sortie avec Jesse Carpenter pendant quelques mois avant qu'il ne se remette avec sa femme. Je le connaissais depuis des années, mais nous n'étions que des amis qui travaillaient parfois ensemble.

— En fait, je le savais déjà.

Amber eut un mouvement de surprise.

— Ah bon ? Nous nous efforcions de rester discrets à cause de notre relation professionnelle.

— J'ai déjeuné un jour avec Jesse et il me l'a dit. Il pensait le plus grand bien de vous, déclara calmement Wynton.

Amber serra les poings tellement fort que ses phalanges blanchirent. Malgré cela, elle fut incapable de retenir les larmes qui jaillirent de ses yeux et coulèrent sur ses joues.

— Je suis désolée, commença-t-elle avant de laisser libre cours à son chagrin.

Wynton se leva et s'approcha d'elle.

— Tenez.

Il lui tendit une boîte de mouchoirs en papier.

— Laissez tout sortir. Il n'y a pas lieu d'avoir honte. J'aurais aimé pouvoir en faire autant de nombreuses fois dans le passé.

Amber lutta pour reprendre le contrôle et s'essuya les yeux en s'efforçant de respirer profondément. Wynton retourna s'asseoir derrière son bureau et lui fit face.

— Vous n'étiez pas comme les autres amies de Jesse. Je m'en suis rendu compte à la réception en son honneur.

— Les autres ? Vous voulez dire comme Belinda Galvin ?

La voix d'Amber se durcit.

— C'est à cause d'elle que j'ai besoin de votre aide. L'assistante de Jesse a envoyé un portrait qu'il avait fait de moi à l'agence. Belinda l'a vu, a compris que Jesse et moi sortions ensemble et elle m'a virée sur-le-champ.

— Ce n'est pas une raison valable pour renvoyer quelqu'un, affirma Wynton. Poursuivez.

Amber le mit au courant de toute l'histoire.

— Plutôt que de me battre pour rester à l'agence Galvin, je veux trouver le moyen d'être libre d'ouvrir un jour ma propre agence de mannequins. Elle serait toutefois très différente de la sienne.

— En quoi ?

Wynton se pencha en avant et la dévisagea avec ce qu'on aurait pu décrire comme l'amorce d'un sourire.

— J'ai travaillé pour Belinda pendant plus de trois ans. Durant cette période, j'en ai appris beaucoup sur le métier, j'ai rencontré de nombreux acteurs du milieu et ceux qui ont eu maille à partir avec Belinda. Je n'ai pas l'intention d'entrer en compétition avec elle pour de jeunes mannequins. Je veux employer des modèles plus âgés et des personnes qu'elle ne jugerait pas assez belles. En d'autres termes, des gens réels dont les visages sont remarquables, auxquels le public peut s'identifier et dont les corps ne sont pas maigres à faire peur. Il existe un vrai désir dans la population de s'éloigner des images irréalistes. Je crois que je peux changer les choses en exploitant ces sentiments.

— Qui seraient vos clients ?

Consciente d'avoir retenu son attention, Amber se redressa.

— Comme je l'ai mentionné, j'ai été longtemps en contact avec de nombreuses sociétés, des agents et des mannequins, en essayant souvent d'arrondir les angles après le passage de Belinda. Je démarrerais doucement en partant de là.

— Alors, que voulez-vous de moi ?

Amber prit une profonde inspiration.

— Je sais que Belinda essaiera de me contrer quoi que je tente. Quand elle est en colère, rien ne l'arrête tant qu'elle n'a pas détruit son ennemi. Je souhaite que vous épluchiez mon contrat pour être sûre d'avoir le droit de me lancer et d'être en règle si elle tente de me faire fermer. Je n'ai pas signé de clause de non-concurrence, si ça peut aider.

Il la regarda d'un air pensif.

— Ça pourrait être utile. Mais il existe peut-être d'autres moyens d'éviter toute action en justice de sa part. Tout à fait justifiés. Les gens comme Belinda pensent qu'ils sont au-dessus des lois, mais ils ont souvent tort.

— Vous êtes d'accord ? Vous allez m'aider ?

La voix d'Amber vibra de soulagement.

Il lui sourit avec sincérité.

— J'adorerais rabattre le caquet de quelqu'un comme Belinda Galvin. Jesse m'a expliqué la difficulté de travailler avec elle.

— Elle a une certaine réputation dans le milieu de la mode.

— Et dans d'autres, dit Wynton. J'ai vu comment elle vous a traitée à la réception. Non seulement c'était impoli, mais c'était également cruel. Ce n'est pas étonnant que Jesse n'ait pas souhaité sortir avec elle.

Ils furent interrompus par un coup frappé à la porte.

Wynton regarda sa montre, puis dit :

— Entrez.

Une jeune fille mince aux cheveux sombres ouvrit la porte et passa la tête à l'intérieur.

— Désolée. Je ne voulais pas vous déranger.

Wynton lui fit signe d'entrer.

— Sam, voici Amber Anderson. Amber, voici ma fille, Samantha.

Amber et Sam se sourirent.

— Ravie de faire votre connaissance. J'adore la photo que Jesse Carpenter a prise de vous.

— Il m'a faite beaucoup plus belle que je ne le suis en réalité, dit Sam avec bonne humeur, en désignant du doigt un nez plutôt imposant.

— Je pense qu'il avait un joli modèle, dit Amber.

Elle appréciait cette jeune femme qui semblait bien dans sa peau.

— Je vais attendre à côté, papa, annonça Sam en fermant la porte derrière elle.

Wynton jeta un regard à Amber.

— Je pense que nous avons pris un bon départ. Je vous appelle dès que nous rentrons du Vermont. Nous pourrons peut-être nous revoir à ce moment-là pour discuter de différentes options.

— Ça me paraît être une bonne idée, dit Amber, satisfaite d'avoir l'occasion de le rencontrer de nouveau.

Il ne s'était pas moqué d'elle, ne lui avait pas dit que le genre d'agence qu'elle envisageait ne fonctionnerait jamais. Au contraire, il s'était comporté comme si ce ne serait pas un problème.

— Je vais chercher votre manteau, dit Wynton en la suivant dans le couloir.

Il ouvrit le placard de l'entrée et en sortit le manteau en poils de chameau d'Amber.

— C'est celui-ci, n'est-ce pas ?

Amber le remercia en souriant quand il l'aida à l'enfiler.

Elle se retourna pour prendre congé et se retrouva nez à nez avec lui. Ils se regardèrent pendant un instant, puis il dit :

— Joyeux Noël. À bientôt.

Amber s'éloigna en faisant un signe de la main.

— Bonnes fêtes, leur dit-elle, à Sam et à lui.

Elle eut conscience que Wynton et sa fille restaient sur la pas de la porte d'entrée pendant qu'elle descendait les quelques marches pour rejoindre sa voiture. Même si elle leur tournait le dos, elle sentait le poids de leurs regards. C'était agréable.

CHAPITRE TRENTE-TROIS
Cate

Cate commençait à douter du retour d'Amber à temps pour l'apéritif et le dîner quand elle remarqua la lueur des phares de sa voiture dans l'allée. Comme d'habitude, Amber roulait un peu trop vite. Ceci étant, elle traitait souvent Cate de chauffeur du dimanche.

Au moment où Amber sortait de sa voiture, Brooke et sa famille pénétrèrent à leur tour dans l'allée.

— Timing parfait, dit Cate en s'approchant d'eux avec le sourire.

Jackson la rejoignit et fit entrer tout le monde.

— Je m'assois à côté du feu, s'écria Bradley.

Elle ôta son manteau, le tendit à Cate et se précipita vers la flambée. Brynn était sur ses talons.

— Les filles n'ont pas trop l'habitude du froid, dit Paul en les regardant tendrement.

— Mais elles l'apprécient, ajouta vivement Brooke, démontrant à Cate qu'elle faisait énormément d'efforts pour mettre Paul à l'aise avec le changement.

— Que voulez-vous boire ? demanda Jackson à la cantonade.

Il prit les commandes et il quitta le séjour pour la cuisine, suivi de Paul.

— Comment s'est passé ton rendez-vous avec l'avocat ? demanda Cate à Amber alors qu'elles s'asseyaient sur le canapé.

— Oui, raconte-nous, la pressa Brooke.

Les joues d'Amber se teintèrent d'un rose charmant. Elle soupira.

— Je crois que j'ai une chance de pouvoir ouvrir ma propre agence un jour, si je choisis de me lancer. Wynton Barr pense être en mesure de m'aider. Il part dans le Vermont avec sa fille pour les vacances, mais nous nous reverrons quand il rentrera.

— Bien, dit Brooke. Ce serait bien fait pour Belinda si tu entrais en compétition avec elle.

Amber secoua la tête.

— Si je décidais de me lancer, je ne serais pas exactement en concurrence directe avec elle. Je chercherais davantage à travailler avec des personnes normales – des modèles que Belinda ne jugerait pas dignes d'elle – pour faire des publicités, tourner des vidéos et ainsi de suite.

— Oh, j'aime le concept, dit Cate. Je crois que nous sommes nombreux à être lassés des mannequins anormalement minces et remodelés par la chirurgie esthétique.

— C'est un excellent message pour les jeunes filles, affirma Brooke.

— Il y a aussi d'autres mannequins vedettes qui ont juré de ne plus jamais travailler avec Belinda. Et j'en connais deux qui sont en désintoxication. Ça pourrait leur offrir une seconde chance.

Amber haussa les épaules.

— On verra. Mais c'est ma première idée.

Cate prit impulsivement Amber dans ses bras.

— T'ai-je jamais dit à quel point je t'aime ? Je suis fière de la manière dont tu rebondis après cette déception.

— Moi aussi, dit Brooke en se levant de sa chaise.

Elle embrassa Amber et se rassit.

— Parle-nous un peu de ce Wynton Barr, à présent. J'ai entendu dire que c'était un sacré bonhomme. Et célibataire.

Le sourire d'Amber retint l'attention de Cate.

— C'est un homme charmant, comme Jesse l'était. Et il est intelligent. J'ai l'impression que Belinda ne s'en sortira pas si elle me déclare la guerre. Bien entendu, Wynton va examiner mon contrat à la recherche de la moindre faille, mais il est également au courant du motif de mon renvoi. Elle trouvera une autre excuse, mais le fait est qu'elle m'a virée parce que je sortais avec Jesse.

— Hé ! Pourquoi êtes-vous aussi sérieuses ? demanda Jackson qui revenait avec un plateau chargé de boissons, tandis que Paul suivait avec une grande assiette d'amuse-bouches.

— Nous discutions simplement du nouveau projet d'Amber, dit Cate. Mais maintenant que vous êtes de retour, fêtons le déménagement de Brooke et Paul à New York.

Jackson distribua tous les verres, y compris le jus de pommes pour les filles.

— À la famille Weston ! Que votre arrivée ici vous apporte tout ce que vous en espérez.

— La famille Weston ? s'interrogea Brynn. C'est nous !

Les adultes éclatèrent de rire et levèrent leurs verres.

Plus tard, après qu'ils eurent tous fait honneur aux spaghettis, au pain à l'ail et à la salade verte de Jackson, Brooke se leva.

— J'ai horreur d'être de ces personnes qui se sauvent juste après le repas, mais la journée de demain s'annonce chargée et les déménageurs arriveront de bonne heure.

Cate se leva.

— Nous devons tous nous coucher tôt si nous voulons t'être d'une quelconque utilité.

Le groupe se sépara après quelques embrassades.

Pendant qu'elles débarrassaient, Amber et Cate commentèrent le changement de comportement de Paul.

Habituellement calme, il paraissait désormais presque brisé.

— Brooke va l'aider, affirma Amber. Mais nous devrons la soutenir, elle.

— Oui, acquiesça Cate. Brooke aura déjà assez à faire entre le déménagement, l'installation des enfants et se débattre avec sa mère.

Le lendemain matin, Cate inhala l'arôme de la tasse de décaféiné qu'elle tenait entre ses mains. Depuis qu'elle tentait de tomber enceinte, elle avait tiré un trait sur la caféine. Néanmoins, cette première tasse matinale lui était précieuse.

— Tu es prête ? lui demanda Amber.

Elle était splendide dans son jean et le sweatshirt des *bombes de la plage* que Brooke leur avait offert un jour. Mieux encore, elle semblait heureuse.

— Laisse-moi le temps de boire une gorgée de plus et je suis à toi.

En regardant le ciel dégagé de cette matinée, Cate remercia Dieu pour les déménageurs, qui pourraient travailler sans être gênés par la pluie ou la neige. Elle porta une dernière fois sa tasse à ses lèvres avant de la reposer et s'en fut chercher son manteau. Elle espérait qu'aider Brooke lui permettrait d'arrêter de penser à ses ébats de la nuit précédente avec Jackson. Comme d'habitude, il avait été merveilleux, mais ils faisaient désormais l'amour avec une intensité un peu dérangeante parce qu'ils pensaient tous les deux à l'enfant qu'ils tentaient de concevoir.

Cate se hâta de rejoindre Amber, qui était déjà à la porte.

Quand elles se garèrent devant la maison de Brooke, le camion de déménagement était déjà dans l'allée. En voyant la taille de la remorque, Cate et Amber échangèrent un regard estomaqué.

— Oh mon Dieu ! Il va falloir plus d'une journée pour décharger ça ! s'exclama Amber.

Elles sortirent de la voiture et entrèrent dans la maison, où régnait le chaos.

Brooke les vit et se précipita vers elles.

— Dieu merci, vous voilà. Cate, il faut que tu montes aider Paul à répartir les meubles et les cartons dans les chambres. Amber, j'ai besoin que tu ailles à la cuisine t'assurer que les cartons sont empilés dans le bon ordre. La société de déménagement en déballera certains demain. Nous essaierons de faire le reste aujourd'hui. J'ai mis des étiquettes sur les tiroirs et les placards pour repérer ce qui va où.

— Waouh ! Tu es vraiment organisée, dit Amber. Je suis impressionnée.

Brooke leva un sourcil interrogateur, puis courut derrière un des déménageurs pour lui parler.

Cate et Amber échangèrent un petit sourire.

— Je suppose qu'on ferait mieux d'obtempérer, dit Cate.

Elle monta les escaliers quatre à quatre, devançant deux hommes qui transportaient une tête de lit.

Tard dans l'après-midi, alors qu'elles rentraient chez elle, Cate gémit doucement en roulant ses épaules.

— Je vais prévenir Jackson que je ne déménagerai jamais. Même avec toute l'aide dont Brooke disposait, c'est éreintant.

— Et toutes ces fringues ? Je jure que je vais visiter mon dressing et me débarrasser d'un paquet de choses, dit Amber.

— Tu pourrais ouvrir un magasin chic de vêtements de seconde main avec elle, dit Cate avant de s'interrompre. Attends ! Ce n'est peut-être pas une mauvaise idée. Qu'en penses-tu ?

— Si Brooke est intéressée, je lui donnerais avec plaisir

certaines de mes tenues, et je connais quelques personnes qui pourraient vouloir en faire autant. Nous lui en parlerons quand les choses se seront calmées. Son sens de l'organisation est bien meilleur que je ne l'aurais pensé.

Cate gloussa.

— As-tu vu le regard qu'elle t'a jeté quand tu y as fait allusion ? On aurait dit sa mère.

Amber sourit.

— Mieux vaut ne pas le lui dire.

Quand elles pénétrèrent dans la maison, le nez de Cate fut assailli par d'alléchants arômes en provenance de la cuisine. Elle y entra et trouva Jackson en train d'arroser deux poulets.

— Ça sent merveilleusement bon.

— Merci. Il y en a un pour Brooke et sa famille, l'autre est pour nous. Dès que tout sera prêt, toi et moi pourrons aller leur livrer leur repas.

— Brooke sera ravie. Sa mère doit arriver d'un moment à l'autre et elle est dans tous ses états avec tout ce qui se passe.

— Sa mère la rend nerveuse quoi qu'il advienne, dit Amber. À plus tard, je vais aller m'allonger un moment.

Après qu'Amber eut quitté la pièce, Jackson posa la cuillère métallique qu'il tenait et attira Cate dans ses bras.

— *Nous* pourrions peut-être aller nous allonger.

Elle le repoussa en souriant.

— Après les vacances, nous aurons toute l'intimité que nous voulons. En attendant, j'ai besoin d'un long bain bien chaud.

Ils se sourirent et Cate prit conscience qu'ils n'auraient plus autant d'intimité après la naissance du bébé. Cette pensée donnait à réfléchir.

CHAPITRE TRENTE-QUATRE
Brooke

En observant P.J. et sa mère émerger de la voiture que Paul avait louée pour les ramener de l'aéroport, Brooke éprouva des sentiments mitigés. Elle était contente de voir son fils, mais elle craignait que recevoir sa mère au moment où elle essayait de s'installer dans sa nouvelle maison ne soit trop difficile pour elle. Paul avait promis d'intervenir au besoin, mais en pensant aux jours à venir, elle sentit son cou et ses épaules se crisper.

Brooke vint les accueillir à la porte. Elle fut réconfortée quand P.J. s'écria « Salut maman ! » et l'enveloppa dans une étreinte qui lui avait manqué. Sa mère resta dehors et regarda le paysage. Avec un sourire satisfait, elle examina ensuite la façade de la maison.

— Bonjour mère, dit Brooke.

Diana Ridley n'aimait pas qu'on l'appelle maman. Les filles l'avaient appelée mamie une fois et s'étaient entendu dire qu'elle était « grand-mère ».

— Bonjour ma chérie, dit sa mère. On dirait que tu as réussi à trouver une belle maison. J'ai hâte de voir ma suite.

— J'espère que tu l'aimeras. Cate m'a aidée à choisir la peinture.

— Oh, très bien. Cate a bon goût. Elle a joliment rénové sa petite longère.

Brooke ne releva pas l'attaque verbale et se tourna vers Paul qui les rejoignait sur le pas de la porte.

— Bonjour madame Ridley. Je suis heureux de voir que

vous êtes arrivée sans encombre. Entrez et donnez-moi votre manteau. Ensuite, je monterai vos valises à l'étage.

— Merci mon cher, répondit Diana. Je crois que je vais aimer vivre ici. L'endroit est parfait.

Un frisson parcourut le corps de Brooke.

— Que veux-tu dire ?

— J'ai décidé de venir habiter à New York. Quel intérêt de vivre en Californie si mes petits-enfants sont ici ?

Brooke déglutit avec difficulté.

— Je suis sûre que de nombreux appartements convenables sont disponibles dans la région.

— Je pensais habiter avec vous le temps de décider d'où je veux vivre.

Brooke lutta pour faire bonne figure, mais elle était fatiguée et elle eut beaucoup de mal. Elle ne voulait PAS que sa mère vienne vivre chez elle.

Paul remarqua sa réaction et intervint rapidement.

— Je suis sûre que nous pourrons vous trouver un endroit adéquat. Notre agent immobilier a été fantastique.

— Merci mon cher. Mais je ne vais rien précipiter. C'est un changement important.

P.J. descendit les escaliers en quelques bonds.

— Ma chambre est super. Quand est-ce qu'on mange ?

Brooke sourit en regardant son fils.

— Oncle Jackson va nous apporter le dîner. En attendant, tu peux te faire un en-cas.

— Où sont mes petites-filles ? demanda Diana.

— À l'étage. Elles rangent leurs chambres. Je vais t'emmener les voir et te montrer la suite que nous avons t'avons réservée, dit Brooke.

Elle se dirigea vers les escaliers avec l'impression d'avoir des boulets aux chevilles.

— Grand-mère ! Tu es là ! s'écria Bradley en souriant de

toutes ses dents à Diana. Tu veux voir ma chambre ?

— Dans un instant, chérie. Je vais m'installer dans la mienne d'abord, et ensuite tu pourras me montrer tout ce que tu veux.

— Bonjour, grand-mère, fit Brynn avec un petit geste de la main alors qu'elle passait la tête dans le couloir.

Le sourire vibrant qui illumina le visage de sa mère fit plaisir à Brooke autant qu'il l'irrita. Toutefois, elle appréciait que sa mère adore ses enfants et c'était plus important pour elle qu'une vieille rancune remontant parfois à la surface.

— Ta chambre est par là, dit Brooke en éloignant sa mère des jumelles.

Cate l'avait aidée à faire le lit et à disposer le mobilier. À l'exception de quelques finitions, la pièce était terminée. Brooke s'en était assurée. Elle ouvrit la porte et fit un pas de côté.

— Oh, c'est... différent, dit sa mère.

Elle s'interrompit, le temps d'examiner la pièce.

— Enfin, j'aime bien les couleurs. C'est joli, Brooke. Merci.

— Mets-toi à l'aise, mère. Tu devrais avoir assez de portemanteaux et tout ce qu'il te faut d'autre. J'ai placé un pichet d'eau et des verres sur ta commode.

Elle s'apprêta à partir.

Sa mère lui fit face.

— Brooke, je le pense vraiment. Merci.

Brooke dodelina de la tête.

— Les gamins ne voudraient pas passer Noël sans toi. Ce ne serait pas pareil.

Sa mère et elle échangèrent un regard apaisé, puis Brooke quitta la pièce ; elle aurait aimé être sincèrement heureuse de la présence de sa mère pendant les fêtes et après.

CHAPITRE TRENTE-CINQ
Cate

Pour Cate, les vacances filèrent à la vitesse de l'éclair. Elle se sentit tiraillée de tous les côtés, s'occupant d'Amber, aidant Brooke et promenant sa mère dans la région en lui expliquant les tenants et aboutissants des différentes villes alentour, pendant que Brooke en profitait pour s'installer. Cate avait rapidement compris que Diana Ridley n'habiterait jamais dans un quartier qui n'était pas extrêmement coté.

Quand Amber déclara qu'elle retournait à New York pour célébrer le Nouvel An avec quelques partenaires commerciaux, Cate admit que c'était une bonne idée. Amber le considérait comme une occasion de les retrouver hors du contexte professionnel et de découvrir sur qui elle pourrait compter pour l'aider à l'avenir, si elle décidait d'ouvrir sa propre agence.

En apprenant qu'ils seraient seuls, Jackson fut aussi heureux que Cate de retrouver l'intimité qu'ils avaient perdue.

— Que veux-tu faire pour le réveillon ? demanda Jackson un matin où ils déjeunaient seuls dans la cuisine.

— Honnêtement ? Je souhaite rester à la maison, manger léger et regarder un film avec toi en grignotant peut-être un peu de popcorn.

— Ça me paraît pas mal. Je sais que tes amis aiment ce que je cuisine, mais j'en ai un peu assez. Et puis, c'est la bonne période du mois pour être en tête-à-tête, n'est-ce pas ?

Cate hocha la tête, mais elle se sentit en quelque sorte dépréciée. Elle détestait faire l'amour en fonction d'un calendrier. C'était tellement terre à terre.

Quand il se leva et la prit dans ses bras, elle se sentit immédiatement mieux.

Après le départ de Jackson pour l'école, Cate s'assit dans son bureau en se demandant par où commencer lorsque sa ligne fixe sonna. *Abby Francis, son agent.*

Elle prit l'appel.

— Bonne Année, Abby !

— À toi aussi, répondit gaiement Abby. Comment avances-tu sur les Guerres de Galeon?

Cate fit la grimace.

— Pour tout dire, je suis bloquée. J'ai été très occupée pendant les vacances avec des problèmes personnels et je n'ai pas eu le temps de relire ce que j'avais déjà écrit pour définir la suite.

— Que penserais-tu de compléter le projet de romance contemporaine que tu désires écrire ? Fais-le et donne-moi les trois premiers chapitres CHAPITREs. J'ai une idée en tête, mais je ne suis pas encore prête à t'en dire plus.

La curiosité de Cate fut piquée.

— Tu veux que j'abandonne le livre de Galeon pour me concentrer sur ce projet ? Ça ne te ressemble pas du tout, Abby.

— Pas vraiment, mais ça pourrait en valoir la peine. Fais-moi confiance.

Cate frémit d'excitation.

— Tu le veux pour quand ?

— Dès que possible, mais il faut que tu sois précise. Que tu maîtrises ton nouvel univers aussi bien que Galeon. Je dois y aller. À plus tard.

Cate raccrocha le téléphone. Abby avait paru très excitée, à l'opposé de son flegme habituel. Qu'elle retourne à son ancien univers ou qu'elle en crée un nouveau dans le monde contemporain, il était temps que Cate se mette au travail.

Elle sortit les notes qu'elle avait prises sur un livre provisoirement intitulé « Une soirée entre filles ». L'histoire se déroulait à New York, ce qui rendait les recherches faciles. Bien qu'elle ait un cadre, elle avait besoin d'en savoir plus sur ses trois protagonistes : Allison, Babette et Cissy.

En voyant les noms, Cate secoua la tête. Avait-elle vraiment eu l'intention d'écrire une histoire sur ses deux meilleures amies et elle-même ? Elle barra le nom des trois personnages et leur en attribua trois nouveaux. Puis elle commença à écrire une courte biographie pour chacun d'entre eux : leur passé, leurs goûts et dégoûts, leurs défis, leurs objectifs personnels et professionnels, leurs manies, tout ce qui les rendait réels. Elle laissa son imagination dériver et remplir les blancs.

En fin de matinée, son premier personnage était vivant, le deuxième en chemin. Contrairement à Serena, ces femmes modernes avaient des défauts que même Cate n'avait pas vu venir.

Quand Buddy aboya pour sortir, Cate l'accompagna avec empressement. La matinée était claire et lumineuse. L'air frais lui éclaircirait les idées.

Alors qu'elle lançait une balle pour Buddy, elle continua à élaborer ses personnages. Chacun était différent des autres, mais quel était le ciment de leur amitié ? Elle songea à Brooke et Amber. Leur amitié était fondée, majoritairement, sur l'assurance qu'elles s'entraideraient et se soutiendraient mutuellement.

Comme par transmission de pensée, Brooke l'appela sur son portable.

— Salut Brooke. Comment se passe cette première matinée

toute seule ?

— Toute seule ? Pas vraiment, dit Brooke. Ma mère est partie avec l'agent immobilier, mais elle va revenir d'un moment à l'autre. Je peux venir te voir ?

Cate hésita. Elle réservait habituellement ses matinées à l'écriture.

— Bien sûr, répondit-elle.

Elle expliquerait son emploi du temps à Brooke plus tard, avec tact. Autrement, elle risquait de voir ses matinées s'envoler. Même ceux qui savaient qu'elle écrivait et qui connaissaient ses livres n'avaient aucune idée du travail quotidien qu'elle devait fournir et de l'importance de garder ses matinées pour elle.

Quand Brooke se présenta, Cate fut heureuse de ne pas l'avoir éconduite. Elle avait besoin d'arrêter de se torturer les méninges, sautant d'une idée à l'autre. Il serait bon pour elle de prendre un peu de recul.

— Merci de m'avoir laissée venir. Je sais que tu dois être occupée car tu n'as pas eu le temps de travailler pendant les vacances.

Cate l'étreignit.

— Même si je réserve habituellement mes matinées à l'écriture, c'est toujours agréable de te voir.

— Merci. J'avais besoin d'une pause, dit Brooke en acceptant une tasse de café chaud. Si tu passes tes matinées à écrire, comment feras-tu quand tu auras un bébé ? Comment seras-tu capable de te conformer à ton planning ?

Cate soupira et s'assit en face de Brooke à la table de la cuisine.

— Il faudra que je trouve une solution. Abby m'a appelée pour que je mette au point un genre de projet secret, avec les trois premiers CHAPITREs d'un nouveau livre. Une romance contemporaine, cette fois.

Brooke sourit.

— Ça paraît intéressant. J'aime bien Abby. Elle a toujours été de ton côté.

— Oui, c'est vrai, admit Cate. Assez parlé de moi, que se passe-t-il dans ta vie ?

— Ça ne fait que quelques jours qu'on ne s'est pas vues, mais j'ai l'impression que ça fait une éternité. Je peux te parler de ma frustration au sujet de ma mère. Pour tous les autres, elle semble charmante et aimable. Mais tu sais comment elle me rabaisse subtilement. Honnêtement, j'ai l'impression d'avoir bientôt quatre ans plutôt que quarante.

Cate sourit et tapota la main de Brooke.

— Je comprends. Je la connais depuis longtemps.

Brooke poussa un gros soupir.

— Merci. C'est tout ce que j'avais besoin d'entendre. Que tu as conscience de ce que je dois supporter au quotidien. À présent, laisse-moi te parler de la nouvelle école des filles.

Cate écouta Brooke lui décrire les équipements de l'école et comment deux fillettes de leur classe avaient déjà parlé aux jumelles.

— J'ai bon espoir que ce semestre leur soit bénéfique, sur le plan scolaire comme social.

— Moi aussi, dit Cate.

Elle dévisagea son amie.

— Et toi ? Que fais-tu de ton temps ?

— Je pourrais recommencer à peindre, dit Brooke. Mais je n'en suis pas certaine. Je ne suis pas encore assez bien intégrée localement pour faire du bénévolat ou du travail communautaire.

— Amber et moi avons une idée pour toi. Attends ce week-end, et nous en discuterons quand nous retrouverons Amber pour le déjeuner.

— Quelle idée ? demanda Brooke. On ne peut pas en parler

tout de suite ?

— Pas encore, parce que c'est en relation avec l'affaire qu'Amber pourrait monter. Et, Brooke, plus j'y pense et plus je crois que ta mère y aurait sa place aussi.

Le visage de Brooke s'illumina.

— Ma mère ? Eh bien, dans ce cas, nous en discuterons ce week-end. Je suis prête à tout pour qu'elle me lâche.

Parce qu'elles étaient amies depuis longtemps, Cate comprit le sourire qui fendit le visage de Brooke.

CHAPITRE TRENTE-SIX
Amber

Lorsqu'Amber entendit son téléphone sonner, elle fut surprise mais ravie de voir apparaître le nom de Wynton Barr sur l'écran de son portable. Elle décrocha et le salua d'un chaleureux :

— Bonjour.

— Amber, c'est Wynton Barr. Je suis rentré du Vermont et je me demandais si nous pourrions nous rencontrer. J'ai relu tout votre contrat avec l'agence Galvin et je pense que vous serez intéressée par une suggestion que je peux vous faire.

— Parfait. Je suis de retour à mon appartement, je peux donc vous retrouver en ville dès que vous le souhaitez.

— Ce midi ? Mon planning est plutôt chargé pour cette après-midi, mais j'ai le temps de vous voir pendant la pause-déjeuner.

— Ce serait merveilleux, répondit Amber en vérifiant l'heure.

Elle devrait se dépêcher pour être prête à temps, mais elle pouvait le faire.

Ils se mirent d'accord pour se retrouver au Jake, un pub à proximité de son cabinet, et Amber raccrocha. Elle avait traîné dans son appartement en surfant sur internet et portait toujours son pyjama. Elle se précipita dans la salle de bains pour prendre une douche rapide. Au lieu d'enfiler une robe comme si elle allait travailler, elle mit un pantalon en laine noir, des bottes noires et un pull bleu vif assorti à ses yeux. Elle se limita à un peu de gloss, d'ombre à paupières et de mascara. Maintenant qu'elle n'avait plus à s'habiller pour satisfaire Belinda, elle préférait adopter un style plus naturel.

Le Jake était plein à son arrivée. Elle consulta sa montre avant de parcourir le restaurant bondé du regard à la recherche de Wynton, quand une hôtesse l'aborda.

— Amber Anderson ? M. Barr m'a demandé de vous accompagner à sa table. Suivez-moi.

Elle lui fit traverser le bar bruissant de conversations et la conduisit à une table au fond de la salle.

Wynton était au téléphone, mais quand il la vit, il lui fit un signe de la main, lui sourit et mit fin à son appel avant de se lever.

— Amber. Ravi de vous revoir. Je suis heureux que vous ayez pu me rejoindre.

Elle sourit.

— Je suis extrêmement disponible ces jours-ci. Mais ça ne me dérange pas. J'ai tellement travaillé et subi tant de pression lors des dernières années que je profite de mon temps libre.

Il l'aida à s'asseoir et reprit sa place en face d'elle.

— J'imagine bien le genre de vie professionnelle que vous aviez avec Belinda Galvin. Je suis impressionné que vous ayez tenu aussi longtemps. En faisant quelques recherches, j'en ai appris de belles sur elle. Elle est détestable au travail. Je suis curieux. Pourquoi êtes-vous restée aussi longtemps ?

Amber soupira.

— Ça peut paraître idiot, mais je désirais apprendre tout ce que je pouvais sur le milieu, et ensuite, de plus en plus de personnes ont commencé à attendre de moi que j'arrange les choses avec Belinda. Je suis devenue un tampon pour elles. Un grand nombre des mannequins qui travaillent pour

Belinda ne la supportent pas du tout.

Il la regarda avec une telle intensité qu'Amber sentit ses joues s'enflammer. Elle gigota sur sa chaise.

— J'ai eu une enfance difficile. Je suppose que c'est pour ça que j'ai réussi à le faire.

— C'est intéressant. Après avoir étudié votre contrat, je pense que vous devriez être en mesure de monter votre propre affaire sans que Belinda ne vous ennuie. Elle menacera de vous poursuivre en justice, comme elle a tendance à le faire, mais je crois que ça ne mènera nulle part. En fait, elle a fait une connerie en omettant de vous faire signer une clause spécifique de non-concurrence. La clause standard n'est pas assez solide et, de toute façon, elle est rédigée pour les mannequins, pas pour le personnel administratif.

Amber ne put empêcher un grand sourire de fendre son visage.

— Je ne sais pas avec certitude ce que je vais faire ou quand, mais de savoir que je suis libre de le faire est enivrant.

Elle n'ajouta pas que l'argent que Jesse avait mis de côté pour elle était suffisant pour lui permettre de ne pas paniquer à l'idée de ne pas avoir de boulot pendant plusieurs mois.

Il rit doucement.

— Je comprends. Mais ne vous leurrez pas, Belinda n'abandonnera pas sans se battre. Et je vous suggère d'attendre six bons mois avant de contacter qui que ce soit pour votre entreprise. Si on se retrouvait devant un tribunal, ça vous aiderait.

— J'ai assisté à une fête pour le Nouvel An et j'y ai retrouvé quelques vieux amis du milieu. Je pense qu'ils m'apporteraient leur soutien pour ce que je veux faire.

La serveuse revint et ils passèrent rapidement commande d'une salade César au poulet chacun. En attendant que leurs repas soient servis, ils poursuivirent leur discussion.

— Comment était le Vermont ? lui demanda Amber.

— Aller y passer les vacances est une tradition que je perpétue pour ma fille, Sam, mais je préfèrerais honnêtement rester à la maison. Ce n'est plus pareil pour aucun d'entre nous depuis que ma femme est morte.

— Je comprends que ce soit difficile. Vous deviez beaucoup l'aimer.

— Oui, répondit Wynton. C'est pour ça que je ne suis pas beaucoup sorti.

— J'admire votre fidélité.

— Et vous ? Où avez-vous passé vos vacances ? Avec vos amies ?

Amber sourit.

— Oui, avec elles et leurs familles. Je n'ai pas de famille à proprement parler.

Elle s'interrompit.

— Enfin, ma mère est toujours vivante, mais nous n'avons jamais été proches.

— L'enfance difficile dont vous parliez ?

— Oui, dit Amber, surprise de sentir ses yeux picoter.

Elle ne connaissait pas bien Wynton, mais il avait une façon de voir en elle qui la désarçonnait... même si c'était agréable.

À la fin du repas, ils riaient d'une réflexion faite par une des filles de Brooke au sujet de leur frère. Wynton paya l'addition et accompagna Amber hors du restaurant.

— Dans un jour ou deux, je vous enverrai un compte-rendu de mes recherches et vous pourrez vous en servir comme base.

Il lui serra la main.

— Vous êtes sympathique, Amber. Faites-moi savoir comment les choses tournent. Je vous souhaite bonne chance.

— Merci. J'apprécie votre aide, dit-elle. Envoyez-moi votre facture, s'il vous plait.

Il refusa d'un signe de tête.

— C'est pour moi. Mais vous accepterez peut-être une invitation à dîner un de ces soirs.

— Avec plaisir, répondit-elle. Merci encore.

Il lui adressa un sourire éclatant, consulta sa montre et se détourna.

Amber resta un moment à le regarder se frayer un chemin parmi la foule qui encombrait le trottoir puis, elle aussi se mit en mouvement, emplie d'une confiance toute neuve en l'avenir.

Le samedi, Amber ouvrit sa porte à Cate et Brooke et les fit entrer. Plus tôt dans la semaine, Brooke l'avait appelée pour tenter de lui faire avouer l'idée que Cate et elle avaient en tête. Peu désireuse d'en discuter sans Cate, Amber avait refusé. Depuis lors, elle avait élaboré un vague plan d'affaires pour un magasin de ventes de vêtements de seconde main. Cate et elle avaient creusé l'idée et elles étaient convaincues que c'était parfait pour Brooke. Amber travaillerait avec elle jusqu'au moment où elle se sentirait assez en sécurité pour ouvrir sa propre agence. Wynton avait suggéré d'attendre assez longtemps.

Cate et Brooke ôtèrent leurs manteaux en discutant de la météo exceptionnellement froide.

— Oh mon Dieu ! glapit Brooke, les yeux fixés sur le portrait encadré d'Amber suspendu dans le couloir. C'est la photo que Jesse a faite de toi ? Amber, c'est stupéfiant !

Cate l'examina et se tourna vers Amber.

— Waouh ! Il a fait un boulot fantastique pour montrer toute ta tendresse intérieure. Il devait vraiment avoir des sentiments pour toi. Ça se voit clairement.

Le soupir d'Amber monta de sa poitrine.

— C'est ce que Belinda a vu. C'est pour ça que je suis dans un tel pétrin et que je ne m'intéresserai à personne avant un moment. De toute façon, je serai bien trop occupée.

— En parlant d'être occupée, qu'avez-vous en tête pour moi ? demanda Brooke. Vous avez promis de me le dire aujourd'hui.

Amber et Cate échangèrent un regard.

— Prenons d'abord un café et nous en discuterons ensuite.

Elle les conduisit jusqu'à l'espace qu'elle appelait sa cuisine pour plaisanter : une petite table ronde et trois chaises placées dans un coin.

— Comment les filles ont-elles vécu leur première semaine de classe ? demanda Amber à Brooke en leur préparant une tasse de café à chacune.

Un grand sourire illumina le visage de Brooke.

— Elles ont adoré. J'en suis soulagée. Leur dernière semaine en Californie a été très difficile. J'appréhendais leur retour de l'école tous les soirs. Ici, ça vaut la peine de se lever à six heures et demie pour les envoyer en cours.

— Il n'y a pas de bus scolaire ? demanda Cate.

— Si, mais nous avons choisi de ne pas y avoir recours tant que nous ne sommes pas sûrs que les filles vont bien.

Amber distribua les tasses de café et s'assit à table.

— Je suis contente que vous ayez pu venir vous amuser avec moi aujourd'hui. On dirait presque le bon vieux temps, nous trois ensemble.

Brooke éclata de rire.

— Avec quelques changements.

— Hé ! Nous ne sommes pas si mal pour notre âge, s'exclama Cate. Mais je dois avouer que j'ai arraché un cheveu blanc ce matin. Il le fallait. Il me regardait dans les yeux.

— C'est mieux qu'un poil au menton, dit Brooke. Beurk.

— Parlons de choses plus gaies, dit Amber. Brooke, tu

voulais savoir ce que Cate et moi avions en tête pour toi. Alors, voilà. Un magasin chic de vêtements de seconde main pour femmes et jeunes filles.

Les yeux de Brooke s'agrandirent.

— Pourquoi voudrais-je faire ça ?

— Pour t'intégrer à la communauté et te tenir occupée. C'est le moment des nouveaux départs pour nous toutes, dit Cate.

— Attendez ! Je reviens tout de suite, dit Amber.

Elle se leva et revint avec une chemise cartonnée.

— Voilà, Brooke. Quelques idées sur l'affaire. Je t'aiderai à la mettre sur les rails. Wynton pense que je ne devrais rien mettre en route de mon côté avant un certain temps.

— Je ferai appel à mon réseau local pour trouver l'emplacement idéal, offrit Cate. Ou tu pourrais demander à ton agent immobilier.

— J'ai plusieurs contacts dans le milieu de la mode qui seraient heureux de faire don de leurs vêtements ou de les mettre en dépôt-vente, proposa Amber. En fait, il était important d'avoir beaucoup d'habits à disposition, mais ce n'est plus le cas, à part dans les hautes sphères. De nombreuses personnes réduisent leur garde-robe et la simplifient.

— Je le vois comme un moyen d'aider les femmes actives, comme des mères célibataires qui ne peuvent pas s'offrir de jolies choses, expliqua Cate.

— Et leurs filles également. Souviens-toi de la manière dont j'utilisais des vêtements usagés et les personnalisais en leur ajoutant juste un petit quelque chose.

Amber n'avait pas eu beaucoup de vêtements neufs.

— Tu as un don pour ce genre de choses, affirma Brooke. Dites-m'en plus.

Elles discutèrent de l'idée générale toutes les trois et puis se mirent à réfléchir sérieusement.

— En premier lieu, il nous faut un nom. Cate, c'est toi le génie, pense à quelque chose, dit Amber.

Elle se tourna ensuite vers Brooke.

— Pense localisation et logistique. Par exemple, je suis persuadée que nous devrions débuter avec des horaires d'ouverture restreints. Disons du jeudi au samedi.

Brooke sourit.

— Ce serait jouable.

— Je le tiens! s'exclama Cate. Que pensez-vous de *Durablement Vôtre* ? Ou *Fraîche comme une rose* ? Ou simplement *Coup de jeune* ?

Amber et Brooke échangèrent un regard et s'écrièrent *Coup de jeune* ! en chœur.

— J'adore ça, dit Brooke. Ce nom peut signifier tellement de choses. Il nous donnerait la possibilité de vendre plus que des vêtements, si on voulait.

— On dirait qu'elle a mordu à l'hameçon, dit Cate en souriant à Amber. Tu te rends compte de ce que tu as dit, n'est-ce pas, Brooke ?

— Oui. Ça fait longtemps que j'ai envie de faire quelque chose par moi-même. Je serais occupée, mais pas trop pour avoir aussi le temps de peindre. Plus tard, quand les choses rouleront toutes seules.

Amber garda le silence, mais se demanda si Brooke réalisait la somme de travail nécessaire pour faire tourner rien qu'un simple magasin de détail comme celui-ci.

Après qu'elles en eurent discuté davantage, Brooke se leva.

— Je ne sais pas pour vous, mais je meurs de faim. Sortons déjeuner.

— J'ai mangé au Jake dernièrement. La nourriture était délicieuse et c'est à deux pas d'ici.

— Bonne idée, dit Cate. Je suis prête à bouger.

Amber fut surprise de découvrir le restaurant bondé un samedi, mais comme elle l'avait dit à ses amies, la nourriture était excellente. Elles trouvèrent des places au bar et, grâce à la gentillesse d'un client qui accepta de se déplacer, purent s'asseoir ensemble.

— Je ne sais pas pour vous, déclara Brooke, mais je pense que nous devrions porter un toast à l'ouverture de *Coup de jeune*.

— Juste cette fois-ci, dit Cate. Je fais attention à ce que je bois.

— Moi aussi, renchérit Amber.

Elle était heureuse d'être moins à cheval sur la question de son poids, mais elle ne voulait pas se laisser aller.

Quand elles eurent commandé leurs boissons et leurs repas, Amber s'adossa à son tabouret de bar et observa la foule, plus détendue qu'elle ne l'avait été depuis longtemps. Elle commençait doucement à se libérer de la pression constante qu'elle avait subie lorsqu'elle travaillait avec Belinda et devait répondre à ses attentes.

— Bonjour ! Que faites-vous ici ? prononça une voix familière derrière elle.

Elle pivota pour se trouver nez à nez avec un Wynton Barr souriant. Vêtu d'un jean et d'un pull noir qui moulait son torse, il avait l'air, ma foi... délicieux. Son sourire fit monter une vague de joie en elle.

— Salut. Je pourrais vous demander la même chose.

Il éclata de rire.

— J'avais du travail en retard au cabinet et cet endroit est parfait pour déjeuner.

— Oui, jusqu'à notre rendez-vous, j'avais oublié le bien que ça fait.

Elle se rendit compte que Cate et Brooke les dévisageaient.

— Wynton, je souhaiterais vous présenter mon amie Brooke Weston. Vous avez déjà rencontré Cate Tibbs.

Il haussa les sourcils.

— Ah oui ! Les meilleures amies dont j'ai entendu parler.

Toujours souriant, il salua les deux femmes de la tête et leur serra la main.

— Enchanté de faire votre connaissance, Brooke, et de vous revoir, Cate.

Il se tourna vers Amber.

— Je suis content de vous avoir vue. Nous pourrions peut-être déjeuner ou dîner un soir pour discuter de vos projets ?

— Oui, ce serait bien, répondit Amber en réalisant qu'elle souhaitait vraiment que ça se produise.

Wynton s'inclina légèrement et se dirigea vers la porte d'entrée.

— Waouh ! s'exclama Brooke. Il est carrément canon.

— Et tu l'intéresses, ajouta Cate. C'est évident.

Amber leva une main pour les interrompre.

— Nous sommes amis. C'est tout.

— Hmm, marmonna Brooke. Je sais que tu ne veux pas en parler après tout ce qui s'est passé, Amber, mais c'est un ami que tu dois absolument conserver.

Amber sourit, incapable de nier les sentiments qu'il faisait naître en elle.

CHAPITRE TRENTE-SEPT
Brooke

Brooke parla à Cate de *Coup de jeune* pendant tout le trajet de retour en train.

— Je le vois plus comme un service à rendre aux autres que comme une boutique. Amber a fait allusion aux vêtements qu'elle portait pendant son enfance. Ils étaient importants pour elle. Réfléchis à l'aide que nous pouvons apporter aux femmes d'affaires, aux mères célibataires, aux adolescentes. Et si les contacts professionnels qu'Amber a conservés après Belinda nous aident, nous aurons tout un éventail de vêtements haut de gamme à proposer. Je devrais être en mesure d'en obtenir d'autres par l'école des filles, depuis la maternelle jusqu'au lycée.

Cate lui sourit.

— C'est bien. Mais tu devrais commencer uniquement avec les femmes et voir pour les adolescentes ensuite. J'aime bien l'idée que ce soit plus un service qu'autre chose.

Brooke sentit le sourire étirer ses joues.

— Moi aussi. J'ai eu beaucoup de chance pendant toute ma vie.

Cate lui donna un petit coup de coude affectueux.

— Et c'est pour ça que tu as toujours été généreuse.

— Merci. Je m'y efforce. Il faut que j'en parle à Paul, bien entendu, mais je crois qu'il sera enchanté que j'aie trouvé quelque chose à faire. Dieu sait que je ne vais pas me prélasser au bord de la piscine par ce temps !

Cate rit avec elle.

— Pas pendant longtemps, non.

Brooke se sentait optimiste en rentrant chez elle. Elle rangea son manteau dans la penderie, déjà certaine du succès du magasin.

Quand elle pénétra dans la cuisine, sa mère était assise à table devant une tasse de thé, un livre à la main.

— Bonjour mère. Comment vas-tu ? Du nouveau avec l'agent immobilier ?

Sa mère leva les yeux en souriant.

— En fait, j'ai trouvé quelque chose qui me plaît beaucoup : une jolie petite maison à quelques minutes à pied. Je pense que ce serait parfait pour moi car je pourrais être ici en un clin d'œil. Comme je n'ai pas d'amis dans la région, j'aurai un endroit où venir quand je voudrai sortir de chez moi.

Le cœur de Brooke s'emplit d'effroi.

— Je pensais que tu souhaiterais te rapprocher du centre-ville pour bénéficier de toutes ses activités.

Sa mère baissa le regard vers ses mains, puis revint sur Brooke, les yeux larmoyants.

— Je sais que notre relation n'a jamais été bonne, mais je suis ta mère et je voudrais essayer de devenir ton amie.

La suspicion se dressa en Brooke comme un serpent méfiant.

— Pourquoi ce changement, mère ? Que se passe-t-il ?

— J'ai l'impression de vieillir trop vite et voir tes filles grandir me rappelle tout ce que j'ai raté avec toi.

Brooke s'assit en face d'elle, indécise. Sa mère avait raison. Elles n'avaient jamais été proches. Et à cette époque de sa vie, elle doutait qu'elles le deviennent un jour. Pas alors que Diana l'avait subtilement maltraitée verbalement et émotionnellement au fil des ans.

Elle se souvint des efforts de son père pour les rapprocher et prit une grande inspiration. En son honneur, elle essayerait.

— Nous pouvons commencer en nous donnant de l'espace, tout en mettant au point un planning de rencontres régulières jusqu'à ce que tu te sois fait tes propres amis. Est-ce que ça te paraît raisonnable ?

Sa mère fronça les sourcils.

— Ça ressemble à un contrat d'affaires.

Brooke garda le silence. C'était ce qu'elle pouvait offrir de mieux pour l'instant.

— D'accord, soupira Diana. Je vais tenter de ne pas m'imposer, mais si nous voulons essayer d'être amies, il faudra que nous passions du temps ensemble, ne crois-tu pas ?

— Oui, bien entendu. À présent, parle-moi de cette maison. Elle a l'air de te plaire.

Sa mère lui adressa un sourire triomphant.

— On m'a dit qu'elle était dans le quartier le plus huppé de West Walles, un peu au nord d'ici.

Brooke s'efforça de garder le sourire. Sa mère pouvait clamer qu'elle tentait de changer, mais ce n'était pas près d'arriver, si elle y parvenait un jour.

— Elle n'a que quatre ans et est bien entretenue. La femme qui y vivait est décédée subitement et sa famille veut vendre. Mon agent a déjà déposé une offre même si elle n'est pas encore officiellement sur le marché.

— Elle est douée. Paul et moi l'avons appréciée.

— Oui, elle comprend ce que j'aime, ce que je cherche. Quoi qu'il en soit, elle pense que la famille acceptera mon offre et je devrais pouvoir emménager dans un mois.

— Très bien, dit Brooke, soulagée que ça ne prenne pas plus longtemps. Veux-tu que Paul et moi allions la visiter ?

Sa mère sourit.

— Oui. Ce serait gentil. Peut-être plus tard, quand Paul rentrera de Dieu seul sait où ?

— D'accord. Je lui demanderai. De toute façon, je dois lui parler. Amber et Cate ont trouvé une idée passionnante pour m'occuper.

— Ah ?

Sa mère se pencha vers elle.

— Oui. Amber travaillerait avec moi pour la lancer. Il s'agit d'un magasin pour vêtements haut de gamme d'occasion. Nous l'appellerons *Coup de jeune*. Ce serait une manière d'aider des femmes d'affaires, des mères célibataires et des adolescentes. Sympa, hein ?

— Tu deviendrais commerçante ?

Un masque d'horreur figea son visage. Brooke poussa un soupir de frustration.

— Maman, s'te plait. Tu te conduis comme si on appartenait à la famille royale britannique et qu'on était au-dessus de ça.

— C'est que ton père a travaillé tellement dur pour s'assurer que nous n'ayons jamais à le faire.

— De nos jours, même si elles n'ont pas à travailler pour nourrir leur famille, certaines femmes désirent se rendre utiles et donner aux autres. C'est un préambule pour vivre une belle vie.

Sa mère posa sa tasse de thé sur la table et la fusilla du regard.

— Suggères-tu que je n'ai pas une belle vie parce que je ne suis pas une… une… commerçante ?

— N'insistons pas, d'accord ?

Brooke se leva.

— Veux-tu davantage d'eau chaude ? Des petits gâteaux ?

— Non, merci chérie. J'en ai assez.

— Bien. Alors je pense que je vais monter lire mes mails

avant qu'il ne soit l'heure d'aller chercher les filles chez leur amie.

— Je suis heureuse de les voir s'intégrer aussi rapidement, dit Diana.

— Moi aussi, répondit Brooke, contente qu'elles puissent être d'accord sur quelque chose.

Avec Paul et les jumelles, Brooke suivit sa mère et l'agent immobilier pour visiter la maison relativement petite mais raffinée que sa mère désirait acquérir. Elle était charmante. Sa mère était peut-être difficile, mais elle avait un goût impeccable.

— Qu'en pensez-vous ? demanda l'agent à Brooke.

— Elle est parfaite. Quand ma mère aura-t-elle une réponse à son offre ?

Elle consulta sa montre.

— Dans quelques heures, avec un peu de chance. J'ai conseillé à Diana de faire une offre généreuse pour éviter que la maison ne se retrouve sur le marché. Quand c'est le cas, la guerre des enchères fait grimper les prix en flèche.

— Espérons que la famille sera raisonnable, dit Brooke.

La maison était plus loin de la sienne que sa mère ne l'avait sous-entendu. Et la perspective de récupérer son espace personnel était alléchante.

Ce soir-là, quand tout le monde fut couché, Brooke expliqua à Paul son idée pour *Coup de jeune*, allongée à côté de lui.

— Tu veux vraiment le faire ou tu le fais pour faire plaisir à Amber et Cate ?

Brooke eut un mouvement de surprise. Était-ce pour cette

raison qu'elle s'était soudain accrochée à l'idée ?

— Non, je me demandais vraiment comment j'allais occuper mes journées maintenant que **P.J.** est à l'université et que les filles deviennent de plus en plus indépendantes. Cate et Amber le savaient et ont trouvé l'idée initiale. Mais je l'ai un peu modifiée et je vais en faire une œuvre caritative plutôt qu'une entreprise à but lucratif. Et comme le magasin ne sera ouvert que trois jours par semaine, j'aurai encore du temps à consacrer à la famille. Je pourrais même me remettre à peindre. Évidemment, mère m'a traitée de « commerçante ».

Il roula sur le côté et lui sourit.

— Mon épouse, commerçante et artiste.

Elle éclata de rire.

— Peux-tu croire que ma propre mère m'appelle comme ça ? Je ne la comprends pas. Tu imaginerais qu'elle vient d'une famille aisée plutôt que du milieu ouvrier qu'elle déteste.

— Je pense que son attitude masque une grande douleur. Dans le passé, on a dû se moquer d'elle pour ses origines. Elle s'est certainement coupée de ses racines. Je ne l'ai pas une fois entendue parler de sa famille depuis que nous sommes ensemble.

— Tu as raison. Je devrais sans doute être un peu plus indulgente avec elle.

— Tu devrais sans doute profiter de sa présence et la faire travailler dans ta boutique. Qui serait plus qualifié qu'elle pour offrir des vêtements de marque à des gens qui n'en connaissent pas la valeur ?

— Mon Dieu !

Brooke gloussa derrière sa main.

— Elle ? Une commerçante ? C'est la solution idéale pour l'occuper et qu'elle me fiche la paix.

Elle se tourna vers Paul.

— Tu sais à quel point je t'aime ?

— Tu devrais peut-être me le montrer, dit Paul, les yeux brillant d'une étincelle qui y avait manqué.

En se penchant vers lui, Brooke songea qu'atteindre la quarantaine n'était finalement pas une si mauvaise chose.

CHAPITRE TRENTE-HUIT
Cate

Comme tous les jours, Cate consulta ses mails, ses messages téléphoniques et le chiffre de ses ventes. Une habitude qu'elle avait prise quand elle avait débuté dans l'industrie du livre. Voir le nombre de lecteurs qui aimaient ce qu'elle écrivait lui permettait d'avancer et lui donnait l'envie de continuer. Bien sûr, tous les avis ne donnaient pas cinq étoiles. Mais il fallait accepter les critiques autant que les éloges. Elle préférait les messages privés. Elle considérait certains de ses fidèles lecteurs comme des amis.

Elle avait passé les deux dernières semaines à osciller entre développer son nouveau roman et enrichir le dernier tome des Guerres de Galeon. Maintenant qu'elle savait qu'il n'y en aurait pas d'autre, elle n'arrivait pas à décider de la fin. Elle voulait que ce soit parfait.

En cette matinée de fin janvier, Cate était assise à la table de la cuisine, incapable de s'atteler à aucun des deux livres. Ses règles étaient de retour, accompagnées de crampes qui avaient détruit tout espoir de grossesse. Elle songea à toutes les fois où Jackson et elle avaient fait l'amour en désirant concevoir, et ne put ignorer le sentiment d'échec ni la pression des larmes.

Cate se leva en soupirant. Elle se cloîtrerait dans son bureau – pas de téléphone, pas de mail, pas de Facebook, pas d'Instagram, ni Twitter ni aucun autre réseau social – pour travailler sur ses romans. Son agent et son éditeur attendaient. Plus d'excuses.

Buddy parut comprendre l'importance du moment et, au lieu de réclamer qu'elle le prenne sur ses genoux – ce qui n'était pas pratique avec son corps tout en longueur –, s'installa sur sa couverture sous le bureau.

Cate prit une grande inspiration et se replongea dans la bataille entre Serena et son ennemi juré, Santor, roi des Argoes. En tant que reine de Galeon, il était du devoir de Serena de se battre jusqu'à la mort pour protéger son peuple contre les envahisseurs comme Santor. Elle avait laissé Serena dans un duel contre Santor devant le château. Leurs armées se faisaient face, prêtes à donner l'assaut au moindre signe de dominance, mais c'était pour le moment aux deux chefs de décider de l'issue du combat.

Cate commença à écrire :

Serena souleva l'épée que son père lui avait transmise et la fit tournoyer aussi haut qu'elle le put. Santor la dépassait d'une bonne tête. Mais elle avait en vitesse l'avantage qu'il avait en taille. L'astuce consistait à l'obliger à se déplacer en cercles.

Whoosh ! Elle abattit son épée et frappa... de l'air ! Elle recula sur ses talons, luttant contre la main qui tirait sur ses cheveux sombres.

Furieuse que Santor ne joue pas selon les règles, elle tourbillonna pour lui échapper et brandit de nouveau son épée. Alors qu'elle se préparait à l'abattre sur la sienne, elle vit qu'il plaçait son long pied pour la faire trébucher et sauta hors de son chemin.

— Sacrebleu ! Tu n'es pas une guerrière ! Tu es une danseuse ! s'écria Santor en la chargeant, les crocs sortis.

— Attention ! la prévint Rondol. Il essaie de te faire sortir du cercle.

Une des règles du combat stipulait que les deux adversaires devaient rester à l'intérieur du cercle qui avait été dessiné dans la terre.

Serena esquiva quand il se jeta en avant.

Santor trébucha et atterrit hors du cercle.

Serena abaissa son épée.

— Ça suffit, Santor ! J'ai gagné.

Il se retourna et fit voler son arme, la blessant au front.

— Tu gagneras peut-être cette bataille, mais tu porteras toujours ma marque, dit-il avec un rictus.

Serena porta une main à son visage et sentit la chaleur de son sang.

— Tu ne seras jamais autorisé à revenir. Pars dès à présent avec ton peuple, ou nous ne vous laisserons pas en paix.

Santor cria et ses troupes attaquèrent les Galeons, ce qui était contre les règles.

Serena se jeta dans la mêlée, tentant d'oublier sa douleur au front et le sang qui lui coulait dans les yeux. Elle sentit un mouvement à côté d'elle et se retourna. Un petit dragon vola au-dessus de son épaule, protégeant son bras armé.

— Qui es-tu ? D'où viens-tu ? demanda Serena, soulagée d'avoir de l'aide.

Le duel avec Santor avait épuisé son énergie et elle avait du mal à faire face.

— Je suis Condora, dit le petit dragon alors que les Galeons obligeaient les Argoes à prendre leur envol.

Des applaudissements fusèrent de la foule quand le dernier des Argoes quitta le sol et s'envola.

Rondol s'approcha de Serena et l'entoura de ses bras. Il sourit au dragon qui voletait à proximité, les naseaux encore fumants.

— Je vois que tu as un nouveau protecteur, dit-il à Serena.

— Oui, dit Serena. Elle s'appelle Condora.

— Qui t'envoie ? demanda Rondol en essuyant la plaie de Serena avec une étoffe.

— La reine dragon, répondit Condora en se posant sur l'épaule de Serena.

— Tu es si jeune ! s'exclama Serena en caressant le dos du dragon.

Condora hocha la tête.

— Oui. La reine a pensé que je pourrais grandir avec ton enfant.

— Mon enfant ?

Condora s'éleva dans les airs et secoua la tête.

— Désolée. Je n'étais pas censée te le dire. C'est un secret. Un des nombreux du même genre.

— Veux-tu parler de nombreux enfants ? demanda Serena en rougissant quand elle s'aperçut que Rondol rayonnait de fierté.

Condora battit frénétiquement des ailes.

— Oh non ! Je n'étais pas censée te parler de ça non plus.

Serena leva la main et attrapa le petit dragon qu'elle serra sur sa poitrine. En le câlinant, elle murmura :

— C'est la plus douce des surprises. Maintenant que mon peuple peut vivre en paix, je peux enfin élever la famille que j'ai toujours désirée. Mes enfants contribueront, en temps voulu, à la force de notre royaume.

— Oui, acquiesça Condora. C'est ce qu'elle m'a dit.

Cate cessa d'écrire, les larmes aux yeux. Elle aimait Serena et aurait voulu être comme elle. Mais à présent, elle se demandait si ça ne resterait pas un rêve impossible. Après avoir décidé de fonder une famille avec Jackson, elle se demandait si ce serait un jour une réalité. Elle n'avait jamais imaginé avoir d'enfants un jour, mais l'avenir lui semblait désormais vide sans cette perspective. Cette pensée la fit pleurer.

Quand Jackson rentra à la maison, Cate avait pleurniché et tempêté tout son content. Elle ne pouvait pas laisser sa déception ruiner sa relation avec lui. Elle avait lu trop d'histoires sur d'autres couples détruits par des circonstances similaires.

— Salut mon cœur, comment vas-tu ?

Il la prit dans ses bras.

— J'ai eu ton texto. Je suis déçu aussi. Mais ça va s'arranger. Il est encore tôt.

Elle se lova contre son pull chaud et se sentit envahie par une nouvelle vague d'espoir. Ils étaient deux adultes en bonne santé et continueraient à tenter de fonder une famille.

Il souleva son menton et l'embrassa.

Elle réagit comme d'habitude à la flambée d'énergie entre eux.

Quand il s'écarta, il avoua doucement.

— Je t'aime.

— Moi aussi, je t'aime, répondit Cate, ramenant le sourire sur leurs deux visages.

— Ma mère m'a appelé aujourd'hui. Elle a hâte que nous allions en Caroline du Nord. Elle dit que la fête restera modeste, comme tu le voulais, mais elle a un million d'amis et je ne sais pas de combien de personnes elle parle. De toute façon, ce n'est que pour un week-end.

— OK, mais je veux qu'on se marie sur la plage au Seashell Cottage plutôt qu'à l'église. Nous avions parlé du mois de juin. Le dix-sept serait parfait. Faisons les réservations immédiatement. Comme ça, tout répondra à nos désirs. Qu'en penses-tu ?

Il sourit.

— J'en pense que tu es une petite futée. En réservant nous-mêmes, nous éviterons toutes les discussions qui pourraient changer nos plans. Les membres de ma famille qui pourront venir auront le choix entre louer une maison eux-mêmes et loger dans un hôtel à proximité.

— Comme l'auberge Salty Key, dit Cate en s'animant. Ils vont l'adorer.

— Tope là !

Jackson leva une main et Cate la frappa joyeusement.

— Ne t'inquiète pas, lui dit-il. Je me charge de ma famille. Comment vas-tu gérer Amber et Brooke ?

— J'y ai déjà réfléchi. Elles peuvent loger au Seashell Cottage avec nous. La mère de Brooke pourra garder les filles dans un autre endroit. Nous irons ailleurs pour notre lune de miel.

— J'ai une petite idée, dit Jackson, mais je ne suis pas encore prêt à en parler.

— Oh ?

Elle le dévisagea.

Jackson adorait les surprises.

— Motus et bouche cousue, dit-il avant de s'éloigner en riant.

CHAPITRE TRENTE-NEUF

Amber

Dans sa chambre, Amber examinait une grosse pile de vêtements posée sur son lit. Après avoir vidé son dressing des tenues classiques qu'elle n'avait plus l'intention de porter, elle avait l'impression d'être plus légère. Elle avait découvert qu'elle se sentait plus optimiste à chaque fois qu'elle se débarrassait d'un élément de sa vie passée. Pendant des années, on lui avait demandé comment elle pouvait supporter de travailler avec Belinda. Elle en avait même discuté avec son thérapeute. Rétrospectivement, il lui paraissait stupide d'être restée aussi longtemps.

Quand son portable sonna, elle regarda l'identité de l'appelant et décrocha avec empressement.

— Salut Brooke. Quoi de neuf ?

— Je pense que j'ai trouvé l'emplacement idéal pour *Coup de jeune* dans une petite ville près de chez moi. Je voudrais que tu y jettes un coup d'œil et, si ça te plaît, je signerai un bail à renouvellement mensuel.

— C'est sensé.

Elle jeta un œil aux vêtements étalés sur son lit et décida qu'elle pouvait attendre pour les trier et les plier.

— Je peux venir cette après-midi. Ça te va ?

— Oui. Pourquoi ne viendrais-tu pas dormir ici ? Nous pourrions discuter de nombreux détails et passer en revue les suggestions que tu m'as envoyées.

— Génial. J'ai besoin de m'y remettre. Je n'ai pas l'habitude de ne pas travailler.

— Ne t'inquiète pas. Si nous mettons cette affaire en route, tu n'auras plus le temps de traîner en ville. Tu ne penses toujours pas à déménager par ici ?

— En fait, j'y ai pensé, mais je ne veux rien faire tant que je n'ai pas décidé si je veux monter ma propre agence.

— D'accord. Dis-moi quand tu prends la route et j'appellerai mon agent immobilier. Elle est aussi excitée que moi par la boutique.

Amber mit fin à l'appel et sourit. Brooke avait changé de personnalité depuis qu'elle avait commencé à s'intéresser à *Coup de jeune*. Avec le déménagement, s'investir lui avait donné un coup de fouet, une raison d'utiliser ses talents d'organisatrice et un moyen d'éviter la désapprobation de sa mère. Cate et elle avaient bien ri de l'effroi de Diana à l'idée que Brooke devienne une « commerçante ». Cette attitude était tellement typique de la mère de Brooke.

Alors qu'Amber sortait son petit sac de voyage de son placard, son portable sonna. Persuadée que c'était de nouveau Brooke, elle décrocha et répondit :

— Quoi encore ?

— Désolé. Ce n'est pas le bon moment ? demanda une voix grave qu'Amber reconnut instantanément.

Son pouls s'accéléra. Elle avait beaucoup pensé à Wynton.

— Bonjour Wynton. Je suis désolée. Je pensais que c'était quelqu'un d'autre. Que puis-je pour vous ?

— Je souhaiterais dîner avec vous ce soir, si ça vous convient.

— Oh... Je viens juste de décider de quitter le centre-ville et de passer la nuit chez mon amie à West Walles, dit Amber sans pouvoir cacher sa déception.

— Nous pourrions nous y rencontrer. Ma maison n'est pas loin de West Walles. J'y suis ce soir.

Les pensées d'Amber s'envolèrent vers Brooke.

— Ça pourrait se faire. Laissez-moi voir avec elle et je vous rappelle.

Elle raccrocha, submergée par ses émotions. La connexion qu'elle avait établie avec Wynton grâce à leur amitié avec Jesse était une bénédiction. Ils étaient les deux meilleurs hommes qu'elle ait jamais rencontrés, lui inspirant confiance dès le début.

Elle appela Brooke et lui demanda si elle pouvait décommander son dîner avec elle.

— Bien sûr ! Je t'en prie, sors avec Wynton. J'ai vu comment vous vous souriez.

— Nous sommes juste amis, dit Amber, peu désireuse de se pencher sur ses sentiments. Sa femme lui manque toujours et je n'ai pas oublié Jesse.

— Si tu le dis, répliqua Brooke. On se voit dans l'après-midi. Et si tu veux passer la nuit à la maison, ta chambre est prête.

— Merci, dit Amber. Ça compte beaucoup pour moi.

Elle mit fin à l'appel et rappela Wynton.

— Si l'invitation à dîner tient toujours, je l'accepte.

Il éclata de rire.

— Elle tient. Envoyez-moi l'adresse et je passerai vous prendre à vingt heures. Ça vous va ?

— C'est parfait, répondit-elle avec sincérité.

— À tout à l'heure, dit-il avant de raccrocher.

Elle fut ravie par le ton joyeux de sa voix.

Amber attendait l'agent immobilier avec Brooke devant la vitrine du magasin quand Cate arriva.

— Je suis en retard ?

— Non, nous attendons l'agent. Elle est en route, dit Brooke.

— Regarde cette façade. N'est-elle pas adorable ? demanda Amber.

Le petit bâtiment situé dans la rue principale d'une petite ville voisine ressemblait plus à une maison en pain d'épices qu'à un magasin. Les clins peints en marron étaient bordés de violet.

— C'était l'atelier d'une couturière à qui j'ai fait faire quelques retouches, dit Cate. J'étais triste de la voir arrêter, mais je suis contente que tu puisses utiliser ce local. Il sera parfait pour ce que tu veux faire.

— En dehors des heures d'ouverture, nous aurons assez de place pour trier les nouveaux vêtements et les préparer à la vente, affirma Brooke. Il y a une grande table de travail dans la pièce du fond et beaucoup d'espace pour suspendre les vêtements.

Elle se retourna et fit signe à la conductrice d'une Mercedes argentée.

Amber regarda la femme d'âge mûr sortir de sa voiture. Elle tira sur sa veste bleu clair, lissa la jupe écossaise assortie et se dirigea vers elles d'un pas décidé.

Brooke l'accueillit et la présenta à Amber et Cate.

— Cassandra, tu as déjà rencontré Cate chez moi quand nous avons acheté la maison. Elle m'a aidée à choisir les peintures. Mais tu n'as pas rencontré Amber Anderson. C'est une autre de mes meilleures amies et c'est elle qui m'aide pour ce projet.

— C'est gentil. Ne vous ai-je pas déjà rencontrée ? Ou vue quelque part ?

— Peut-être, admit Amber, en envoyant des messages silencieux à Cate et à Brooke pour qu'elles ne mentionnent pas la publicité pour le parfum.

Elles se serrèrent la main. D'après ce qu'elle avait entendu dire, Cassandra était un des agents les plus cotés de la région.

Si elle décidait, à l'avenir, de se rapprocher de Cate et Brooke, elle pourrait faire appel à elle.

— Pourquoi n'irions-nous pas jeter un autre coup d'œil à l'intérieur ? proposa Cassandra en se débattant avec le cadenas sur la porte. La seule raison qui pousse le propriétaire à accepter un bail renouvelable est qu'il veut vendre le bâtiment, mais n'a pas reçu d'offre raisonnable. C'est un peu excentré pour certains types de magasins, mais pour ce que tu envisages, Brooke, je crois que ça conviendra très bien.

Amber avait établi une liste mentale des caractéristiques qu'elle souhaitait trouver au local et les cochait au fur et mesure de l'avancée de la visite. La vitrine laissait passer assez de lumière naturelle, l'espace de stockage était suffisant, il y avait de la place pour des cabines d'essayage, des toilettes récemment rénovées et, comme Brooke l'avait mentionné, un espace de travail convenable. À l'arrière du bâtiment, deux places de parking étaient disponibles.

— Ça semble parfait, dit Amber. Vas-y, Brooke.

Cassandra sourit.

— J'ai déjà préparé les papiers. J'ai juste besoin de ta signature. Mais je te suggère d'étudier le contrat avec soin. Souviens-toi que le propriétaire ne te doit qu'un préavis de trente jours. J'ai pris la liberté d'ajouter une clause qui stipule que tu as aussi trente jours pour faire la même offre qu'un éventuel acheteur ou surenchérir. J'ai également prévu un budget pour changer le revêtement de sol.

Amber sourit. Cassandra méritait sa réputation. Elle posa des questions sur tout ce dont elles devraient être conscientes et, quand tout fut fini, Brooke signa le contrat.

Cassandra tendit un jeu de clés à Brooke.

— Félicitations, mesdames. *Coup de jeune* est sur le point de voir le jour.

Une vague d'excitation submergea Amber. En aidant

Brooke, elle abordait une nouvelle phase de sa vie. Quelque chose qui n'avait rien à voir avec Belinda Galvin. Et Dieu que c'était bon !

Après le départ de Cassandra, Amber fit de nouveau le tour du magasin avec Cate et Brooke, en notant tout ce dont Brooke aurait besoin.

— Je vais t'offrir mes services et ceux de Jackson pour passer une couche de peinture fraîche sur les murs, dit Cate. Tels quels, ils sont ternes.

— Fantastique! s'écria Brooke. À quelle couleur songes-tu ?

— Pêche clair. Une couleur complémentaire de toutes les autres qui adoucira la pièce. Cassandra a noté la nécessité de remplacer le sol. Ça ira avec tout ce que tu choisiras.

— Super. Amber et moi pourrons choisir la moquette demain. Elle dort à la maison, dit Brooke.

Elle poussa Amber du coude en lui souriant malicieusement.

— Ce soir, elle a rencard avec un certain avocat.

— Ah bon ? demanda Cate en fixant Amber.

— Ce n'est pas sérieux, affirma celle-ci. Il se sent seul depuis qu'il a perdu sa femme et j'essaie de surmonter la disparition de Jesse. Nous le comprenons tous les deux.

Cate la serra dans ses bras.

— Oh, chérie, nous ne souhaitons pas te mettre mal à l'aise. On te taquine.

— Je sais, dit Amber.

Mais elles avaient raison. Wynton était séduisant et l'attirerait sans aucun doute si elle envisageait de recommencer à sortir.

CHAPITRE QUARANTE

Amber

Amber était assise dans la chambre d'amis chez Brooke et rassemblait ses esprits pour la soirée à venir. Elle était excitée de retrouver Wynton pour le dîner. Bien que Jesse et elle n'aient pas été ensemble pendant longtemps et que leur histoire remonte à plusieurs mois, elle se demandait si elle ne passait pas trop vite à autre chose. Jesse avait été le premier homme avec lequel elle s'était sentie suffisamment en sécurité pour lui faire confiance. Elle ressentait déjà la même chose avec Wynton. Était-ce parce qu'ils étaient tous les deux plus âgés ? Prospères ? Honnêtes ? Autre chose ?

Elle regarda le paysage hivernal par la fenêtre. Elle avait subi une thérapie intermittente pour apprendre à composer avec son enfance. Durant la dernière année, elle avait enfin eu l'impression d'avoir enterré le passé. Elle savait désormais que toutes les mères ne se conduisaient pas comme la sienne, que la plupart d'entre elles protégeaient leurs enfants, qu'elle avait le contrôle sur sa propre vie et que les hommes bien n'étaient pas comme ceux qui l'avaient agressée. Elle avait observé Jesse et travaillé avec lui pendant une longue période avant de s'autoriser à penser sortir avec lui. Et il lui avait prouvé que sa thérapeute avait raison. Les hommes respectables pouvaient être gentils, aimants et honnêtes.

Elle soupira, expulsant des sensations profondément ancrées en elle. Après avoir rencontré Jesse, avoir envisagé un avenir avec lui et être tombée enceinte de lui, elle avait ouvert son cœur à toutes ces nouvelles opportunités. Et ensuite, tous ses rêves d'un futur à trois lui avaient été arrachés. Serrant ses bras autour d'elle, elle s'avoua qu'elle se sentait seule et qu'elle désirait plus que tout une vie normale, remplie d'amour, et qu'elle s'en était privée pendant bien trop longtemps.

Un petit coup à la porte la sortit de sa rêverie.

— Oui ?

La porte s'ouvrit et Brooke se glissa à l'intérieur.

— Je souhaitais juste voir comment tu allais. Es-tu satisfaite de ce que nous avons vu au magasin toute à l'heure ? J'ai besoin de savoir si tu es d'accord avec tous mes plans.

Amber sourit.

— Je suis tout à fait en phase avec les plans pour *Coup de jeune* et je suis contente d'aider. Je ne suis plus sûre de vouloir ouvrir ma propre agence de mannequins. Après avoir été éloignée du milieu de la mode pendant quelque temps, je ne sais pas si c'est ce que je dois faire.

— Prends ton temps pour réfléchir. En attendant, je suis aux anges que tu m'aides dans ma nouvelle entreprise. Après tant d'années à être épouse et mère, j'ai perdu un peu de la confiance nécessaire pour me lancer dans les affaires. J'ai besoin de toi, Amber.

Amber se leva et rejoignit Brooke.

— J'ai besoin de toi aussi. Tu vas en faire le meilleur « seconde main » qui soit ! Et c'est pour une bonne cause.

En descendant l'escalier vêtue d'une simple robe en laine bleue, Amber se sentit comme une adolescente à son premier rendez-vous : nerveuse, excitée et tremblante. Que faisait-elle ?

— Tu es ravissante, dit Brooke, qui attendait en bas de l'escalier en colimaçon avec Wynton et les jumelles.

— Tu es très jolie, s'extasia Brynn.

— Ouais, P.J. dirait que tu es canon, dit Bradley.

— Je le dirais aussi, commenta Wynton, provoquant le gloussement des filles.

Amber se détendit en apercevant la lueur espiègle au fond de ses yeux. Tout irait bien. Wynton était un homme bon.

Brooke lui tendit le manteau en fourrure synthétique d'Amber et il l'aida à l'enfiler.

— C'est une froide nuit d'hiver, mais ceci semble en mesure de vous tenir chaud.

— Oui, c'est confortable et très politiquement correct.

Il éclata de rire.

— Samantha approuverait votre choix.

— Passez une bonne soirée, dit Brooke en leur souriant à tous les deux.

Amber lui fit un petit signe de la main et sortit par la porte que Wynton lui tenait ouverte.

— Eh bien, nous partons du bon pied, dit-il. J'ai aimé discuter avec Brooke et rencontrer ses filles. Je suis content que vous ayez de telles amies.

— Ça aide. Et après avoir traversé le désastre avec Belinda, j'ai appris à apprécier mes vraies amies.

— C'est important, répondit-il, parce que la vie a certainement des hauts et des bas.

Wynton l'aida à monter dans sa Porsche vert bouteille et s'installa derrière le volant.

— J'espère que vous aimez la cuisine italienne. Arturo est un de mes restaurants préférés.

— J'aime ça, dit Amber. Et maintenant que je ne travaille plus pour Belinda, je vais enfin pouvoir faire plus que simplement goûter mes plats.

Il lui lança un regard surpris.

— Je suis heureux de vous l'entendre dire. C'était une des choses que j'adorais chez ma femme, Barbara. Elle n'avait pas peur de profiter de la vie.

— Je suis certaine qu'elle vous manque.

— Oui, mais je me suis dit qu'il était temps que je m'ouvre à de nouvelles possibilités. Non pas que je sois pressé.

— Et je crois que je vais essayer d'en faire autant, dit Amber.

— Je pense que vous apprécierez de ne plus être sous la coupe de Belinda. C'est un tyran.

— C'est un fait. Je me rends enfin compte que c'était malsain pour moi de rester avec elle. Même mon thérapeute le pensait.

Il lui jeta un regard approbateur.

— J'aime votre honnêteté.

Elle haussa les épaules.

— J'ai au moins ça pour moi.

Il tendit une main et serra la sienne.

— Et beaucoup d'autres choses. J'ai hâte d'apprendre à vous connaître.

Émue, elle se sentit rougir. Il s'arrêta devant un simple bâtiment en briques.

— Ne vous laissez pas leurrer par l'extérieur. Arturo produit la meilleure cuisine que j'aie jamais goûtée et la qualité reste constante.

Il l'aida à sortir de la voiture et, une main posée sur sa taille, la guida vers l'entrée principale où un grand nombre de personnes attendaient, assises sur des bancs.

L'hôtesse, une femme aux cheveux gris vêtue d'une petite robe noire, le remarqua et se hâta vers eux.

— Mon cher Wyn, comment vas-tu ? Ça fait une éternité. Nous sommes complets ce soir, mais je t'ai réservé ta table habituelle.

Elle sourit à Amber.

— Et qui avons-nous là ?

Wynton l'enveloppa d'un bras protecteur.

— Nona, voici Amber Anderson, l'amie d'un ami. Amber, je vous présente Nona Bertelli, la meilleure moitié d'Arturo.

— Ravie de faire votre connaissance, Amber, dit-elle en l'inspectant de la tête aux pieds. J'espère vous revoir souvent. À présent, suivez-moi tous les deux.

Nona les conduisit à une table d'angle couverte d'une nappe rouge. Une chandelle allumée sur un bougeoir en cristal taillé faisait scintiller les verres à vin et les couverts polis destinés à chaque convive.

— Merci Nona, dit Wynton en repoussant la chaise d'Amber avant d'accepter la carte qu'elle lui tendait.

— De rien, Wyn. Je t'en prie.

Elle les quitta rapidement pour aller accueillir d'autres clients à la porte d'entrée.

Amber examina le restaurant. Pour autant qu'elle puisse en juger, ils étaient assis dans la grande salle. Une seconde pièce était visible à l'autre extrémité de la salle principale. Les tables y étaient couvertes de nappes à carreaux rouges et blancs et l'atmosphère y semblait plus décontractée.

Wynton remarqua son regard fixe et s'esclaffa.

— Les familles avec de jeunes enfants sont isolées dans cette pièce. Arturo ne tolérerait pas que des bambins sabotent l'expérience gustative de ses clients. Barbara et moi avons été soulagés lorsque Sam a enfin eu l'autorisation de manger dans la salle principale.

Amber sourit.

— Bien pensé. Avoir un enfant qui pleure ou qui s'agite à côté de vous peut vraiment vous gâcher un repas.

— C'est vrai, mais ça ne m'a jamais dérangé d'être entouré d'enfants.

Elle se demanda pourquoi Wynton n'avait pas eu plus d'enfants. Manifestement, il adorait Samantha.

La serveuse fit son apparition.

— Bonsoir, Wynton. Nous sommes heureux de te revoir.

— Amber, voici Annette, la petite-fille de Nona. Annette, Amber Anderson.

Amber sourit à la jeune beauté aux cheveux sombres.

— C'est tellement sympathique que ce restaurant soit une affaire familiale.

Annette émit un petit rire.

— Sympathique ? En général, oui. Mais le tempérament italien peut s'échauffer de temps en temps.

— Arturo a-t-il prévu quelque chose de spécial pour ce soir ou dois-je m'en tenir à mon plat habituel ? demanda Wynton.

— Tu devrais essayer les fettucine à la sauce citronnée au homard. C'est délicieux grâce aux nombreux petits morceaux de homard pêché dans les eaux du Maine.

— Ça paraît fantastique. Et vous, Amber ? Avez-vous besoin de temps pour faire votre choix ?

— Oui, je suis désolée. J'étais tellement occupée à admirer le décor que je n'ai pas encore regardé le menu.

Wynton sourit à Annette.

— Je crois que vous avez trouvé une nouvelle cliente fidèle. Elle aime l'endroit et nous n'avons encore rien mangé.

Annette sourit et se tourna vers Amber.

— Que diriez-vous d'un de mes plats préférés : des linguine agrémentés de légumes frais grillés dans une sauce légère au beurre et à l'ail ?

— C'est parfait, dit Amber, soulagée de ne pas avoir à parcourir toute la carte et faire attendre Wynton.

Suite au départ d'Annette, le sommelier s'approcha de leur table.

— Vous me faites confiance pour le vin ? demanda Wynton.

Amber hocha la tête.

— Bien entendu.

Après s'être entretenu avec le sommelier, Wynton se retourna vers Amber avec le sourire.

— J'ai commandé un blanc léger qui devrait vous plaire. Je l'espère, du moins.

— Je ne suis pas une connaisseuse, mais j'ai hâte de le goûter.

Wynton se pencha vers elle.

— Comment se présente le magasin de vêtements que vous avez mentionné ?

— Bien. J'aide Brooke à le mettre en route. Je crois qu'elle va réussir et, dans l'entretemps, je m'amuse bien.

Wynton rit de bon cœur.

— J'en suis heureux. Comme je l'ai dit, j'espère apprendre à vous connaître. Je ne suis pas sorti avec une femme depuis longtemps. Je n'en avais pas envie. Mais après vous avoir rencontrée, j'ai décidé de me laisser tenter.

— Oui, moi aussi. Bien que je doive vous avertir que je suis très prudente sur ce sujet.

— C'est très bien. Moi aussi.

Le sommelier revint avec une bouteille de vin. Il la montra à Wynton, l'ouvrit, tendit le bouchon à Wynton et attendit.

Suivant un rituel précis, Wynton accepta qu'il verse une petite quantité de vin dans son verre et le goûta avant d'acquiescer d'un signe de tête.

— Très bien. Merci.

Le sommelier versa ensuite du vin dans le verre d'Amber et compléta celui de Wynton.

— *Buon Appetito !*

Wynton leva son verre.

— À l'amitié.

— Oui ! répondit rapidement Amber en levant son verre pour trinquer avec lui.

Au cours du dîner, ils discutèrent tranquillement de la

météo, de *Coup de jeune*, de Samantha et d'autres sujets anodins.

Quand ils se déclarèrent enfin repus tous les deux, Wynton s'adossa à sa chaise et la dévisagea.

— J'ai apprécié ce temps passé ensemble. Aurais-je l'air d'un coureur de jupons si je vous demandais de m'accompagner chez moi pour prendre un café ? Je ne suis pas prêt à mettre fin à notre soirée.

Amber éclata de rire.

— Pas du tout. Je ne pense pas que vous soyez comme ça.

Il l'observa.

— Je vous promets de ne pas me conduire comme un crétin.

Alors que Wynton se garait devant sa maison, Amber l'examina et la trouva aussi plaisante que la dernière fois. C'était une jolie maison, pas du tout ostentatoire.

Ils se hâtèrent de quitter la voiture et de gagner la porte d'entrée pour échapper au froid nocturne.

— Je vais allumer la cheminée du salon. Nous pourrons nous y asseoir, dit Wynton en la débarrassant de son manteau.

— Bonne idée. Avez-vous besoin d'aide à la cuisine ?

— Non, mais vous pouvez me tenir compagnie. Depuis que je vis seul, j'ai appris à me débrouiller. En fait, j'aime bien cuisiner.

— Vous vous entendriez bien avec Jackson, le fiancé de Cate. C'est un cuisinier de talent.

— J'aimerais bien le rencontrer un jour.

— Peut-être bientôt, répondit Amber, déjà convaincue que Cate et Jackson l'apprécieraient.

Wynton prépara leurs cafés et ils emportèrent tous les deux leur tasse dans le salon.

— Installons-nous en face du feu.

Il désigna la causeuse. Amber s'assit à une extrémité pour laisser assez de place à Wynton, qui mesurait plus d'un mètre quatre-vingts et était large d'épaules.

Ils fixèrent le feu pendant un moment avant que Wynton ne prenne la parole.

— Je dois poser la question. Quelle était votre relation avec Jesse ? S'il n'avait pas retrouvé sa femme à Paris, auriez-vous continué à le voir ?

Amber posa sa tasse sur la table basse à côté d'elle. Wynton lui avait dit qu'il admirait son honnêteté. Elle lui devait la vérité.

— Oui... Je... j'étais enceinte de lui quand il est mort.

Les larmes montèrent aux yeux d'Amber.

— Nous ne sommes sortis ensemble que pendant quelques mois. Je ne m'attendais pas à ça. En réalité, je n'ai pas été intime avec beaucoup d'hommes avant lui.

Amber couvrit sa bouche de sa main et ferma les yeux, se demandant où commencer et comment finir. Elle fut submergée par une vague de gêne.

Les doigts chauds de Wynton s'enroulèrent autour de sa main glacée.

— Continue. Tu peux tout me dire.

Amber ouvrit les yeux et laissa couler ses larmes.

— J'ai perdu le bébé peu de temps après avoir découvert que j'étais enceinte, quand la nouvelle de l'accident est parue aux informations. J'en ai eu le cœur brisé.

Wynton l'attira dans ses bras.

— C'est toujours un moment horrible. Barbara et moi avons perdu trois bébés.

Il la laissa pleurer en lui frottant le dos.

L'humiliation qu'elle aurait pu ressentir avec quelqu'un d'autre n'apparut pas. Le calme l'envahit. Elle avait révélé le secret qu'elle s'était promis de garder et, au lieu d'avoir honte, elle en était soulagée.

En continuant à la réconforter, Wynton demanda gentiment :

— Et ces autres hommes ?

Amber se redressa et le regarda dans les yeux. Après des années de thérapie, elle avait compris que ce n'était pas de sa faute si les petits amis de sa mère avaient essayé de lui faire faire des choses qu'elle ne voulait pas faire.

— Ma mère a eu de nombreux petits amis pendant mon enfance.

— T'ont-ils fait du mal ? demanda Wynton, le front plissé par l'inquiétude.

— Un d'entre eux, répondit Amber en pinçant les lèvres à ce souvenir. C'est pour ça que je n'ai pas fait beaucoup de rencontres. Je ne le souhaitais pas jusqu'à récemment, depuis que j'ai appris à me faire confiance.

— Oh, ma douce Amber. Tu as déjà tellement souffert.

Il poussa sa tête contre sa large poitrine et lui tapota le dos.

— Je veux que tu saches que tu peux me faire confiance.

Elle s'appuya contre lui et laissa les sanglots monter de ses entrailles, soulagée d'avoir partagé la vérité.

Au bout d'un moment, Wynton demanda :

— Ça va mieux ?

Amber prit le mouchoir qu'il lui tendait et s'essuya les yeux, puis se moucha. Le bruit de sirène produit aurait dû l'embarrasser, mais non. Elle examina le visage inquiet de Wynton et poussa un long soupir.

— Je n'ai parlé à personne de ce qui s'est passé, en dehors de Cate et Brooke, et de mon ancien thérapeute. Mais je savais qu'il fallait que je te le dise. C'est la condition *sine qua none* pour que nous devenions de vrais amis.

— Oui, dit Wynton. Les meilleurs amis.

Amber le dévisagea.

— Ça te suffirait ? demanda-t-elle en priant pour que ce soit le cas.

Il repoussa une mèche de cheveux de son visage et lui adressa un sourire tendre.

— Pour l'instant, c'est ce que nous serons. Avec le temps, j'espère que tu changeras d'avis. J'aimerais être plus que ça.

En réalisant que Wynton était sincère, Amber poussa un petit soupir de satisfaction. Quel homme merveilleux.

CHAPITRE QUARANTE-ET-UN
Cate

Assise dans l'avion à côté de Jackson le jour de la Saint-Valentin, en chemin pour la Caroline du Nord, Cate tentait de ne pas s'inquiéter pour le week-end à venir. Elle détestait les conflits, mais elle savait qu'elle devrait camper sur ses positions pour que son mariage soit tel qu'elle le désirait. La mère de Jackson était gentille, mais elle avait l'habitude d'être aux commandes. Avec six enfants, elle avait dû être capable de les faire filer droit.

— Excitée ? demanda Jackson en lui serrant la main.

— Et inquiète, répondit-elle honnêtement. Tu sais que ta mère ne va pas apprécier qu'on se marie en Floride.

— C'est notre mariage, pas le sien, répliqua Jackson. Ne t'en fais pas. Elle est tellement heureuse que je t'épouse enfin qu'elle sera peut-être plus accommodante que tu ne le crois.

Cate se détendit, soulagée.

Plus tard, au contact de l'air plus chaud de la Caroline du Nord à l'aéroport international de Raleigh-Durham, Cate écarta ses pensées angoissées. Jackson aimait sa famille et ils le lui rendaient bien. C'était son tour de partager son bonheur avec eux.

Un SUV blanc se gara le long du trottoir et la mère de Jackson, Laurie, en descendit pour les accueillir. En serrant Jackson contre elle, elle babilla :

— Je suis contente de te voir. Nous avons prévu des tas de

distractions.

Elle se tourna vers Cate et la prit dans ses bras.

— Bienvenue, Cate. Je suis tout excitée de t'avoir ici. Imagine un peu ! Une autre fille.

Cate sourit.

— Je suis contente aussi, Laurie.

Mais Laurie avait déjà contourné le véhicule pour aider son mari à charger les valises dans le coffre. Le père de Jackson, Tom, les rejoignit.

— Content de vous voir tous les deux. Laurie prépare votre visite depuis des semaines.

Il échangea une accolade virile avec Jackson et étreignit brièvement Cate.

— C'est sympa d'ajouter un nouveau membre à la famille.

— Allons-y, dit Laurie en grimpant à l'arrière. Jackson, tu peux monter à l'avant avec ton père. Cate et moi allons discuter.

Elle tapota le siège à côté d'elle et fit signe à Cate de la rejoindre.

Consciente de ne pas avoir le choix, Cate s'assit à côté d'elle tandis que Jackson s'installait dans le siège passager à l'avant.

Laurie pressa la main de Cate.

— Ma chérie, j'ai pensé que nous pourrions prendre quelques heures demain pour faire le tour de certains endroits qui pourraient vous plaire pour votre mariage. Jackson m'a dit que tu voulais une petite cérémonie intime. Je crois que tu aimeras ce que j'ai trouvé.

— Oh, mais... commença Cate.

— Laurie, mon cœur, doucement. Les enfants viennent juste d'arriver. Laisse-leur le temps de reprendre leur souffle.

Laurie fit voleter ses mains devant elle.

— Oh, d'accord. Je vais les laisser tranquilles. Mais c'est tellement excitant de les avoir avec nous.

Elle se tourna vers Cate.

— Nous devons discuter de nombreuses choses, mais je vais vous donner le temps de vous installer avant.

— Maman, j'espère que tu as prévu de nous laisser nous détendre en famille. Cate et moi ne restons pas longtemps.

— Bien sûr. La fête de fiançailles aura lieu demain soir. Ensuite, nous passerons le dimanche à nous reposer et à faire des plans. Votre vol de retour n'est que lundi en fin d'après-midi.

Cate lutta contre l'envie de sauter de la voiture. Comme la plupart des écrivains, elle était timide et se contentait de sa propre compagnie. La famille de Jackson pouvait être envahissante. Épuisante, même.

— Tes sœurs seront là, de même que Jake et Justin, annonça Laurie avec une note de triomphe dans la voix. Jon est occupé par un projet spécial pour le gouvernement et ne pourra pas venir. Mais il a promis d'être là pour le mariage.

— Bien. A-t-il enfin trouvé une copine ? répondit Jackson.

— Pas encore. Mais maintenant que Cate et toi allez vous marier, il sait qu'il est le prochain sur la liste, dit Laurie en pouffant. Je veux que tous mes bébés soient casés et heureux.

Cate regardait le paysage par la fenêtre et se redressa quand ils passèrent les portes du lotissement privé doté d'un golf que Laurie et Tom aimaient tellement.

— J'espère que tu as prévu du temps pour quelques trous, déclara Tom à sa femme. Il faut que j'aide Jackson à améliorer son jeu.

— Hola ! M'aider ? Je t'ai battu la dernière fois. Tu t'en souviens ? s'exclama Jackson en rigolant.

Également hilare, Tom s'arrêta devant une des plus grandes maisons du lotissement. Entrepreneur prospère, propriétaire de plusieurs stations-service et franchises de restauration rapide dans le New Jersey, il avait pu les vendre à un bon prix et prendre une retraite anticipée.

Cate sortit du véhicule et suivit Jackson à l'intérieur. Elle aimait l'agencement de la maison, les sols carrelés, la piscine et l'immense véranda. Néanmoins, la taille de la maison et la manière dont Laurie, Tom et les autres l'emplissaient de leurs bavardages et déplacements incessants étaient parfois intimidantes.

Dès qu'ils furent installés dans leur chambre, Jackson dit :

— Allez ! On va voir les filles.

Cate savait désormais que « les filles » désignait ses deux sœurs aînées, Janis et Jenn. Elle les avait aperçues avec leurs familles près de la piscine quand elle avait pénétré dans la maison.

Voir Jackson interagir avec sa fratrie était intéressant. Âgées toutes les deux de plus de cinquante ans, Janis et Jenn l'adoraient, ainsi que leurs plus jeunes frères. En plus des accolades et des baisers, ils échangeaient généralement des plaisanteries dans la bonne humeur. Cette fois ne faisait pas exception.

— Eh bien, dit Janis, une grande femme mince aux boucles brunes, Cate t'a finalement passé la corde au cou.

Jackson leva les deux mains.

— Hola ! C'est moi qui ai dû la convaincre de m'épouser.

— Ça paraît normal, renchérit Jenn en se levant de sa chaise longue pour l'embrasser.

Elle se tourna vers Cate.

— Bien joué, ma sœur ! Nous devons tenir ces gars en haleine.

Son mari, Nick, un grand homme large d'épaules, s'approcha d'elle et passa son bras autour d'elle.

— Si tu le dis.

Tout le monde éclata de rire. Nick était un ancien joueur de football et ne laissait personne lui marcher sur les pieds.

Le mari de Janis, Dan, sortit de la piscine, s'enroula dans une serviette de bain et les rejoignit.

— Salut Cate.

Il frappa jovialement l'épaule de Jackson.

— Alors ? C'est pour quand le grand jour ?

— Le dix-sept juin, répondit Jackson en souriant. Préparez vos valises, le mariage aura lieu en Floride.

Il se tourna vers Cate.

— N'est-ce pas, bébé ?

— Tout à fait, déclara Cate avec autant de force qu'elle le put quand elle aperçut les regards horrifiés de Janis, Jenn et leur mère.

— Oh, mais vous ne pouvez pas faire ça. En Floride ? En juin ?

— Je suis désolée, Jack, mais tu vas devoir modifier tes plans, affirma Janis. Le bébé de Bitsy est attendu pour la mi-juin. Je ne peux pas rater la naissance de mon premier petit-enfant.

— Et c'est l'anniversaire des trois ans de Chase. Dan et moi emmenons toute la famille à Disney World.

— Tom et moi partons en croisière avec nos meilleurs amis. On va traverser le canal de Panama, ajouta Laurie.

Jackson jeta un regard affolé à Cate.

— Mais nous avons déjà réservé le Seashell Cottage et des chambres à l'auberge Salty Key.

— C'était le seul week-end où le cottage était libre, dit Cate en cillant rapidement pour retenir ses larmes. Mes amies ont déjà pris leurs dispositions.

— Allons, allons, ne nous emballons pas, dit Tom. Laurie, tu peux appeler nos amis et leur dire que nous irons la semaine suivante. Le délai est suffisant pour que ça ne pose pas de problème. Janis et Jenn, vous devrez vous arranger. C'est injuste de demander à Cate et Jackson de changer de date. Si le bébé de Bitsy est un tant soit peu comme les autres enfants de la famille, il sera en avance.

Cate prit une grande inspiration. Tom n'élevait pas la voix, mais il était clair qu'il ne tolérerait aucune discussion. Son admiration pour lui grandit.

— Merci papa, dit Jackson du fond du cœur. Ça n'a pas été facile d'avoir le cottage et il a une signification particulière pour Cate et moi.

— Bon, eh bien je suppose que c'est décidé, dit Laurie, manifestement déçue.

Elle soupira.

— J'aurais préféré que vous m'avertissiez plus tôt. J'avais déjà prévu tant de choses ici.

— Maman, nous t'avions dit que nous souhaitions que ce soit simple et intime, lui rappela gentiment Jackson.

— Nous pourrons sans doute nous arranger avec les dates de notre voyage à Disney World, affirma Jenn. Ne vous inquiétez pas. Nous serons là.

— L'auberge Salty Key n'est pas très loin d'Orlando, dit Jackson. Je vous ai imprimé des fiches d'informations pour que vous ayez tous les détails dont vous avez besoin. Mais c'est un endroit populaire, assurez-vous de confirmer rapidement la réservation de vos chambres. Papa et maman, nous avons pensé que vous apprécieriez la suite *Lune de miel.*

Son sourire était taquin.

— Eh bien, c'est gentil de votre part, dit Tom. Qu'en dis-tu, mon cœur ?

Il agita les sourcils. Cate rit avec les autres quand les joues de Laurie virèrent au rouge vif.

— Je suppose qu'elle est d'accord, dit Tom en caressant affectueusement le derrière de Laurie.

En les observant, Cate espéra que l'amour que Jackson et elle partageaient garderait le même esprit ludique.

Le lendemain soir, Cate et Jackson attendaient dans leur chambre avant la fête de fiançailles, se demandant s'ils avaient fait le bon choix.

— Est-ce que ta mère s'est faite à l'idée ? s'interrogea Cate.

Bien que Laurie ait accepté de bonne grâce le choix du lieu qu'ils avaient fait pour le mariage, sa déception était évidente.

Jackson attira Cate dans ses bras.

— Mon amour, ce mariage est pour nous. Il est important qu'il soit tel que nous le désirons. J'adore ma mère, mais si nous la laissons l'organiser, il deviendra quelque chose que nous ne voulons ni l'un ni l'autre. Crois-moi, la fête de ce soir va être un moyen de te le prouver.

— Bien. Je n'ai pas l'habitude d'avoir à faire plaisir à une famille et je ne veux froisser personne.

Il lui souleva le menton et l'embrassa.

— Ils t'aiment. Ne te fais pas de souci.

— D'accord.

Elle recula et pirouetta devant lui.

— Tu aimes cette nouvelle robe ?

— Je t'aime dedans, dit-il. Elle fait ressortir le vert de tes yeux.

Amber l'avait aidée à choisir la robe sans manche d'un vert profond et elle lui allait comme un gant. En s'apercevant dans le miroir, elle fut contente d'avoir suivi Brooke à son cours de gym pour s'entraîner trois fois par semaine. Elle voyait le résultat.

Un coup frappé à la porte interrompit Jackson. Il s'éloigna d'elle.

— Oui ?

— Jackson, c'est maman, déclara Laurie de l'autre côté de la porte.

— C'est bon, tu peux entrer.

Il se dirigea vers la porte et l'ouvrit.

— Waouh ! Tu es très en beauté, maman !

Elle sourit.

— Merci mon fils. À présent, va faire un tour. Je veux parler à Cate seule à seule avant l'arrivée de nos invités.

Jackson jeta un regard à Cate, haussa les épaules et quitta la chambre.

Cate serra les mains et sourit à Laurie.

— Je peux faire quelque chose pour aider ?

— Non ma chérie, tout est prêt. Je voulais juste te donner ça.

Elle tendit une boîte turquoise ornée d'un ruban blanc à Cate. *Tiffany & Co* était imprimé en noir sur le couvercle.

Le pouls de Cate s'accéléra. Elle connaissait *Tiffany*, bien sûr, mais elle n'y était jamais entrée.

— Vas-y, ouvre-la, dit Laurie en souriant.

Les doigts tremblants, Cate tira sur le ruban et souleva le couvercle de la boîte. Un collier en perles scintillait à l'intérieur, niché dans du velours noir.

— C'est magnifique, s'extasia Cate. Je n'ai jamais vu de perles aussi fines et brillantes.

— Ce sont des perles Mikimoto. Janis et Jenn ont eu chacune un collier identique pour leurs fiançailles. Quelque chose de spécial à porter le jour du mariage. J'espère que tu les aimes aussi.

Les larmes qui piquaient les yeux de Cate s'échappèrent et coulèrent sur ses joues.

— Oh, Laurie. Je n'imagine pas de cadeau plus délicat. Merci. Elles sont plus que magnifiques. Je les chérirai.

Laurie l'enlaça.

— Et nous chérirons le couple que Jackson et toi formez. C'est un gars génial et tu lui as fait très plaisir. Tu n'as pas idée de ce que ça signifie pour moi.

— Je jure de le rendre heureux.

Elle s'arrêta avant de poursuivre précipitamment.

— À moins que je ne puisse pas lui donner les enfants qu'il désire. Même si nous ne sommes pas encore mariés, nous tentons de faire un bébé.

— C'est fantastique. Il a toujours désiré une famille.

— Mais, si je...

Laurie serra sa main.

— N'y songe même pas. Si ça doit se faire, ça se fera.

Cate ne put s'empêcher d'ajouter :

— Je l'espère.

Laurie l'enveloppa dans ses bras.

— Laisse-moi te mettre ce collier et allons faire la fête.

Le Golf Springs Country Club était une version élégante de plusieurs autres clubs de la région, un peu plus chic. Cate y était déjà entrée une fois. La décoration était composée de jolis tapis d'Orient, de tableaux originaux et d'une multitude de touches décoratives que Cate reconnut comme étant spéciales. Divers arrangements de fleurs fraîches déposés dans toutes les pièces ajoutaient une touche supplémentaire.

Tom et Laurie avaient réservé une salle à manger privée pour cinquante personnes. Un bar était installé à une extrémité de la pièce. Des serveuses faisaient circuler des plateaux de petits fours parmi la foule rassemblée au bar et les petits groupes éparpillés dans la salle.

Souriante, Cate suivit consciencieusement Laurie et fut présentée à tant de personnes qu'elle était sûre qu'elle serait incapable de se souvenir du moindre nom. L'écrivain en elle catalogua toutefois les robes, les bribes de conversation et d'autres détails, qu'elle rangea dans une partie de son cerveau afin de s'en servir ultérieurement. Toutes ces choses ajouteraient de la substance à ses descriptions dans un prochain livre.

Pendant une pause, Cate se rendit aux toilettes pour dames, en quête d'un peu de calme. La fête était parfaite jusqu'au moindre détail, les invités agréables, la famille amusante. Mais Cate était contente d'avoir décidé avec Jackson que leur mariage serait plus simple. Après avoir vécu ensemble pendant des années, ils voulaient profiter du moment où ils échangeraient finalement leurs vœux devant leurs proches.

Cate ressentit une petite douleur abdominale et vérifia si elle était due au début de ses règles. Jusque-là, tout allait bien. Mais elle ne serait sûre de rien avant encore au moins une semaine. Une pensée inquiétante. Bien qu'ils ne l'aient pas avoué aux autres, la joie qui présidait à ces fiançailles était l'idée de fonder une famille.

CHAPITRE QUARANTE-DEUX
Brooke

Puisqu'elle qu'elle avait signé un bail pour le magasin, Brooke se plongea dans le projet en établissant un planning de travail. Avant de partir en Caroline du Nord, Jackson et Cate, aidés d'Amber et elle, avaient repeint l'intérieur de la boutique. Brooke avait commandé une nouvelle moquette, et Amber et elle avaient choisi un tissu pour confectionner les rideaux des cabines d'essayage, un imprimé vert et pêche qui était à la fois sophistiqué et amusant. Avec l'aide d'Amber et Cate, elle avait commandé des plantes en pot, des estampes de peintures de femmes, un canapé d'un vert sombre, d'autres meubles et des objets décoratifs qui s'intégraient dans le thème vert et pêche. Préparer le magasin n'était qu'une partie du travail. Trier les vêtements, faire de la publicité et trouver la meilleure façon de s'occuper des aspects commerciaux en étaient une autre.

Un soir où elle rentrait tard, elle trouva sa mère qui l'attendait à la porte.

— Où étais-tu ? Les filles et moi nous demandions quand tu reviendrais pour commencer le dîner.

Brooke serra les dents. Sa mère déménagerait dans sa nouvelle maison dans deux jours et elle ne voulait pas rompre le cessez-le-feu qu'elles avaient établi.

Elle inspira pour se calmer.

— J'ai laissé une note pour les filles et je t'ai dit que je rentrerais tard. Il va falloir beaucoup de travail pour que le magasin soit fin prêt. Tant que tout ne sera pas en ordre de marche, je ne peux pas promettre d'être là quand tu m'attends.

— Comment vas-tu faire quand je ne serai plus là pour garder les filles ? demanda sa mère en la défiant du regard.

— Je m'arrangerai autrement. Ne t'inquiète pas. Je m'assurerai qu'elles soient surveillées. Les sports d'extérieur vont bientôt reprendre et elles sortiront de l'école plus tard.

— J'étais toujours là à ta sortie de l'école, dit sa mère en secouant la tête.

Brooke ne pouvait pas laisser passer ça.

— Non, tu n'étais pas là. Tu avais des déjeuners et des parties de bridge et toutes sortes d'activités. C'était Maybelle qui me faisait goûter et à qui je racontais ma journée.

— Humpf. C'est sans doute pour ça que tu as tellement grossi. Elle te gâtait trop.

Brooke prit une grande inspiration.

— Je ne vais pas te parler de ça. C'était blessant à l'époque et ça l'est toujours.

— Oh, ma chérie. Je ne voulais pas que tu le prennes mal. C'est juste que je m'inquiétais pour toi.

Brooke la dévisagea.

— Tu n'étais pas inquiète pour moi. Tu étais inquiète parce que ta fille ne ressemblait pas à ce que tu souhaitais. Tu me rabaissais constamment, tu me donnais l'impression d'être moche et indigne de toi. Il est temps d'arrêter les conneries. Je suis adulte à présent, mère. Alors tu n'as plus à t'inquiéter pour moi.

L'expression de surprise affichée par sa mère était révélatrice.

— Ne sois pas comme ça, Brooke. Tu comptes pour moi. Beaucoup.

— Je suis sûre que tu en es persuadée. Mais tu as une drôle de manière de le montrer. Je suis fatiguée d'avoir à supporter ton dénigrement permanent. Maintenant, pousse-toi. Je vais voir les filles. Le dîner sera sans doute un peu en retard, ce soir.

Brooke passa devant sa mère et grimpa les escaliers en se sentant mieux. Elle affronterait sa mère de nouveau si c'était nécessaire. Ce déménagement, cette année, représentaient un nouveau départ. Elle s'interrogea sur le temps qu'il lui faudrait pour convaincre sa famille qu'elle avait une vie bien à elle.

Les gloussements des filles l'attirèrent vers la chambre de Brynn.

Elles étaient couchées en travers du lit et regardaient un magazine ensemble.

— Salut ! Qu'est-ce que c'est ? demanda-t-elle.

— Un garçon mignon qui s'appelle Xavier, expliqua Bradley. C'est un chanteur vraiment canon.

Brooke cilla de surprise. Les filles avaient dix ans, pas vingt, et elles grandissaient trop vite.

— Où avez-vous entendu parler de lui ?

— En ligne. Maria nous a prêté ce magazine, dit Brynn. Nous avons promis de lui rendre demain à l'école.

— Je peux y jeter un œil ?

Bradley lui tendit la revue.

— Elle l'a eu par sa sœur.

Brooke parcourut les pages et y trouva toutes sortes de conseils beauté, quelques articles sur les rencontres amoureuses, des publicités pour vêtements... Rien qui sorte de l'ordinaire.

Elle le leur rendit.

— D'accord. Vous avez raison. Xavier est assez mignon.

— Maman ! Tu n'es pas censée dire ce genre de choses, s'exclama Brynn. Tu es bien trop vieille.

— Ouais, tu pourrais être sa mère, ajouta Bradley.

— Dieu merci, ce n'est pas le cas, dit Brooke. P.J. et vous

deux êtes bien suffisants pour cette famille.

— Et pour le chien ? s'enquit Bradley. On est bientôt au printemps.

— Attendons encore un peu. Il fera un peu plus chaud dans un mois ou deux. Pour l'instant, je suis occupée à mettre mon affaire en marche. Ça passe en priorité.

— Ce n'est pas juste, dit Brynn.

— Il est temps que vous compreniez que je dois organiser ma vie ici pour me faire plaisir et aider les autres. Ça va demander notre coopération à tous.

— D'accord. Mais est-ce qu'on peut avoir un chien ? insista Bradley.

— Pas maintenant. Peut-être plus tard. En attendant, vous pouvez commencer à chercher des chiots ou des chiens abandonnés sur le net.

— Vraiment ?

Brynn sauta du lit et lui fit un câlin.

— Je veux un grand chien, affirma Bradley. Peut-être un Saint-bernard.

— Trop gros, déclara Brooke. Pense plus petit.

— Un teckel ! s'écria Brynn.

— On verra. D'accord ?

Brooke quitta leur chambre et descendit dans la sienne pour enfiler une tenue plus confortable.

Ensuite, après avoir mis un jean et un sweatshirt, elle se rendit à la cuisine.

Sa mère la regarda depuis la table de la cuisine.

— C'est ce que tu portes ? Paul va bientôt rentrer. Tu devrais faire un effort pour lui.

— Je ne peux pas croire que tu dises quelque chose comme ça. Ça sort tout droit des années cinquante, pour l'amour du ciel. Nous sommes au vingt-et-unième siècle. Tu t'en souviens ?

— J'essaie simplement d'aider. Ton père s'attendait à ce que je lui fasse honneur.

Plus que deux jours ! Brooke avait hâte d'avoir enfin sa maison pour elle toute seule. Sa mère avait fait un aller-retour en Californie pour superviser le débarras de sa maison et ses trois jours d'absence avaient été merveilleux.

— As-tu eu des nouvelles de l'entreprise de déménagement ? demanda Brooke en sortant des blancs de poulet du frigo.

Elle se contenterait d'un simple poulet farci aux champignons avec la sauce crémeuse au fromage que les filles aimaient.

— Ils sont en chemin. Je ne sais pas ce que j'aurais fait si Rosita n'avait pas été là pour superviser le chargement du camion. Et elle a nettoyé toute la maison avant qu'elle ne soit mise en vente.

— J'espère que tu l'as bien payée.

— Oh, bien entendu. Son fils est à l'université et elle a besoin d'argent.

Après avoir fini de préparer le poulet, Brooke mit la table. Les filles s'en chargeaient habituellement, mais ce soir elle ne voulait pas provoquer de dispute à propos des tours. Demain, elle afficherait une liste des corvées pour chaque jour.

Des idées pour parachever la décoration de la boutique tourbillonnaient dans son esprit. Elle estimait pouvoir ouvrir le magasin dans deux semaines. Amber avait déjà apporté un grand nombre de vêtements et avait prévu d'aller en chercher d'autres. Brooke avait reçu des appels de mères d'élèves de l'école des filles qui désiraient mettre des articles en dépôt-vente. C'était une autre procédure à organiser. Elle avait aussi besoin d'un système de comptabilité et de vente simple. Brooke avait rendez-vous le lendemain avec un comptable et un commercial pour en savoir plus sur la location d'une caisse enregistreuse liée à un programme d'inventaire.

Le bruit de l'ouverture de la porte du garage capta son attention. Elle sentit ses lèvres s'incurver. Paul était de retour. Quand il était là, Diana se comportait d'une manière tendre et attentionnée qui apaisait l'irritation de Brooke.

Les filles descendirent les escaliers en trombe pour l'accueillir alors qu'il pénétrait dans la cuisine.

— Papa ! Papa ! Nous cherchons un chien ! s'écria Brynn.

— Je veux un teckel comme le Buddy de tata Cate, déclara Bradley.

Paul interrogea Brooke du regard.

— Tu es d'accord avec ça ?

— Oui, mais pour plus tard. Je dois ouvrir mon magasin et le mettre sur les rails. Nous allons devoir nous asseoir tous ensemble et discuter en famille, parce qu'il va y avoir des changements dans notre quotidien. Je ne vais plus être aussi disponible pour vous que par le passé.

Il haussa les sourcils.

— Très bien. Nous en discuterons.

La mère de Brooke entra dans la pièce.

— Comment s'est passée votre journée, Paul ? demanda-t-elle en jetant un regard entendu à sa fille.

— Bien, bien. Chargée, comme d'habitude, répondit-il poliment. Je vais aller passer quelque chose de plus confortable.

— Le dîner sera prêt dans une bonne demi-heure, dit Brooke. Nous avons le temps de prendre l'apéritif dans le séjour. J'ai fait du feu.

— Bonne idée.

Paul disparut dans la suite parentale.

Brooke résista à l'envie de le suivre et se tourna vers sa mère.

— Vas-y. Assieds-toi dans le salon et je t'apporterai un

verre de vin. Après-demain soir, tu seras seule.

— Oui. J'aurai enfin mon propre espace, dit Diana. Mais j'apprécie que tu me serves.

Ben voyons, se dit Brooke avec méchanceté, avant de se réprimander.

Elle versa un verre de whisky pour Paul et deux verres de vin rouge. Elle aimait bien ce petit instant de détente tous les soirs avant le dîner. C'était le bon moment pour échanger sur les activités des uns et des autres pendant la journée. Cette communication avait aidé leur mariage à de nombreuses reprises. C'était pour ça qu'elle avait été tellement bouleversée quand Paul avait cessé de lui parler de ce qu'il traversait.

Elle emporta le vin et le whisky dans la salle de séjour, sur un plateau qu'elle posa sur la table basse placée devant le canapé qui faisait face à la cheminée.

— As-tu parlé de tous tes plans à Paul ? A-t-il conscience des modifications que son emploi du temps va subir ? lui demanda sa mère.

— C'est quelque chose dont j'ai l'intention de discuter avec toute la famille, en temps voulu. Pour l'instant, la priorité de la semaine est ton déménagement, avant de nous installer dans une routine plus normale.

— Assure-toi qu'il se sente gâté, poursuivit Diana. Les hommes aiment être traités comme les maîtres du château, si je puis dire.

— Mère, arrête.

Brooke se retourna quand Paul entra dans la pièce.

Il l'interrogea du regard. Elle secoua la tête. Il saisit son message silencieux et dit :

— Ils disent qu'une autre tempête approche. J'espère que ça ne retardera pas votre déménagement, Diana.

Elle lui adressa un sourire de coquette.

— On dirait que vous avez hâte de vous débarrasser de moi.

À son crédit, Paul joua le jeu.

— Vous savez que ce n'est pas vrai. Nous sommes contents de vous avoir avec nous.

— J'étais justement en train de dire à Brooke qu'il était important que vous soyez heureux de rentrer à la maison et d'être traité comme un roi.

Paul jeta un regard à Brooke avant de faire face à Diana.

— Je suis toujours heureux de revenir auprès de ma magnifique épouse.

Sa voix était douce, mais son engagement était ferme. Brooke aurait voulu l'embrasser pour ses mots.

— Eh bien, j'espère que vous aurez plaisir à me rendre visite quand je serai installée. Je dois encore me faire des amis ici.

— Je me demandais si tu voudrais venir travailler à *Coup de jeune*. Ce serait un bon moyen pour toi de rencontrer des gens et de faire partie de la communauté.

— Moi ? Une commerçante ? Tu sais ce que j'en pense...

— Mère, tu serais employée à temps partiel, l'interrompit Brooke. Envisage-le comme du bénévolat même si, bien entendu, tu serais payée. Et ce n'est pas une friperie normale, bien que son but soit de permettre à d'autres d'accéder à des vêtements de marque. Nous projetons d'utiliser des fins de série pour aider les jeunes actives et les femmes qui veulent entrer sur le marché du travail.

— J'y réfléchirai.

— Je t'en prie. Amber, Cate et moi pensons que tu serais parfaite parce que tu as du style et que tu sais comment bien t'habiller. Nous sommes certaines que tu pourrais aider.

— Oh. Eh bien, laisse-moi m'installer et j'y songerai. Certaines personnes n'ont absolument aucun goût vestimentaire.

— Exactement, dit Brooke en masquant son amusement.

L'alarme du four retentit dans la cuisine. Brooke se leva.

— Je vais m'occuper du dîner. Restez ici tous les deux.

Alors qu'elle quittait la pièce, Brooke entendit sa mère.

— Brooke a raison. Je serais utile pour aider les gens avec leur garde-robe. Dieu sait que je ne manque pas de pratique.

— C'est certain, répondit Paul avec une pointe d'humour qui fit sourire Brooke.

CHAPITRE QUARANTE-TROIS
Cate

Maintenant qu'elle était de retour chez elle à New York, Cate avait le temps de réfléchir à son séjour en Caroline du Nord. Elle était contente que Jackson et elle aient fait le déplacement. La fête de fiançailles avait été une réussite et, plus encore, avait permis aux parents de Jackson de célébrer le moment avec lui et donné à Laurie une chance d'organiser quelque chose de spécial. Elle avait également servi à confirmer à Cate et Jackson qu'ils ne souhaitaient pas un grand mariage. Néanmoins, ils étaient heureux que la famille et leurs amis aient promis d'assister au mariage en Floride.

Laurie et Tom avaient réservé la suite *Lune de miel* à l'auberge Salty Key. Les deux sœurs de Jackson et un de ses frères, Jerome, y avaient aussi confirmé leurs chambres. Son frère aîné, Jake, attendait de voir s'il pourrait prendre des congés, et ils espéraient toujours des nouvelles de Jon, qui n'avait pas pu être présent à la fête.

Du côté de Cate, Brooke et Amber avaient de nouveau confirmé qu'elles résideraient au cottage et assisteraient au mariage. Ravie d'être invitée aussi, la mère de Brooke s'était permis de réserver une chambre à l'auberge pour elle et les deux filles, et une autre pour P.J.

À mesure que les choses se précisaient, Cate se sentait à la fois plus excitée et plus inquiète. Elle avait entendu Jackson parler à sa mère de son enthousiasme à l'idée de fonder une famille. Elle savait qu'il lui faudrait du temps pour tomber enceinte, mais chaque nouvelle déception augmentait son sentiment d'échec.

Elle se frotta le ventre dans l'espoir d'apaiser ses crampes menstruelles, signe d'une autre tentative manquée. Elle avait pleuré quand elle l'avait annoncé à Jackson, mais il lui avait de nouveau rappelé qu'il était encore tôt et qu'ils avaient le temps.

Cate regarda par la fenêtre de son bureau. Une autre tempête de neige était attendue. Elle prit son téléphone pour appeler Brooke. Elles se saluèrent, puis Cate demanda :

— Des nouvelles du camion de déménagement de ta mère ?

— Oui. Ils ont prévu d'arriver cette après-midi et de commencer à décharger. Ils m'ont dit qu'ils resteraient aussi longtemps que nécessaire pour le vider complètement à cause de la tempête qui se dirige vers nous.

— Tu as besoin d'aide ?

— Oui, répondit Brooke. Ma mère me rend folle. Elle insiste pour se rendre à sa maison tout de suite. Si tu pouvais être là quand les filles rentreront de l'école et rester avec elle jusqu'au retour de Paul, ce serait génial. J'ai besoin de toi à seize heures trente. Tu peux venir ?

— Bien sûr. Je vais mettre une alarme sur mon téléphone.

— Merci. Tu as l'air déprimée. Tout va bien ?

— J'ai mes règles, répondit Cate, au bord des larmes.

— Oh, mon chou, je suis désolée. Je sais que tu dois être déçue, mais il est encore tôt, ne perds pas espoir. Ça viendra.

— C'est ce que dit Jackson. Mais si ça ne vient pas ?

— Une chose à la fois, Cate, dit Brooke. Positive.

— Tu as raison. Je dois arrêter d'y penser. Je ne sais pas comment tu as fait pour attendre la venue des jumelles pendant toutes ces années.

— Ça n'a pas été drôle, admit Brooke. Je te souhaite de ne pas avoir à traverser la même chose. Je pars avec mère pour sa maison. Dieu merci, elle fait venir sa voiture. Je commence à me lasser de la conduire partout. Surtout quand elle insiste pour m'indiquer le chemin en permanence.

Cate éclata de rire. Ça ressemblait bien à Diana.

— Merci pour ton aide. À plus tard.

Cate raccrocha et se remit à travailler sur *Une soirée entre filles*, la romance contemporaine qu'elle espérait vendre. Elle ne pouvait pas écrire un synopsis convaincant tant qu'elle n'en savait pas plus sur l'histoire. Même s'il était plus facile d'écrire sur trois jeunes femmes qui vivaient à New York que sur une planète appelée Galeon, Cate regrettait Serena et Rondol. Elle savait tout d'eux. Les trois femmes de cette histoire lui étaient encore inconnues.

Elle était plongée dans la création de ses personnages quand Abby appela.

— Comment avances-tu sur le nouveau livre ?

— Je termine de peaufiner les personnages et j'écrirai ensuite les trois premiers chapitres CHAPITREs. Je devrais être en mesure de te les donner dans deux semaines.

— Tu n'as pas autant de temps. Je les ai promis à l'éditrice à cette date et j'ai besoin de les relire avant de les lui envoyer. Il me les faut à la fin de la semaine prochaine. Pas un jour plus tard. Il faut que j'y aille, dit-elle, et elle raccrocha.

Cate poussa un long soupir. Abby ne comprenait-elle pas que le début d'un livre était une période compliquée ? Cate posa la tête sur son bureau, respira profondément et se dit qu'elle pouvait le faire.

Elle était en train de mettre la touche finale à une caractéristique originale pour l'une des femmes quand son alarme sonna. Elle regarda sa pendule et fut surprise. Seize heures quinze.

— Viens, Buddy. Il faut qu'on se dépêche.

Elle chargea le chien dans la voiture et conduisit jusqu'à chez Brooke. Elle adorait les jumelles. En vérité, si elle tombait enceinte, elle espérait avoir une fille.

La mère d'une autre élève de l'école déposait les filles au moment où Cate entra dans l'allée derrière elle.

Elle se hâta de descendre de voiture avec Buddy et rejoignit les filles à la porte d'entrée.

— Tata Cate ! Buddy !

Cate fit signe à la conductrice et se tourna vers les filles.

— Votre mère m'a appelée pour me demander de venir vous garder. Elle est avec votre grand-mère à sa nouvelle maison, et elles attendent le camion de déménagement. Entrons. Je vais rester avec vous jusqu'au retour de votre père.

— Viens Buddy, dit Brynn en le prenant dans ses bras.

— Nous voulons un teckel exactement comme lui, annonça Bradley. Maman a dit d'accord mais pas tout de suite. On a fait une réunion de famille. Nous devons tous l'aider à mettre son magasin en route. Après ça et peut-être quand il fera meilleur, nous pourrons en avoir un.

— Savez-vous où vous allez le trouver ? demanda Cate, amusée parce que Buddy léchait les joues de Brynn.

— Tu nous montreras sur le net où tu as trouvé Buddy ? demanda Bradley. Nous avons regardé mais nous n'avons rien trouvé dans la région.

— Bien sûr, répondit Cate.

Elle suivit les filles dans la cuisine, lut la note laissée par Brooke et leur donna le goûter que Brooke avait préparé pour elles.

— Que pensez-vous de *Coup de jeune*, la nouvelle boutique de votre mère ? demanda Cate.

— Nous devons l'aider, confirma Brynn. Maman a dit qu'il était temps que les choses changent.

— Ça nous fait plus de travail, dit Bradley. Elle a fait une liste de corvées.

— On dirait qu'elle se prépare. C'est une bonne chose.

— Ouais, on sait déjà que si on veut un chiot, il faudra qu'on s'en occupe. Maman nous a même acheté un livre d'un monsieur qu'on appelle un chuchoteur. Il y a beaucoup à apprendre.

Brynn et Bradley échangèrent un sourire.

— Peut-être que maman voudra bien qu'on ait deux chiens au lieu d'un.

Bradley croisa les doigts.

Cate ne put retenir le sourire qui lui monta aux lèvres. Ces deux gamines garderaient n'importe quelle mère en haleine. La pensée d'avoir un bébé était effrayante. L'idée d'avoir des jumeaux était terrifiante.

Pendant la semaine suivante, Cate travailla fébrilement pour écrire les trois premiers CHAPITREs de son livre, revenant au début et faisant des rectifications à chaque fois qu'une nouvelle idée sur ses personnages lui apparaissait. Ce n'est qu'en écrivant à leur sujet que Cate put ajouter des couches à qui ils étaient, à leurs buts internes et aux conflits externes qui pourraient venir les défier. Au moment où Abby l'appela pour voir où elle en était pendant la première semaine de mars, Cate était épuisée et totalement incapable de dire si ce qu'elle avait écrit valait la peine d'être lu.

— Est-ce que tu as quelque chose pour moi ? demanda Abby d'un ton joyeux.

— J'ai fait de mon mieux dans la semaine que tu m'as donnée, répondit Cate, en tentant de ne pas être trop sèche. Tu sais que ça me prend plus longtemps que ça pour pondre quelque chose.

— Hola ! Je m'excuse de t'avoir bousculée, mais l'éditrice que j'ai à l'esprit cherchait quelque chose de nouveau. Espérons qu'elle n'a pas encore trouvé son bonheur.

— Désolée d'être grincheuse, mais je ne suis pas sûre que tu vas aimer.

— Envoie-moi ce que tu as et va préparer ton mariage, dit Abby. Je suis très heureuse pour toi que ça se fasse enfin. Le dix-sept juin, c'est ça ?

— Oui. Et tu ferais mieux de confirmer ta chambre à l'auberge Salty Key dès maintenant. Notre liste de pré-réservations se remplit rapidement.

— D'accord. Merci. J'apprécie l'invitation, Cate. Tu es une de mes clientes spéciales. Toi et moi, ça fait un bail.

— Et je t'apprécie aussi. Je t'envoie le scénario et les trois CHAPITREs immédiatement. Dis-moi vite ce que tu en penses.

— D'accord, mais pas avant un jour ou deux. En attendant, ne te tracasse pas. Si je n'aime pas, on le modifiera ensemble.

— Un remaniement complet, c'est bien ce que je crains.

— J'ai reçu ton mail. J'y vais. À plus.

Cate raccrocha et serra ses mains l'une contre l'autre. C'était une des étapes effrayantes de l'écriture : attendre qu'on vous dise tout ce qui n'allait pas.

CHAPITRE QUARANTE-QUATRE
Amber

En cette matinée d'avril, Amber écoutait attentivement le commercial lui expliquer le fonctionnement du programme d'inventaire couplé au système informatique que Brooke achetait pour la boutique.

— L'ancien système était compliqué, mais celui-ci est aussi simple que possible. Il y a trois catégories pour chaque article : le prix, l'origine et la marge. Le prix est évident. L'origine s'applique si c'est un article en dépôt-vente. Sinon, laissez vide. La marge correspond aux quarante pour cent du prix de vente qui seraient reversés au déposant. Laissez vide s'il n'y a pas de déposant. C'est aussi simple que ça.

— Que se passe-t-il si on change le prix ? demanda Brooke.

— C'est simple. Entrez le nouveau prix et le reste est calculé automatiquement pour vous.

— Nous pouvons commencer avec ce que j'ai apporté, dit Amber. La fonction d'impression nous permet d'imprimer le prix sur une étiquette que nous collons ensuite sur une fiche en carton. C'est ça ?

— Oui. L'impression vous donne le prix et le numéro d'inventaire pour que vous sachiez où faire les modifications dans le logiciel d'inventaire.

— Bien. Parce que, si un article ne se vend pas, le déposant peut décider de nous le donner.

Brooke se tourna vers elle.

— C'est à ce moment-là que je décide si je le mets en solde ou si j'en fais don.

Satisfaite, Amber hocha la tête. Certaines œuvres caritatives seraient heureuses de recevoir ce genre de donations.

— Vous pouvez faire ce que vous voulez avec les prix, tant que vous mettez le logiciel d'inventaire à jour, dit le représentant à Brooke. Votre comptable réclamera des justificatifs pour les encaissements et décaissements en espèces, et pour les transactions par cartes de crédit. Je vous suggère de faire aussi simple que possible. Nous pouvons faire des modifications pour vous, mais je ne pense pas que vous le souhaitiez tant que ce n'est pas nécessaire.

— Je suis d'accord, dit Amber.

Ce qui se présentait au départ comme une opération compliquée s'avérait finalement facile à mettre en œuvre. Brooke avait déjà acheté plusieurs boîtes d'étiquettes de tailles différentes et des aiguilles spéciales pour les accrocher aux vêtements.

— Je reviendrai voir dans une semaine comment vous vous en sortez. Entretemps, vous pouvez poser vos questions en appelant la boîte.

Il sourit à Brooke.

— Merci de votre confiance.

Il lui tendit une notice d'utilisation et agita la tête.

— Bonne chance ! J'aime bien la décoration de votre boutique.

Il partit, et Amber et Brooke échangèrent un sourire.

— Ce n'est pas si terrible, dit Brooke. Si tu es d'accord, nous pouvons saisir les informations à tour de rôle.

— Pas de souci. Il faut aussi étiqueter tous les vêtements, dit Amber.

Brooke avait payé un menuisier pour venir construire des étagères pour des articles comme les pulls et elle avait acheté plusieurs portants. De grandes boîtes de porte-manteaux étaient prêtes. Elles avaient convenu que tous les articles qui devaient être suspendus le seraient avec des cintres identiques pour donner une apparence harmonieuse et professionnelle. Brooke avait aussi acquis un défroisseur à vapeur pour pouvoir repasser les articles au besoin. *Coup de jeune* proposait peut-être des vêtements d'occasion, mais ils seraient exposés et traités comme s'ils étaient neufs.

— Tu crois que je suis folle de faire ça ? demanda Brooke en pressant ses mains l'une contre l'autre. Mère dit que je regretterai d'y consacrer autant de temps si ça ne marche pas.

Amber grimaça.

— C'est bien ta mère ! Je pensais qu'elle envisageait de venir t'aider.

— Elle n'a pas encore pris sa décision. Je suis persuadée qu'elle attend de voir comment le magasin sera accueilli avant de trancher. Si c'est un succès, elle viendra. En cas contraire, j'aurai droit à « Je te l'avais bien dit ».

— Ça ressemble bien à Diana. Mais je pense qu'elle apprécierait de travailler ici quelques heures par jour. Ce ne sera pas un magasin commun avec des clients ordinaires.

Amber n'aimait peut-être pas toutes les qualités de Diana, mais elle avait conscience que celle-ci serait un merveilleux atout pour la boutique. Elle consulta sa montre.

— Désolée, il faut que j'y aille. J'ai rendez-vous avec Wynton pour un déjeuner tardif.

— Merci d'être venue ce matin. Passe un bon moment avec Wynton, dit Brooke. Tu n'as pas idée à quel point je suis heureuse que tu sortes avec lui.

Amber s'arrêta un moment, mal à l'aise.

— On ne sort pas vraiment ensemble. On passe juste un peu de temps tous les deux.

Brooke l'enlaça brièvement.

— Si tu le dis. C'est un homme charmant et je suis heureuse

que vous soyez... amis.

Avec un petit geste d'adieu, Amber quitta la boutique. Wynton la retrouvait chez Arturo. Ça paraissait tellement normal, tellement naturel de le rejoindre pour le déjeuner. Ils avaient discuté au téléphone presque tous les soirs et elle se sentait de plus en plus à l'aise avec lui. C'était comme si son aventure avec Jesse lui avait ouvert les yeux sur un autre genre d'amour. Wynton et elle devenaient de vrais amis.

Elle arriva au restaurant quelques minutes en avance et vit que la voiture de Wynton était déjà garée au parking. Elle frémit d'excitation en comprenant son désir d'être avec elle.

Annette l'accueillit à l'intérieur.

— Il est déjà là, il vous attend.

Amber sourit et, en voyant Wynton se lever pour la saluer, elle fit un signe de la main et se hâta vers lui. Il saisit ses mains et l'embrassa sur la bouche.

Il fut un temps où elle n'aurait sans doute pas apprécié ce genre de démonstration en public. Mais Wynton était un homme affectueux et elle avait appris à se détendre avec lui.

— Comment s'est passée ta matinée avec Brooke ? demanda-t-il après l'avoir aidée à s'asseoir en face de lui.

— Bien. Elle a fait installer un logiciel d'inventaire facile à utiliser. La quantité d'articles à entrer dans le système, à étiqueter et à pendre dans la boutique semble affolante. Mais je vais l'aider. Elle veut vraiment que ce soit un succès.

— J'aime bien le concept que tu m'as expliqué, affirma Wynton. Que veux-tu manger ?

— Je vais prendre une soupe. Les *pasta e fagioli* paraissent fabuleuses. J'ai besoin de quelque chose de consistant après ce matin.

Il s'esclaffa.

— Je crois que je vais prendre la même chose.

— Et comment s'est passée ta réunion d'hier soir ?

demanda Amber quand Annette eut pris leurs commandes. Tout s'est déroulé comme tu le souhaitais ?

Il devint sérieux.

— C'est un cas difficile, mais je pense que je peux gagner pour mon client.

— J'en suis persuadée, affirma Amber avec conviction.

Wynton était un avocat respecté qui travaillait dur pour le bien de ses clients. Il lui adressa un sourire reconnaissant.

— J'apprécie que tu aies confiance en moi.

— C'est le cas, dit-elle en lui rendant son sourire alors qu'il se penchait et caressait sa main sur la table.

— Je n'ai pas pu te parler hier soir, se lamenta Wynton. Que dirais-tu de dîner avec moi demain soir ?

— J'aimerais bien, répondit Amber. Tu me gâtes trop, tu sais.

Il sourit.

— Parfait.

On leur apporta leur soupe et ils mangèrent dans un silence confortable. Une autre chose qu'Amber aimait à son sujet.

Après le déjeuner, Wynton la raccompagna à sa voiture.

— Merci d'être venue.

Il prit son visage entre ses mains et se pencha pour l'embrasser. Amber monta à la rencontre de ses lèvres, le cœur battant joyeusement. Une fois séparés, ils se sourirent.

— À demain soir, dit Wynton.

Il la regarda monter dans sa voiture avant de s'éloigner.

Le lendemain, Amber et Brooke travaillèrent de concert à entrer les informations dans le logiciel d'inventaire et à étiqueter les vêtements, pressées d'en faire un maximum avant leur rendez-vous de l'après-midi avec Seth Morehead, le comptable que Brooke avait choisi pour vérifier leurs comptes. Elle avait entendu dire qu'il était de la région, jeune et ambitieux.

Quand il se présenta, Amber dissimula un sourire. Avec ses grandes lunettes rondes perchées sur le bout de son nez et son attitude compassée, il avait le physique de l'emploi.

Il insista sur la nécessité d'enregistrer soigneusement chaque dépense, de même que les justificatifs. Il élabora ensuite avec Brooke un prévisionnel de la trésorerie dont elle pensait avoir besoin pour tenir jusqu'à ce qu'elle gagne suffisamment d'argent pour couvrir ses dépenses.

— Je vais devoir faire beaucoup de publicité, dit Brooke. En attendant, je peux supporter les dépenses.

— Assurez-vous de pouvoir couvrir vos dépenses de base et d'avoir une réserve pour les urgences. Et il vous faudra de quoi payer régulièrement tous les articles en dépôt qui seront vendus, l'avertit Seth.

— J'utiliserai mes contacts non seulement pour avoir des vêtements, mais aussi pour diffuser l'information, dit Amber. Quelques-uns d'entre eux ne refuseront peut-être pas de sortir du centre-ville pour venir acheter discrètement certains de tes articles.

Brooke lui adressa un sourire béat.

— Si j'attire des acheteurs de haut vol, ma vie n'en sera que plus facile.

Seth continua à travailler avec elles, jusqu'à en faire tourner la tête d'Amber. Les maths n'avaient jamais été son fort.

Quand Amber put rassembler ses affaires pour rentrer chez elle après qu'il les eut quittées, elle espérait que Wynton accepterait de ne pas sortir et de se faire livrer. Elle était épuisée.

Le bruit de la sonnette incita Amber à se dépêcher d'ouvrir la porte. Elle sourit à Wynton.

— Entre, s'il te plait. Merci d'avoir accepté de rester à la maison ce soir.

— C'est parfait. J'ai aussi eu une rude journée.

Amber prit son manteau et le suspendit. Quand elle se retourna, Wynton examinait avec attention la photo que Jesse avait prise d'elle.

Il la regarda et sourit.

— C'est très beau. Et très révélateur.

— Jesse était une personne spéciale pour moi. C'est une vraie tragédie que sa famille et lui aient disparu.

— Oui. C'était un chic type.

Il s'approcha d'elle et l'embrassa sur la joue.

— Je suis heureux que vous vous soyez rencontrés. Sinon, je ne t'aurais peut-être pas connue.

Il l'attira dans ses bras.

Amber posa sa tête contre son torse et l'enlaça. Cette connexion avec lui était agréable. Comme elle le répétait à l'envi, c'était de l'amitié. Une amitié qui avait beaucoup plus à offrir que ce qu'elle était prête à accepter.

— Viens dans la salle de séjour. J'ai ouvert une bouteille de vin et sorti quelques fruits secs. J'ai pensé qu'on pourrait se détendre avant de commander nos repas.

— D'accord.

Wynton pénétra dans la pièce et s'assit sur le canapé blanc en face de la baie vitrée qui donnait à l'ouest. Dans l'obscurité, les lumières qui scintillaient dans les autres appartements ressemblaient à des étoiles posées sur les appuis de fenêtre avant de retourner dans le ciel. Une musique jazzy emplissait l'atmosphère.

Amber s'assit, versa le vin et lui tendit un verre.

— À des jours plus faciles !

— Je bois à ça. Je travaille sur un cas similaire au tien. Une salariée employée depuis vingt-cinq ans qui réclame un bonus qui lui revient de droit. Son employeur ne le voit pas comme ça, bien sûr.

Il secoua la tête.

— Est-ce que Belinda a versé ton épargne retraite sur un autre compte ?

— Pas encore. Je la connais suffisamment pour savoir qu'elle trouvera une excuse pour faire durer. C'est sa manière d'exprimer sa colère.

— Elle devrait faire plus attention, dit Wynton. Comment avance *Coup de jeune* ?

Amber le mit au courant des derniers détails.

— La mise en route demande beaucoup de travail, mais Brooke essaie de tout simplifier. Quand la boutique tournera régulièrement, il faudra soit que je trouve un vrai boulot, soit que je me décide à monter ma propre affaire. Plus j'y pense et moins je suis sûre de vouloir rester en ville. La vie paraît plus agréable à West Walles ou à Ellenton, où habite Cate.

— Je te comprends. Je trouve refuge dans ma maison dès que je peux. Maintenant que Samantha n'est plus là, ça n'a plus beaucoup d'importance, mais je préfère la banlieue aussi.

Ils échangèrent un regard. Amber sourit.

— Toutefois, nous avons la chance ce soir d'avoir le choix de nous faire livrer un excellent repas. Je pensais thaïlandais. Qu'en dis-tu ?

— Le *Blue Ginger* est à deux pas. Ça devrait être rapide.

Il tapota le coussin à côté de lui.

— Viens t'asseoir plus près. J'aime bien t'avoir contre moi.

La joie l'envahit. Elle quitta l'extrémité du canapé et se rassit à côté de lui. Elle se sentait si bien avec lui. Elle avait appris qu'il se moquait de ce qu'elle portait ou si elle était maquillée ou non. Il l'aimait pour elle, pas pour son apparence. Ce soir, elle portait un pantalon de yoga noir et une tunique à manches longues qui n'avaient rien de chic.

— J'ai parlé à Samantha hier soir et je lui ai dit que nous sortions ensemble. Dans le passé, elle a eu du mal avec cette idée, mais elle paraît avoir changé d'avis. Je crois qu'elle a compris que je me sentais seul.

Il l'embrassa sur le front.

— J'aime passer du temps avec toi.

— Moi aussi.

Elle faillit lui dire qu'ils ne sortaient pas vraiment ensemble, mais se retint. Elle ne trompait personne. Wynton et elle se voyaient autant que possible. Bien qu'il lui donne le temps de s'habituer à l'idée, il lui avait déjà fait part de son espoir d'un avenir commun. Peu habituée au concept d'amour durable, Amber appréciait chaque instant avec lui et devenait de plus en plus à l'aise. Même s'ils n'avaient pas encore fait l'amour, lovée contre lui, elle songea qu'elle était peut-être prête.

Quand les restes furent rangés dans le frigo et les assiettes dans l'évier, Amber se tourna vers Wynton, qui attendait à côté d'elle.

— Tu veux une tasse de café ou autre chose ?

— Pourquoi pas autre chose ? demanda Wynton avec un regard entendu.

Elle hésita.

— Allons nous asseoir un moment.

Ils retournèrent au salon et sur le canapé. Wynton l'entoura de ses bras.

— Je suis en train de tomber amoureux de toi, Amber. J'espère que tu comprends que je ne le prends pas à la légère. Je ne pourrais pas après mon merveilleux mariage avec

Barbara.

Amber déglutit avec difficulté.

— Je le sais. Je ressens la même chose. Le fait de sortir avec deux hommes différents en l'espace de six mois est ironique. Ce n'est pas mon style. En fait, je n'ai jamais fait beaucoup de rencontres amoureuses. Ça semblait plus sûr.

— Je ne te ferai jamais de mal, Amber, dit Wynton en repoussant une mèche de cheveux de son visage.

Il embrassa une joue, puis l'autre avant que ses lèvres ne couvrent sa bouche pour un baiser si tendre qu'elle s'ouvrit à lui.

Tandis qu'il continuait à l'embrasser, des émotions qu'elle gardait habituellement secrètes émergèrent. Au tréfonds de son être, l'envie se mua en désir. Elle enroula ses bras autour de son cou, s'accrochant à lui alors que les sensations la submergeaient vague après vague.

Au bout de quelques instants, il s'écarta.

— Si on allait dans ta chambre ?

La question de Wynton franchit la barrière de ses sens en effervescence.

— Oui, oh oui. Ce serait mieux.

Il lui prit la main et la guida dans le couloir et jusqu'à sa chambre.

Tremblante, Amber regarda Wynton commencer à déboutonner sa chemise. Auparavant, elle aurait mis un terme à la relation avant qu'elle en arrive à ce point. Mais ce soir, elle ne le ferait pas. Il était gentil et avait promis de ne pas lui faire de mal. Elle avait besoin de se prouver, et à lui aussi, qu'elle avait envie de lui faire confiance.

Il se tourna et lui sourit.

— Prête ?

Elle hocha la tête, ôta sa chemise et son pantalon. Elle pouvait le faire.

Quelques instants plus tard, allongée à côté de lui sur le grand lit, elle se tourna pour lui faire face.

— Je crois que je tombe amoureuse de toi aussi.

— Ah, Amber. Tu ne sais pas ce que ça signifie pour moi.

Il prit tendrement son visage entre ses grandes mains et l'embrassa, en infusant dans son baiser des sentiments qu'elle reconnut. Elle y répondit, contente de voir que son désir pour elle égalait celui qu'elle éprouvait pour lui.

Le toucher et le goût suivirent.

Plus tard, alors qu'elle était allongée nue, nichée contre sa poitrine, les yeux d'Amber s'embuèrent. Ils avaient fait l'amour avec plus que leurs corps. Leurs âmes s'étaient rencontrées, partageant ce que chacun avait à offrir.

Il souleva son menton et la dévisagea avec inquiétude.

— Que se passe-t-il ? Des larmes ? T'ai-je fait mal ?

— Non. Je suis juste bouleversée. Je n'ai jamais ressenti ce que tu me fais ressentir.

— Et que ressens-tu ? demanda-t-il gentiment.

— C'est comme si nous étions faits pour être ensemble. Tu es tout ce que j'ai toujours désiré.

Les larmes lui montèrent aux yeux.

— Je t'aime, Amber.

Elle laissa échapper un soupir de contentement alors que Wynton lui caressait le dos. Avec lui, elle avait trouvé l'amour et la sécurité qu'elle avait toujours recherchés.

Cate observait la journée d'avril par la fenêtre, notant que les tulipes affleuraient dans les parterres à l'arrière de la maison. Elles étaient la promesse de l'explosion de couleurs qui suivrait. Une fois de plus, elle avait eu la preuve qu'elle n'était pas enceinte. Elle espérait qu'avec l'arrivée d'un temps plus chaud et l'apparition des fleurs et des feuilles sur les arbres, le mois suivant serait fertile pour elle aussi.

Elle se plaça face à son écran. Après s'être dépêchée d'écrire le scénario et les trois premiers CHAPITREs d'un nouveau livre pour Abby, elle n'avait eu aucune nouvelle. Il était désormais temps de mettre un terme aux Guerres de Galeon. Elle avait fait plusieurs tentatives mais aucune ne l'avait satisfaite.

Elle n'était pas prête à abandonner les personnages qu'elle aimait tellement. Pourquoi sa nouvelle éditrice ne comprenait-elle pas que ses lecteurs ressentiraient la même chose quand ils apprendraient que la série prenait fin parce que celle avec laquelle elle avait adoré travailler avait décidé de rester chez elle avec son bébé ?

En soupirant, elle se dit qu'il était temps de lâcher prise, de finir le livre.

Après avoir pris une grande inspiration, elle commença à taper sur son clavier en laissant les mots couler.

Un long moment plus tard, perdue dans l'écriture, elle tapa le mot *Fin*.

Elle s'adossa à sa chaise et regarda les pages qu'elle avait écrites. Le cœur palpitant d'émotions contradictoires, elle relut la dernière page :

Sur un balcon surplombant la foule, Serena se tenait à côté de Rondol, acceptant les vivats de son peuple avec une reconnaissance éperdue. Elle était née pour être reine, mais elle avait également gagné ce titre en livrant une guerre après l'autre afin d'assurer la paix pour tous les Galeons.

— Félicitations, mon amour, murmura Rondol. Ils t'aiment, tout comme moi.

Serena regarda l'homme qu'elle aimait de tout son cœur, incapable de trouver les bons mots. Condora se posa sur son épaule, sa tendre peau de dragon frémissant d'excitation. Si, comme l'avait laissé échapper Condora, l'avenir leur apportait de nombreux bébés, Serena aurait besoin d'elle pour les protéger.

— Longue vie à Serena ! cria quelqu'un en dessous d'elle.

Des larmes se formèrent dans les yeux de Serena. Elle leva la main et salua. Elle avait survécu aux batailles et fait de son mieux pour son peuple, par amour pour lui plutôt que par devoir. Le devoir consistait à faire la chose juste. L'amour signifiait d'ouvrir son cœur à toutes les possibilités.

Serena serra la main de Rondol, pressée de voir ce que la vie leur offrirait car elle l'aimait plus que tout au monde.

Assise à son bureau, Cate jeta un regard au jour finissant, envahie par la tristesse. Elle avait souvent désiré ressembler davantage à Serena, mais au train où allaient les choses, les possibilités de la vie menaçaient de lui échapper. Elle se sentait tellement frustrée. Elle n'avait toujours pas conçu de bébé ni débuté de nouvelle carrière d'écrivain.

Son portable sonna. *Brooke.*

— Salut. Je me demandais si tu voudrais te joindre à Amber

et moi pour boire un verre de vin. Je suis officiellement ouverte et nous nous apprêtons à célébrer ma première journée.

— J'adorerais. Je ne sais plus trop quoi faire, ici. Je vous rejoins à la boutique le plus vite possible.

Reconnaissante de l'appel qui lui avait remonté le moral, Cate laissa un mot pour Jackson, mit Buddy dans la voiture et se mit en route. La compagnie de ses meilleures amies était juste ce dont elle avait besoin.

Alors qu'elle passait devant le magasin, elle étudia le bâtiment. Brooke avait ajouté des stores violets aux deux fenêtres, des grands pots garnis de plantes décoratives étaient posés de chaque côté de la porte et un banc en bois confectionné par Jackson à sa demande avait été peint en mauve pour être assorti à la porte.

Elle sortit de la voiture et prit un moment pour examiner les fenêtres. Des bouquets de fleurs en soie, des lapins en porcelaine et divers objets sur le thème du printemps mettaient en valeur un éventail de vêtements de saison. C'était amusant et arrangé avec goût.

— Tout est très joli, dit Cate en entrant dans le magasin avec Buddy.

L'intérieur de la boutique était brillamment éclairé, révélant les vêtements pendus aux portants, pliés sur les étagères ou présentés sur les tables. Une musique douce jouait en fond sonore et un léger parfum de fleurs embaumait l'air.

— Salut, s'écria Brooke en l'étreignant. Donne-moi une seconde pour fermer derrière toi et je vous rejoins au fond du magasin.

Cate traversa la grande pièce vers l'espace où trois chaises confortables faisaient face à quatre cabines d'essayage.

Amber lui sourit et se leva pour l'embrasser.

— Salut ! Je suis contente que tu aies pu te joindre à nous

pour célébrer notre ouverture « pas si phénoménale » .

— Pas si phénoménale. Que s'est-il passé ?

— Brooke s'inquiète parce qu'elle n'a pas vu grand monde. Je lui ai dit que ça irait. C'est une pré-ouverture pour tester les équipements et le fonctionnement quotidien. Sa publicité sort la semaine prochaine. Ce sera le vrai test. Rouge ou blanc ? demanda-t-elle en montrant les bouteilles de vin sur la table à côté d'elle.

— Rouge, répondit Cate. Pas trop. J'essaie toujours de faire attention.

— Toujours rien ? s'enquit Amber.

— Non, dit Cate en serrant les lèvres pour les empêcher de trembler. Je me dis de ne pas m'inquiéter, mais c'est plus fort que moi. J'ai parfois l'impression que je vais épouser Jackson sous de faux prétextes si je ne tombe pas enceinte avant le mariage.

Amber fit claquer sa langue.

— Cate, ne te mets pas dans cet état. Tu as admis que Jackson n'était pas inquiet. Ce n'est pas comme s'il allait te laisser tomber si ça n'arrive pas.

— Aucune chance, affirma Brooke en les rejoignant.

Cate s'affala sur une des chaises.

— Je sais. J'ai simplement l'impression que rien ne va dans mon sens en ce moment. Abby ne m'a pas rappelée à propos du projet de livre que je lui ai écrit et je viens de finir le dernier tome pour ma nouvelle éditrice sans savoir si elle va l'aimer.

— Et si elle ne l'aime pas, que vas-tu faire ? demanda Brooke en la regardant avec inquiétude.

— Je l'écrirai à nouveau, s'il le faut. Elle et moi ne voyons pas les choses de la même manière. Ce ne sera probablement jamais le cas.

— Détends-toi, dit Amber. Je me sens aussi incertaine que toi. Je pense que je vais mettre mon appartement en vente et venir m'installer par ici. Ceci étant dit, je ne suis pas sûre que ce soit la bonne décision.

— Comment se passent les choses avec Wynton ? demanda Cate.

Les joues d'Amber prirent une jolie teinte rosée.

— Même si ça peut paraître trop tôt, nous sommes amoureux.

— C'est peut-être rapide, mais tu n'es pas du genre à être imprudente, affirma Cate. Surtout avec les hommes.

— C'est ça. Je pense que Jesse a ouvert mon cœur aux possibilités et que Wynton me permet d'y croire.

Cate songea à ce qu'elle avait écrit. *Le devoir consistait à faire la chose juste. L'amour signifiait d'ouvrir son cœur à toutes les possibilités.*

— Ça me paraît être sérieux.

Le sourire d'Amber illumina ses traits.

— Je le pense aussi.

— Tu ne devrais prendre aucune décision au sujet de ton appartement dans l'immédiat. Et si Wynton te demandait de l'épouser ? dit Brooke.

— On dirait que nous sommes toutes dans l'expectative, déclara Amber.

— Ouais, j'attends de voir si ma mère va accepter de nous aider, expliqua Brooke. Amber m'a été très utile, mais aucune de nous deux ne souhaite passer toutes ses journées à la boutique. En temps voulu, j'embaucherai un gérant, mais en attendant, j'ai besoin de passer un peu de temps loin d'ici.

— Mais tu n'es ouverte que du jeudi au samedi, s'étonna Cate.

— Oui, mais je dois préparer tout le stock pour ces trois jours-là, répondit Brooke. Et ça demande beaucoup de travail parce que je veux que ce soit bien fait.

— Et il faut qu'elle trie les articles qui ne se vendent pas. Il y a bien plus à faire qu'on ne le penserait, ajouta Amber.

— C'est ce que je vois, répondit aimablement Cate. C'est pareil dans l'industrie du livre. Les gens croient que, lorsque tu écris un livre, tu ne fais que ça. Et puis tu attends de collecter tes droits d'auteur. Mais c'est loin d'être aussi simple. Écrire le livre n'est que la première étape avant de le réécrire de très, très nombreuses fois. Et ne me lance pas sur ces histoires de relations publiques, les réseaux sociaux et tout le reste.

— En plus de convaincre ma mère de participer au magasin, il faut que je m'assure que ma famille peut en faire plus par elle-même pour ne pas redevenir la mère au foyer que j'étais auparavant. Et puis les filles veulent un chien comme Buddy, par-dessus le marché.

En entendant son nom, Buddy s'assit et aboya. Brooke lui caressa les oreilles.

— Je sais que Buddy était un diablotin quand il était chiot. Les filles devront assumer l'entretien de n'importe quel animal. Et P.J. est encore une autre histoire. J'aime ce garçon, mais c'est un véritable derviche tourneur qui laisse une traînée de vêtements et le désordre dans son sillage.

— Que projettes-tu de faire avec tout le temps libre pour lequel tu te bats ? demanda Cate.

Brooke lui sourit.

— Je sais que ce n'est pas pour demain, mais un jour je prendrai des cours de peinture et recommencerai à peindre.

— Génial ! Mais, attends ! Ouvrir ce magasin n'est pas ce que tu veux vraiment faire ? poursuivit Cate, consternée par l'idée de gaspiller tout ce travail.

— Bien que je n'aie pas pu en parler quand je mettais l'affaire en route, mon plan a toujours été de la mettre sur les rails et de la transmettre ensuite à des femmes qui ne trouveraient pas d'autre travail. Des femmes qui ne parlent pas bien notre langue ou qui n'ont pas pu aller au-delà du lycée.

— Oh, j'aime ça, dit Cate.

— Ce serait un partenariat. Je ne leur donnerais pas vraiment l'affaire, dit Brooke. Et il faudra du temps pour trouver les bonnes personnes et les mettre au courant. Mais si je peux le faire fonctionner pour tout le monde, c'est un bon moyen de faire quelque chose pour la communauté et de m'occuper pendant un moment.

Cate leva son verre.

— À toi et à tout le bon boulot que tu peux faire.

— Tchin-tchin, s'écria Amber en riant alors qu'elles trinquaient.

CHAPITRE QUARANTE-SIX
Brooke

Brooke trouva en rentrant une maison vide et une note de Paul disant qu'ils étaient sortis puisque le dîner n'avait pas été préparé. Elle fut à la fois soulagée et agacée. Ils n'auraient pas pu l'attendre ? Il n'était pas tard. Dix-huit heures trente.

Elle ouvrit le frigo et en tira un reste de poulet de la veille. Elle était en train de manger quand elle entendit la porte du garage s'ouvrir et la voiture de Paul y entrer.

Quelques instants plus tard, les filles surgissaient dans la cuisine.

— Maman ! Où étais-tu ? s'écria Brynn.

— Papa disait que tu n'allais pas tarder à rentrer, mais tu ne revenais pas, dit Bradley en lui lançant un regard inquiet. Nous avons mangé sans toi.

— Je vous ai dit ce matin que je pourrais être en retard, que le magasin ouvrait pour la première fois aujourd'hui, répondit Brooke. Vous vous souvenez ?

— Ouais, mais je ne pensais pas que ce serait aussi tard, grogna Brynn. Tu seras à l'heure demain ? Tu as dit qu'on pourrait faire une soirée pyjama.

— Une minute ! s'exclama Brooke. Je n'ai pas dit que ce serait ce week-end. Vous saviez tout de l'ouverture de la boutique. Je ne peux pas être ici et là-bas en même temps.

— Bonsoir Brooke ! Je vois que tu es rentrée ! dit Paul d'une voix un peu contrariée.

— Bien sûr. Je suis un peu en retard, c'est tout. Je voulais fêter le premier jour de *Coup de jeune* avec Amber et Cate.

C'est important pour moi.

— Je comprends. Je suis content pour toi, vraiment, dit Paul. Mais je ne pensais pas que tu serais en retard à ce point. C'est tout.

Brooke se dressa devant eux trois.

— Il va falloir vous habituer à quelques changements. Nous en avons déjà parlé. Maintenant que j'ai le magasin, il y a des moments où je ne serai pas disponible.

— Le magasin n'ouvre que trois jours par semaine, c'est bien ça ? questionna Paul.

— Oui, mais certains autres jours, je devrai travailler à la boutique pour m'assurer que tout soit prêt pour les jours d'ouverture. J'ai désormais une affaire à faire tourner, après tout.

Elle leva une main pour prévenir toute protestation de la part des jumelles.

— Écoutez les filles. Par le passé, j'ai toujours été disponible pour vous tous. À présent, nous allons devoir revoir notre planning pour l'adapter à mes horaires.

— Mais..., commença Paul.

Brooke l'interrompit.

— Ne rends pas les choses plus difficiles qu'elles ne le sont déjà. Il est temps que je fasse quelque chose pour moi.

Elle prit conscience que, de nombreuses manières, les besoins de sa famille l'avaient emprisonnée, qu'elle avait sacrifié sa liberté à leurs exigences. Elle prit une profonde inspiration et s'enjoignit de rester calme.

— Les filles, vous pouvez apprendre à vous rendre utiles à la cuisine et, les jours où il faut aller les chercher après l'école, Paul, tu pourrais le faire ou nous nous organiserons autrement. Mais mon nouveau planning est immuable.

— D'accord, dit Paul. Pas de problème. N'est-ce pas, les filles ?

— C'est OK, maman, dit Brynn.

— On sait que tu es occupée, ajouta Bradley.

— Maintenant, il est temps pour vous d'aller faire vos devoirs avant de prendre votre bain.

La culpabilité restait présente, telle un serpent sournois, prête à frapper. Elle la força à disparaître. La liberté de faire ce qu'elle voulait ne viendrait pas aisément, mais elle lutterait pour la gagner.

Les jumelles prirent leurs livres de classe sur le comptoir de la cuisine et montèrent dans leurs chambres, exceptionnellement silencieuses.

Après leur départ, Brooke se tourna vers Paul.

— J'ai déjà contacté une agence d'intérim afin d'embaucher quelqu'un pour garder les filles après l'école les jeudis et vendredis, et toute la journée les samedis. Mais en attendant, tu devras me couvrir ou, Dieu nous en garde, nous devrons faire appel à ma mère.

— Espérons trouver quelqu'un rapidement, dit Paul. Je ne sais pas ce qui aurait pu se passer si j'avais dû travailler tard.

— Tu étais d'accord pour aller les chercher, lui rappela Brooke.

— Oui, mais je ne pourrai peut-être pas toujours m'absenter aussi facilement qu'aujourd'hui, répliqua-t-il.

— C'est pour ça qu'on va engager de l'aide. Parce que j'ai besoin de mener à bien ce projet de magasin pour moi.

Il lui adressa un sourire d'encouragement.

— Tu le mérites, chérie.

Un peu de tension quitta les épaules de Brooke et, quand il l'embrassa, elle lui rendit son baiser. Une chose à la fois, se dit-elle, parce qu'elle déployait ses ailes.

CHAPITRE QUARANTE-SEPT
Amber

Par une belle matinée de mai, Amber se tenait au milieu de la cabane dans le jardin de Cate et examinait le décor.

— Ce sera parfait. Tu es sûre que ça ne te dérange pas que je reste ici ?

Quatre semaines d'allers-retours quotidiens entre le centre et la banlieue pour aider à tenir la boutique lui suffisaient.

Cate sourit.

— Tu plaisantes ? Ça va être génial de t'avoir avec nous. Tu peux rester aussi longtemps que tu le désires.

— Seulement si tu me laisses te payer un loyer, comme convenu, dit Amber.

Elle n'avait pas l'intention de squatter. Elle avait travaillé dur pour gagner sa vie et elle en était fière.

— Ce n'est pas nécessaire, mais très bien. Et ne t'inquiète pas pour tes allées et venues. La cabine est isolée. C'est une des raisons qui nous ont poussés à la rénover pour moi. Je voulais avoir l'impression de m'échapper vers mon endroit spécial.

— Mais ma présence signifie que tu devras rester dans ton bureau à la maison pendant un peu plus longtemps. Ça ne va pas affecter ton écriture ?

Cate soupira et secoua la tête.

— Rien ne m'aidera dans ce domaine. J'attends toujours des nouvelles de mon agent et de mon éditrice. Si elles étaient bonnes, je suis persuadée qu'elles m'auraient rappelée. On est déjà mi-mai, bon sang !

— Je peux comprendre que c'est dur d'attendre, mais Cate, tu as eu du succès. Elles ne peuvent pas l'ignorer.

— On verra, dit Cate en grimaçant.

— Et sur l'autre front ? demanda Amber en espérant ne pas être indiscrète.

— Je ne le saurai pas avant un moment. Je ne veux pas faire de test de grossesse tant que je n'ai pas dépassé la date habituelle de mes règles.

— Je croise les doigts pour toi.

— Pour voir le bon côté des choses, poursuivit Cate, les préparatifs du mariage avancent bien. Jackson est très content que tous ses frères et sœurs puissent venir, à l'exception d'un seul. Je pense que tu vas les apprécier. Ils sont très amusants.

— Ça va être fabuleux. J'ai attendu longtemps que vous vous décidiez à vous marier. Merci d'avoir inclus Wynton et de l'avoir invité à dormir au cottage avec nous.

— De rien. Jackson et moi l'avons bien aimé quand nous avons dîné avec lui.

— J'en suis heureuse, dit Amber, en se remémorant le dîner au pied levé chez Arturo que Wynton leur avait gentiment offert à tous un samedi soir après la fermeture du magasin.

Cate la poussa du coude.

— Es-tu sûre que tu ne veux pas accepter son offre d'habiter chez lui ?

Amber réfléchit avant de répondre.

— Pas encore. Je l'aime, mais ma vie a subi tellement de bouleversements au cours de l'an passé que je ne veux rien précipiter. Il comprend ce que j'ai traversé et ne me presse pas du tout.

— C'est gentil parce que tout le monde peut constater qu'il t'adore.

— Oui. Pour la première fois de ma vie, je me sens en sécurité dans une relation. Son épouse devait être une femme formidable parce qu'elle fera toujours partie de sa vie, même s'il est prêt à être avec moi. J'aime ça chez lui.

— Moi aussi, dit Cate. Je te laisse t'installer. Si tu as besoin de quoi que ce soit, je ne suis pas loin.

Amber l'étreignit et la raccompagna à la porte.

Une fois seule, elle parcourut le petit espace bien agencé. Si les choses continuaient à progresser avec Wynton, elle pourrait emménager avec lui en temps voulu. En attendant, la cabane était parfaite.

Son portable sonna. *Wynton.* En souriant, elle accepta l'appel.

— Bonjour.

— Comment sont tes nouveaux quartiers ? demanda-t-il.

— Parfaits pour l'instant, répondit-elle. J'ai hâte que tu les voies. Comment se passe ta journée ?

— Chargée comme d'habitude, mais je pensais que tu accepterais de venir dîner avec moi. Si ce n'est pas trop te demander de revenir au centre-ville ? De cette façon, malgré mon rendez-vous en soirée, il ne sera pas trop tard.

— En réalité, ça m'arrange parce que je voulais passer chez moi prendre d'autres affaires à apporter ici.

— Génial ! Retrouvons-nous *Chez Simone* à vingt heures et nous pourrons ensuite rentrer à Ellenton ensemble.

— Ce sera parfait.

Amber raccrocha, baignée dans la chaleur que lui procuraient ses discussions avec Wynton.

Dès qu'Amber pénétra dans le restaurant, elle eut l'impression d'être à Paris dans un petit bistrot de quartier connu uniquement des autochtones. Il y avait des fleurs fraîches partout, de la musique douce jouait en sourdine et de délicieux effluves de cuisine lui chatouillèrent le nez.

Une femme séduisante vêtue d'un simple fourreau noir s'approcha d'elle.

— Puis-je vous aider ?

— Oui, je viens retrouver Wynton Barr.

— Ah, *oui*, dit-elle. Suivez-moi.

Elle guida Amber vers une table en fond de salle. En la voyant, Wynton se leva et lui adressa un sourire rayonnant.

— Je suis heureux que tu aies pu venir, chérie.

— Moi aussi, répondit-elle en acceptant son baiser.

Elle se retourna en entendant un grand bruit derrière elle. Horrifiée, elle vit Belinda s'approcher d'elle à grands pas, l'allure belliqueuse.

— Eh bien, il ne t'a pas fallu longtemps pour trouver un remplaçant à Jesse. Dans quel domaine celui-ci est-il célèbre ?

— Je ne te ferai pas l'honneur de te répondre, Belinda.

La voix d'Amber trembla, mais elle fit face à Belinda avec détermination.

— J'admirais la manière dont tu as bâti ton agence en partant de rien, mais je comprends désormais quelle mauvaise personne tu es.

— Ah oui ? Eh bien tu peux dire à ton avocat de cesser de me harceler au sujet de ton épargne. Elle sera transférée en temps utile.

— Dis-le-lui toi-même, répliqua Amber en désignant Wynton qui s'était placé à côté d'elle.

Les yeux de Belinda s'écarquillèrent.

— Vous ? Son avocat ? Enfin, vous m'avez entendue. Ce sera fait. Dites à vos employés d'arrêter de m'appeler.

— Le problème est réel. Nous envisageons de vous poursuivre en justice pour la rétention de fonds qui reviennent de droit à ma cliente, en plus de votre tentative d'agression dans un environnement professionnel hostile. C'est simple, Mme Galvin. Si vous ne faites pas le nécessaire, j'engagerai la procédure.

À la vue de ses larges épaules et au ton autoritaire de sa voix, Amber réalisa qu'il pouvait parfois être intimidant. Elle dissimula un sourire.

Belinda pointa un doigt vers elle.

— Je t'ai déjà trouvé une remplaçante et elle fait un meilleur boulot que tu n'as jamais fait.

— Tant mieux pour toi, Belinda. Nous verrons combien de temps elle restera. J'ai entendu dire que c'était déjà la deuxième que tu avais embauchée depuis mon départ.

— Vous vouliez aborder d'autres sujets ? demanda Wynton d'une voix qui défiait Belinda d'ajouter un mot.

Elle jura tout bas, se détourna, attrapa son manteau sur le dossier d'une chaise et quitta le restaurant comme une furie.

— Je suis désolée pour le dérangement, dit Amber alors que Wynton repoussait sa chaise. Elle est tellement difficile et odieuse.

Wynton secoua la tête.

— Il est étonnant que tu aies pu travailler pour ce genre de personne. Ça n'a pas dû être facile.

— Non, ça ne l'était pas, mais je savais au moins où j'en étais avec elle.

Il la dévisagea un moment.

— J'imagine qu'une honnêteté brutale vaut mieux qu'un ascenseur émotionnel. C'est ça ?

— Oui, répondit Amber en se souvenant que, en grandissant, elle n'avait jamais su si sa mère serait dans un bon ou un mauvais jour.

Wynton commanda une bouteille de vin rouge et, à mesure que le dîner avança, Amber oublia les souvenirs de son enfance.

Et plus tard, quand elle fit visiter la cabane à Wynton, de nouvelles pensées plus tendres les remplacèrent. Encore plus tard, alors qu'ils étaient allongés côte à côte, elle ne pouvait plus penser qu'à l'amour qu'elle ressentait pour lui.

CHAPITRE QUARANTE-HUIT
Cate

Cate attendit deux semaines après la date de ses règles pour faire le test de grossesse qu'elle avait acheté au mois de novembre. Assise dans la salle de bains pour en attendre le résultat, elle murmurait sans discontinuer :

— S'il vous plait, s'il vous plait, s'il vous plait...

Quand elle regarda et vit les deux lignes qui prouvaient qu'elle était enceinte, elle enfouit son visage dans ses mains et se mit à pleurer. Elle savait qu'elle avait de la chance, qu'elle n'essayait que depuis six mois, mais elle pouvait désormais oublier l'inquiétude qui l'avait consumée et profiter de son mariage.

Elle se leva et se lava les mains, cherchant un moyen spécial de l'annoncer à Jackson. Ils avaient convenu de ne pas en parler tant qu'elle ne serait pas sûre.

Buddy gratta à la porte. Elle l'ouvrit et lui tapota la tête.

— Eh bien, mon garçon, il semblerait que la concurrence se profile.

Buddy la regarda de ses yeux bruns remplis d'adoration et aboya.

— Ouais, je pensais bien que tu aimerais ça.

Elle le ramassa et se mit à tourbillonner.

— Attends que papa apprenne la nouvelle !

Ivre de bonheur, Cate retourna dans son bureau. Elle avait fait quelques recherches en ligne sur la météo de la Floride en juin et tentait de décider ce qu'elle emporterait pour le mariage et la lune de miel qui s'ensuivrait à Naples, plus bas sur la côte. Brooke et Amber l'avaient aidée à choisir sa robe de mariée, une longue robe simple et sans manche en crêpe ivoire dont la coupe cintrée était flatteuse. Mais elle avait besoin de robes et de tenues adaptées à la chaleur de l'été.

Quand son téléphone sonna, elle vérifia le numéro d'appel et prit une grande inspiration, espérant davantage de bonnes nouvelles.

Salut Abby ! Quoi de neuf ? J'étais inquiète de ne pas avoir de réponse de ta part. As-tu aimé le synopsis et les trois CHAPITREs que je t'ai envoyés ? As-tu pu en faire quelque chose ?

— Je suis désolée, Cate. J'ai tout essayé, mais je n'ai pas réussi à le vendre. J'ai l'impression que tu n'y as pas mis tout ton cœur. C'est pour ça que j'appelle. Je pense que tu devrais débuter une toute nouvelle série de science-fiction, en te concentrant sur un public adolescent, cette fois. C'est ce que tu fais de mieux.

Cate sentit ses épaules s'effondrer alors qu'un soupir de déception s'échappait de ses lèvres. Pouvait-elle tout recommencer ? Créer un nouveau monde avec toute sa complexité ? Elle avait aimé Serena et Rondol depuis le premier mot. Pourrait-elle créer des personnages qu'elle aimerait autant ?

— Qu'en penses-tu ? demanda Abby.

— Qui l'achèterait ? La correctrice du dernier tome des Guerres de Galeon n'a même pas daigné me rappeler.

— C'est une autre raison à mon appel. Ton ancienne éditrice a décidé qu'elle ne veut plus être mère au foyer. Nous avons déjà discuté. Elle aimerait retravailler avec toi. Elle fera le dernier livre de la série de Galeon avec toi, mais tu dois également lui présenter un nouveau projet. Tu n'as même pas besoin de lui écrire trois CHAPITREs, cette fois-ci. Contente-toi de lui proposer un court scénario.

— Oh, Abby, tu fais comme si c'était facile. Tu sais que je vais devoir développer tous les détails du nouveau monde avant de pouvoir penser à écrire une histoire.

— Pas nécessairement. Ce sont tes personnages qui portent l'histoire. L'univers peut être développé autour d'eux.

Cate resta silencieuse pendant que son cerveau concevait une idée après l'autre.

— D'accord. Que dis-tu de cette fille qui rencontre un type qu'elle trouve un peu bizarre, mais qui s'avère être le prince d'un monde différent venu sur la Terre pour combattre son cousin pour la couronne, ou quelque chose comme ça ?

Le petit gloussement d'Abby retint son attention.

— Quoi ? demanda Cate, craignant qu'Abby ne trouve l'idée stupide.

— Tu vois ? Tu as déjà débuté la série suivante. Ne t'inquiète pas, Cate, tu as encore beaucoup d'histoires en toi. Tout va bien se passer. J'ai eu tort de t'encourager à faire quelque chose de différent. Tu as besoin d'écrire ce qui te vient naturellement, pas ce qu'un éditeur ou moi tentons de te faire faire.

Cate fut envahie par le soulagement.

— Merci. Tu ne sais pas à quel point j'avais besoin d'entendre ça.

— Tout est clair entre nous ? Je voudrais que tu m'envoies quelque chose avant le mariage. C'est possible ?

— Sans doute. Je devenais folle sans rien à écrire.

— Ça, c'est la Cate que je connais, dit Abby d'une voix chargée de satisfaction.

Cate sourit et raccrocha. Sa vie était de retour sur ses rails. Elle reprit Buddy dans ses bras et se mit à danser pour le plaisir, en serrant le petit chien fort contre sa poitrine.

Cate entendit Jackson entrer par la porte de derrière et se hâta pour l'accueillir. Avant qu'il ne puisse l'apercevoir derrière son dos, elle lui tendit rapidement un paquet de couches.

— Qu'est-ce que c'est ? demanda-t-il, puis il poussa un cri de joie. On va avoir un bébé ?

— Oui. Désormais, quand Buddy et moi t'appellerons papa, ce sera pour de vrai.

Jackson la souleva dans ses bras et la serra fort. Cate s'agrippa à lui.

— À présent, nous pouvons avoir un vrai mariage.

Il la reposa sur ses pieds et la dévisagea avec confusion.

— De quoi parles-tu ?

— Tu voulais te marier et avoir des enfants. Si je n'avais pas pu tomber enceinte, ça n'aurait pas été juste pour toi.

Jackson prit son visage entre ses mains.

— Cate, ne comprends-tu pas ? Je t'épouse parce que je t'aime, *toi*, pas à cause d'un gosse qu'on aurait ou qu'on aurait pas. C'est génial d'avoir un bébé en route, mais il faut que tu te rendes compte de ce que tu représentes pour moi. Nous avons déjà passé presque sept ans ensemble. Comment aurais-je pu te le prouver autrement ?

Elle vit la douleur dans ses yeux et leva une main pour toucher sa joue.

— Tu me prouves ton amour chaque jour que Dieu fait. Je suis désolée. Je ne voulais pas te blesser. Je veux simplement te rendre heureux de toutes les manières possibles.

— Tu me rends très heureux.

Son expression s'adoucit.

— Et maintenant, tu vas faire de moi un père.

Elle l'étreignit, soulagée qu'ils aient été gratifiés de ce merveilleux cadeau.

Le lendemain matin, après que Jackson fut parti travailler, Cate sortit de la maison. En chemin vers *Coup de jeune*, elle s'arrêta pour acheter des croissants et du café frais au salon de thé de Margie. Elle avait hâte d'annoncer la bonne nouvelle à Amber et Brooke.

Cate entra dans le magasin d'un pas guilleret, en portant les douceurs. Brooke la regarda depuis derrière le comptoir où elle enregistrait une vente et lui fit signe.

— Va à l'arrière. Je t'y rejoins.

Dans la zone d'essayage, Amber discutait avec deux femmes à propos de la robe que l'une d'entre elles portait. Elle sourit à Cate et poursuivit sa conversation.

Cate entra dans la réserve, posa les gourmandises et examina les vêtements en attente d'étiquetage pendus à un portant. Elle admirait une robe bain de soleil rose pâle quand Brooke pénétra dans la pièce.

— Hé ! Contente de te voir ! Qu'est-ce qui t'amène par ce beau matin de mai ?

Cate sentit un grand sourire envahir son visage.

— Je suis enceinte !

Brooke se précipita sur elle et l'enlaça.

— Merveilleuse nouvelle ! Je suis tellement contente pour toi !

— Que se passe-t-il ? demanda Amber en le rejoignant rapidement.

— Cate est enceinte ! s'exclama Brooke en dressant son poing en l'air.

— Oh, chérie ! C'est fantastique !

Amber jeta ses bras autour d'elle et la serra fort.

— Je suis ravie pour Jackson et toi. Ce bébé a de la chance, vous ferez d'excellents parents.

Les paroles d'Amber poussèrent Cate à regarder son ventre et à s'interroger sur ce que les prochains mois lui feraient.

Puis, sortant de nulle part, une vague de nausée la submergea. Elle s'agrippa à la table à côté d'elle.

— Tu vas bien ? demanda Brooke.

Elle hocha la tête.

— Je suis juste enceinte. Je vous ai apporté des pâtisseries, mais je ne vais pas rester. Je voulais simplement partager ma bonne nouvelle.

Un instant elle leur parlait, le suivant elle vomissait dans la salle de bains.

— Je suis désolée, dit-elle, puis elle se tourna vers elles. Combien de temps ça dure ?

Amber et Brooke échangèrent un regard avant de revenir sur elle.

— Ça dépend, expliqua Brooke avec humour. Pour les jumelles, ça n'a duré que six mois.

— Six mois ! Je ne vais quand même pas être malade à mon mariage !

L'idée de vomir dans sa robe de mariée la fit frémir.

— Rien ne doit le gâcher. Nous l'avons attendu assez longtemps.

— Je veux aussi que ton mariage soit parfait, dit Amber.

Cate ne put retenir ses larmes. Elle étreignit son amie.

— Si Brooke et toi êtes là, il le sera.

Brooke les entoura toutes les deux de ses bras.

CHAPITRE QUARANTE-NEUF
Cate

Un matin du début juin, Cate quitta le cabinet de son médecin, émerveillée par ce que son corps créait. Sa grossesse était confirmée et, selon les estimations, la naissance du bébé était prévue pour la fin de l'année. La mère de Jackson avait déjà prévenu tous ses enfants qu'elle se tiendrait prête pour l'arrivée du bébé, quoi qu'il se passe d'autre. Cate s'en était amusée, mais elle lui en était désormais reconnaissante. Ce qui l'attendait lui paraissait insurmontable. Le docteur avait parlé de différents examens que le bébé et elle devraient subir pour s'assurer que le fœtus était en bonne santé et qu'il grandissait bien. C'était effrayant.

Elle décida de s'arrêter au magasin. Elle le trouva calme en y entrant.

— Comment marchent les affaires ? demanda-t-elle à Brooke, en faisant de son mieux pour masquer son inquiétude face à l'absence de clientes.

Brooke la surprit en souriant.

— Très bien. Le site web que j'ai fait mettre en ligne fonctionne mieux que la boutique. Mais ça ne me dérange pas d'être ici. J'obtiens de plus en plus de vêtements de bonnes sources. De nombreuses femmes se débarrassent de leurs anciennes affaires quand elles en achètent de nouvelles. C'est bon pour moi.

— Oh, très bien, dit Cate. Où est Amber ?

— Elle a appelé pour demander si elle pouvait s'absenter ce week-end afin de passer du temps avec Wynton.

— Je suis contente que les choses se passent bien entre eux.

— Moi aussi. Comment te sens-tu, Cate ?

Cate lui raconta sa visite chez le médecin.

— C'est une période tellement excitante, mais je m'inquiète à propos de tous ces examens.

— Le mieux est de ne pas y penser. Tu es en bonne santé et je suis persuadée que le bébé le sera aussi. De nos jours, les médecins ont l'obligation de t'avertir de tout ce qui pourrait mal tourner et c'est ennuyeux. Ma mère m'a dit que ce n'était pas comme ça à son époque.

— Comment va Diana ? demanda Cate.

— Elle a décidé qu'elle viendrait garder les filles pendant que je travaille, au lieu de me laisser embaucher quelqu'un pour le faire. Je pensais qu'elle se plaindrait de tout ce que je fais de travers. Au contraire, elle m'a félicitée de faire mon maximum. Mais le plus appréciable est la relation qu'elle a avec les filles. C'est important de les voir s'entendre aussi bien.

— C'est fantastique, dit Cate. Mieux que de l'avoir ici.

— Exactement. Elle préfère qu'on la voit plus comme une grand-mère gâteau que comme une commerçante.

Cate et Brooke éclatèrent de rire en même temps.

Une semaine avant le mariage, par une matinée ensoleillée, Cate prépara sa valise et plaça avec soin sa robe de mariée dans une housse en plastique, ainsi que deux tenues habillées qu'elle avait choisi d'emporter. Jackson et elle avaient décidé de se rendre en Floride en voiture pour pouvoir emmener Buddy. Cate aimait l'idée de pouvoir s'arrêter quand elle le souhaitait et avait acheté quelques livres audio à écouter pendant le trajet. En tant qu'écrivaine, elle se devait de lire et d'écouter d'autres livres de manière régulière.

— Tout est paré ? demanda Jackson.

— Je crois que oui, répondit-elle. Il y a quelques mois, je n'aurais jamais imaginé que je ferais mes bagages pour mon mariage.

— Attends d'avoir à charger tout l'équipement d'un bébé. Ce sera une autre histoire, répliqua Jackson.

Ils se sourirent. Ils avaient débuté une liste des choses dont ils auraient besoin et avaient tous les deux été choqués par la quantité d'objets suggérés.

Cate eut la sensation d'arriver chez elle quand Jackson entra dans l'allée du Seashell Cottage. Cette demeure semblait lui parler. Peut-être parce que c'était ici qu'elle avait décidé de se séparer de ses angoisses et d'épouser Jackson avec l'objectif de fonder une famille. Elle avait eu tellement peur à l'époque, mais elle était désormais profondément satisfaite de l'idée.

— Nous y sommes, Buddy ! annonça Jackson en descendant de la voiture pour ouvrir la portière arrière au chien.

Avec un jappement d'excitation, celui-ci autorisa Jackson à le poser au sol avant de filer et de se mettre à courir en cercles aussi vite que ses courtes pattes le lui permettaient.

— J'imagine qu'il est content qu'on soit enfin arrivés, dit Cate en riant.

Elle leva les bras vers le ciel et prit plusieurs profondes bouffées d'air salé.

— J'adore cet endroit!

Elle se tourna vers Jackson.

— Je suis tellement heureuse qu'on ait décidé de se marier ici.

— Moi aussi. C'est ici que tu m'as promis de m'épouser. Cet endroit sera toujours spécial pour moi.

Cate l'enveloppa de ses bras.

— Je t'aime, Jackson Hubbard !

Alors qu'il l'embrassait, Buddy dansa autour d'eux en aboyant. Jackson s'écarta d'elle et lança un regard noir au chien.

— Allez, mon gars. Laisse-moi tranquille. Je ne l'ai pas embrassée depuis ce matin.

— Déchargeons la voiture, dit Cate en riant.

Lorsqu'ils eurent apporté leurs affaires à l'intérieur et tout déballé, Cate se dirigea vers la plage. Le bruit du flux et reflux des eaux du golfe auxquelles elle faisait face frappait régulièrement ses oreilles. Elle trempa ses orteils nus dans l'écume et trouva l'eau étonnamment chaude sur sa peau.

Jackson la rejoignit.

— C'est beau, hein ?

— Oui. Il y a quelque chose d'intemporel à regarder les vagues. J'ai l'impression d'avoir été conçue pour être ici, à ce moment précis. Avec toi.

Jackson serra sa main.

— J'aime quand tu dis ce genre de choses. Ce n'est pas étonnant que tes lecteurs aiment tes livres.

— La vie et l'amour existent même sur Galeon.

Elle sentit son sourire s'effacer derrière un froncement de sourcils.

— Je ne suis pas certaine qu'ils aiment une lune nommée Ouris.

— Ne t'inquiète pas. Tu inventeras une belle histoire. Tu as déjà commencé en donnant un nom à l'endroit où tes nouveaux personnages vivront.

Cate hocha la tête. Il fallait qu'elle se fasse confiance, qu'elle écoute les mots qui montaient du plus profond d'elle-même.

Elle regarda Buddy courir après l'écume des vagues qui se

retiraient aussitôt le sable embrassé. Elle rit quand le retour d'une vague le surprit en lui mouillant le museau. Au-dessus d'elle, les goélands déployaient leurs ailes blanches et traçaient des motifs mouvants sur un fond de ciel bleu.

L'euphorie s'empara d'elle, chassant ses doutes. Il était temps de profiter de la journée.

La veille du mariage, les invités arrivèrent l'un après l'autre. Brooke et Paul en premier, avec leur famille, puis les parents de Jackson, ses frères et sœurs, Abby et finalement Amber et Wynton.

— Désolés d'être un peu en retard, dit Amber en embrassant Cate.

— J'avais quelque chose d'important à faire, dit Wynton en souriant béatement à Cate alors qu'il enroulait un bras autour d'Amber.

Amber tendit sa main gauche.

— Oh mon Dieu !

Amber sourit à Wynton puis se tourna vers Cate.

— Nous nous sommes fiancés hier soir.

Cate enveloppa Amber dans ses bras.

— Je suis tellement heureuse pour vous deux !

Elle étreignit rapidement Wynton.

— Attends que Brooke apprenne la nouvelle ! Elle est à la plage pour le moment.

— Non, je suis là, annonça Brooke. Que se passe-t-il ?

— Amber et Wynton sont fiancés !

Cate ne put empêcher sa voix de chanter sa joie. Amber paraissait éblouie et Wynton ne pouvait plus s'arrêter de lui sourire.

— Fiancés ? C'est merveilleux, s'exclama Brooke en serrant Amber dans ses bras.

Les autres les entourèrent pour présenter leurs félicitations.

— Je voulais que mon mariage soit parfait. À présent, il l'est, grâce à vous deux, affirma Cate.

Son bonheur était décuplé par l'idée qu'Amber et Brooke allaient de l'avant, tout comme elle.

Tous trouvèrent les déplacements entre le Seashell Cottage et l'auberge Salty Key faciles, et ils profitèrent les uns des autres que ce soit en marchant sur la plage, en nageant dans l'une des piscines ou simplement en discutant. Buddy tenta de suivre tout le monde jusqu'à tomber de fatigue. En fin d'après-midi, Cate le découvrit roulé en boule dans son lit dans la chambre qu'elle partageait avec Jackson.

Après tout le remue-ménage à la maison, Cate fut soulagée que Jackson et elle aient réservé une salle privée au Cochon pourpre pour faire dîner les invités du mariage.

Plus tard, assise à l'une des tables du restaurant, Cate examina les membres de la famille de Jackson. Ils formaient un groupe sympathique qui partageait de nombreux traits physiques.

Assise à côté d'elle, la mère de Jackson sourit.

— Tu es magnifique, Cate. Je ne peux pas te dire à quel point je suis ravie que Jackson t'épouse. Il rayonne de bonheur.

Cate jeta un coup d'œil à Jackson qui discutait avec sa sœur Jenn et sourit. Il sentit son regard sur lui et lui fit un clin d'œil.

— Je suis heureuse aussi. C'est un homme bien.

— Comme son père, dit Laurie. Que la journée de demain soit belle !

Elle leva son verre de vin et le cogna contre le verre d'eau de Cate.

Plus tard cette nuit-là, alors que leurs hommes dormaient, Cate s'assit avec Amber et Brooke dans la salle de séjour du cottage.

— Vous vous souvenez lorsque nous nous sommes retrouvées ici l'année dernière ? J'avais dit que cette année, celle où nous aurions quarante ans, laisserait un souvenir impérissable. Qui aurait pu prévoir tout ce qui nous est arrivé ? dit Brooke. Et nous n'avons pas encore officiellement atteint la quarantaine. C'est juste devant nous.

— Ça s'est avéré être une bonne année, même si j'ai assurément eu des doutes, dit Cate. Ceci étant, la vie est au mieux douce-amère.

— Waouh ! Tes livres me font croire le contraire, dit Amber. C'est ce que j'aime chez eux.

Cate leva un doigt en guise d'avertissement.

— Tu ne peux pas écrire sur l'amour si tu ne connais pas la douleur.

— C'est vrai pour tout le monde. Si je n'avais pas rencontré Jesse, je n'aurais peut-être jamais su que j'étais capable d'aimer. Et mon amour pour Wynton est beaucoup, beaucoup plus profond.

— Oh ! Je viens d'avoir une révélation, dit Brooke. Nous nous sommes ouvertes à la vie et notre expérience de l'amour a pris plus de sens, cette année.

— J'ai l'impression que nous avons de nouveau treize ans, avec de toutes nouvelles vies devant nous, dit Cate. À nous !

— Aux *bombes de la plage* ! s'écrièrent Amber et Brooke en même temps, les faisant toutes rire comme les amies qu'elles étaient et seraient toujours.

CHAPITRE CINQUANTE
Amber, Brooke et Cate

Le jour du mariage était aussi ensoleillé que Cate et ses amies l'avaient espéré. Le ciel bleu était parsemé de nuages cotonneux, comme des volutes de crème glacée qui volaient au-dessus d'elles et masquaient le soleil de temps en temps.

Amber et Brooke aidèrent Cate à s'habiller pour la cérémonie. Elles conduiraient Cate à la plage, à la place du père qu'elle n'avait jamais connu. Le pasteur, que l'organisateur de mariage de l'auberge Salty Key avait conseillé, attendait avec Jackson et Buddy pour les accueillir. Les invités formaient un cercle autour d'eux.

— Tu es vraiment très belle, Cate, déclara Brook. La grossesse te va bien.

Amber lui sourit.

— L'amour aussi. Tu es rayonnante.

Cate aperçut son image dans le miroir et toucha le collier de perles qui lui avait été offert. Elle avait peine à reconnaître la femme sûre d'elle-même qui la regardait. Les derniers mois passés en compagnie de ses amies lui avaient permis de découvrir un côté plus maternel chez elle. Elle était prête à entamer une nouvelle phase de sa vie avec l'homme qui lui avait fait comprendre qu'elle méritait de l'attention et de l'amour.

Elle avait hâte de commencer.

— Allons-y !

Elles se dirigèrent vers la plage, Amber en tête, Brooke derrière elle et Cate fermant la marche.

Après leur arrivée sur le sable, Amber se plaça à côté de Wynton dans le cercle de personnes rassemblées sur la plage pour le mariage de Cate. Les notes jouées par le guitariste s'élevaient dans l'air et dansaient autour d'elle. La beauté de la scène et la magie de l'instant dédié à son amie lui arrachèrent un soupir.

Wynton enroula ses doigts autour de sa main et serra doucement, comme s'il devinait ses pensées. Elle se tourna vers lui et sourit. Elle n'aurait jamais imaginé une année comme celle qui venait de s'écouler. Elle avait l'impression d'être passée de l'enfance à l'état de femme adulte. Un épanouissement tardif à n'en pas douter. L'avenir s'ouvrait à elle, empli de promesses. Elle n'avait toujours pas décidé si elle monterait sa propre affaire, mais l'idée demeurait.

Elle en avait appris tellement sur elle-même. Elle avait le droit de protéger son corps. Personne ne devrait jamais essayer de lui enlever ça. Et en tombant amoureuse, elle avait appris que c'était un cadeau de partager la joie de cet amour, à la fois physiquement et spirituellement.

Amber serra la main de Wynton en regardant Cate et Jackson prendre place face au pasteur. Il était l'amour de sa vie, l'homme à qui elle avait confié son cœur pour le présent comme pour le futur.

Il se tourna vers elle en souriant, le regard plein de tendresse. Il était stable, fort et sûr.

Elle approcha sa main de ses lèvres et y déposa un baiser.

Brooke laissa Cate avec Jackson et rejoignit sa famille dans le cercle de parents et d'amis qui étaient venus célébrer le mariage.

Ses pensées retournèrent vers la première fois où elle avait vu le Seashell Cottage et ses retrouvailles avec les deux meilleures amies qui feraient toujours partie d'elle. L'année de leurs quarante ans s'avérait être une étape importante pour toutes les trois. Elle avait trouvé une nouvelle force intérieure, une nouvelle indépendance dont elle avait désespérément eu besoin. Son mariage avait été éprouvé d'une manière qu'elle n'aurait jamais crue possible et il en était ressorti plus fort. Paul était un homme bien, un homme respectable, un père merveilleux. Sans lui, elle n'aurait jamais eu assez d'assurance pour élargir son horizon tout en restant fidèle à son rôle de mère. Elle avait compris qu'il n'était pas question de choisir entre ses propres désirs et ceux de sa famille, que les deux s'équilibraient. Sa famille lui permettait de garder les pieds sur terre alors que son amour lui donnait des ailes.

Paul se pencha vers elle et lui murmura à l'oreille :

— Je t'aime.

Ses yeux s'embuèrent.

— Je t'aime aussi, répondit-elle avec gratitude, du fond du cœur.

Cate se tenait devant le pasteur sur la plage face à Jackson, le cœur débordant de tant d'amour qu'elle se demandait comment elle allait pouvoir prononcer ses vœux. Jackson venait juste de promettre d'être toujours là pour elle, de l'aimer, de la chérir et de la protéger, semblable à ce que Rondol aurait été pour Serena s'il avait eu la chance d'en faire autant.

Cate serra les doigts autour de la main de Jackson. Des larmes troublaient sa vision quand elle commença à parler.

— Je t'aime, Jackson, plus que tu ne l'imagines. J'ai chéri le monde que j'ai inventé, mes héros amoureux, surmontant des épreuves et survivant. Mais je sais à présent que c'était sur toi que j'écrivais tout ce temps. Tu es mon héros. Tu m'as donné l'amour et l'assurance dont j'avais besoin pour grandir. Mais plus encore, tu m'as donné l'opportunité d'apprendre que l'honnêteté, la confiance et la gentillesse peuvent faire des miracles pour une jeune femme effrayée d'ouvrir son cœur à l'idée d'une famille aimante. Je promets de m'efforcer d'être pour toi tout ce que tu es pour moi, de prendre soin de toi et de rester à tes côtés pour le reste de nos vies. Je te le promets de tout mon être.

Jackson l'attira dans ses bras et l'embrassa, plus intensément quand elle répondit à son baiser. Après quelques secondes, le pasteur dit :

— Je suppose que je n'ai pas besoin de vous déclarer mari et femme.

Cate et Jackson se séparèrent en riant.

Le petit groupe de personnes qui les entourait se mit à applaudir.

La gratitude envahit Cate à leur vue. Son regard s'arrêta sur Brooke et Amber, *les bombes de la plage*, ses chères amies. À cet instant, avec leur soutien, Jackson à son côté et Buddy à ses pieds, elle se sentit exactement comme Serena. Mais ce n'était pas de la fiction, c'était la réalité.

Bouleversée par tous les dons qu'elle avait reçus, elle parcourut l'assistance du regard et dit doucement aux cieux bleus et à toute personne qui pouvait l'entendre :

— Merci !

# # #

Merci d'avoir lu *Les bombes de la plage.* Si vous avez aimé ce livre, n'hésitez pas à aider d'autres lecteurs à le découvrir en laissant un avis sur Amazon, Goodreads, BookBub ou votre site préféré. Ce serait gentil.

Pour continuer à vous divertir, voici les liens vers d'autres livres de la collection Seashell Cottage :

Change of Heart:

https://www.amazon.com/Change-Heart-Seashell-Cottage-Book-ebook/dp/B07RBDNWH1/ref=sr_1_23?keywords=judith+keim&qid=1557008773&s=gateway&sr=8-23

A Road Trip to Remember:

https://www.amazon.com/gp/product/B08XJZB8S4/ref=dbs_a_def_rwt_hsch_vapi_tkin_p3_i2

A Summer of Surprises:

https://www.amazon.com/Summer-Surprises-Judith-Keim-ebook/dp/B0883XJ9RX/ref=sr_1_12

A Christmas Star:

https://www.amazon.com/Christmas-Star-Judith-Keim-ebook/dp/B07HXQ14G4/ref=sr_1_2

Inscrivez-vous à ma newsletter et obtenez une histoire gratuite. Mes newsletters sont courtes et amusantes. Elles contiennent des cadeaux, des recettes et les dernières nouvelles indispensables sur mes livres et moi. Soyez les bienvenues. Voici le lien :

https://BookHip.com/RRGJKGN

À propos de l'auteure

Judith Keim, **auteure à succès de *USA Today***, est une hybride qui a un éditeur et qui publie elle-même. Mme Keim écrit des romans qui réchauffent le cœur et mettent en scène des femmes qui rencontrent des défis inattendus, les affrontent avec force et trouvent l'amour et le bonheur en route, des histoires qui ont du cœur. Ses plus grands succès sont en partie fondés sur les nombreux lieux où elle a vécu ou qu'elle a visités, et sur les individus passionnants qu'elle a rencontrés, lui permettant de créer des personnages crédibles et des environnements réalistes qui font la joie de ses fidèles lecteurs.

Elle a passé son enfance et les premières années de sa vie d'adulte à Elmira, New York, et réside désormais à Boise, Idaho, avec son mari Peter et leurs deux teckels, Winston et Wally, et les autres membres de sa famille.

Mme Keim adore que ses lecteurs lui écrivent et apprécie leur enthousiasme pour ses histoires.

Tous les livres sont désormais disponibles en audio sur Audible, iTunes, Findaway, Kobo et Google Play. C'est un vrai plaisir d'entendre tous ces personnages !

Vous pouvez joindre Mme Keim ici:

www.judithkeim.com

Pour liker sa page sur Facebook et suivre ses actualités :

http://bit.ly/2pZWDgA

Pour recevoir des notifications concernant ses nouveaux romans, suivez-là sur BookBub:

https://www.bookbub.com/authors/judith-keim

Inscrivez-vous à sa newsletter et obtenez une histoire gratuite. Ses newsletters sont courtes et amusantes. Elles contiennent des cadeaux, des recettes et les dernières

nouvelles indispensables sur ses livres et sur elle. Soyez les bienvenues. Voici le lien :
https://BookHip.com/RRGJKGN

Elle est aussi sur Twitter @judithkeim, LinkedIn, et Goodreads. Venez faire coucou !

Remerciements

Comme d'habitude, je suis reconnaissante à mon équipe de relecteurs, Peter Keim et Lynn Mapp, à mon concepteur graphique, Lou Harper, et à ma narratrice pour Audible et iTunes, Angela Dawe. Ce sont eux qui prennent ce que j'ai écrit et le transforment pour en faire le livre que je vous présente fièrement, à vous mes lecteurs ! Je voudrais aussi remercier mon groupe d'écriture, qui m'écoute et m'encourage à poursuivre. Merci à Peggy, Lynn, Cate, Nikki Jean et Megan. Et un merci spécial à toi, gentil lecteur, pour ton soutien et tes encouragements.